人文与社会译丛

刘东 主编 彭刚 副主编

浪漫主义的根源

第二版

[英国]以赛亚·伯林 著

[英国]亨利·哈代 编

吕梁 张箭飞 等 译

译林出版社

图书在版编目（CIP）数据

浪漫主义的根源：第二版／（英）以赛亚・伯林（Isaiah Berlin）著；（英）亨利・哈代（Henry Hardy）编；吕梁等译．—南京：译林出版社，2024.1

书名原文：The Roots of Romanticism: Second Edition

ISBN 978-7-5447-9027-7

Ⅰ.①浪…　Ⅱ.①以…②亨…③吕…　Ⅲ.①浪漫主义－研究　Ⅳ.①I109.9

中国国家版本馆 CIP 数据核字（2023）第 241180 号

For more information about Isaiah Berlin visit https://isaiah-berlin.wolfson.ox.ac.uk/

浪漫主义的根源：第二版　[英国] 以赛亚・伯林 / 著　[英国] 亨利・哈代 / 编
吕　梁　张箭飞　等 / 译

责任编辑　陶泽慧　刘帆帆
装帧设计　胡　苨
校　　对　孙玉兰
责任印制　董　虎

原文出版　Princeton University Press, 2013
出版发行　译林出版社
地　　址　南京市湖南路 1 号 A 楼
邮　　箱　yilin@yilin.com
网　　址　www.yilin.com
市场热线　025-86633278
排　　版　南京展望文化发展有限公司
印　　刷　江苏凤凰通达印刷有限公司
开　　本　890 毫米 ×1240 毫米　1/32
印　　张　6.625
版　　次　2024 年 1 月第 1 版
印　　次　2024 年 1 月第 1 次印刷
书　　号　ISBN 978-7-5447-9027-7
定　　价　59.00 元

主 编 的 话

刘　东

总算不负几年来的苦心——该为这套书写篇短序了。

此项翻译工程的缘起，先要追溯到自己内心的某些变化。虽说越来越惯于乡间的生活，每天只打一两通电话，但这种离群索居并不意味着我已修炼到了出家遁世的地步。毋宁说，坚守沉默少语的状态，倒是为了咬定问题不放，而且在当下的世道中，若还有哪路学说能引我出神，就不能只是玄妙得叫人着魔，还要有助于思入所属的社群。如此嘈嘈切切鼓荡难平的心气，或不免受了世事的恶刺激，不过也恰是这道底线，帮我部分摆脱了中西"精神分裂症"——至少我可以倚仗着中国文化的本根，去参验外缘的社会学说了，既然儒学作为一种本真的心向，正是要从对现世生活的终极肯定出发，把人间问题当成全部灵感的源头。

不宁惟是，这种从人文思入社会的诉求，还同国际学界的发展不期相合。擅长把捉非确定性问题的哲学，看来有点走出自我囿闭的低潮，而这又跟它把焦点对准了社会不无关系。现行通则的加速崩解和相互证伪，使得就算今后仍有普适的基准可言，也要有待于更加透辟的思力，正是在文明的此一根基处，批判的事业又有了用武之地。由此就决定了，尽管同在关注世俗的事务与规则，但跟既定框架内的策论不同，真正体现出人文关怀的社会学说，决不会是医头医脚式的小修小补，而必须以激进亢奋的姿态，去怀疑、颠覆和重估全部的价值预设。有意思的是，也许再没有哪个时代，会有这么多书生想要焕发制度智慧，这既凸显了文明的深层危机，又表达了超越的不竭潜力。

于是自然就想到翻译——把这些制度智慧引进汉语世界来。需要说明的是，尽管此类翻译向称严肃的学业，无论编者、译者还是读者，都会因其理论色彩和语言风格而备尝艰涩，但该工程却绝非寻常意义上的“纯学术”。此中辩谈的话题和学理，将会贴近我们的伦常日用，渗入我们的表象世界，改铸我们的公民文化，根本不容任何学院人垄断。同样，尽管这些选题大多分量厚重，且多为国外学府指定的必读书，也不必将其标榜为“新经典”。此类方生方成的思想实验，仍要应付尖刻的批判围攻，保持着知识创化时的紧张度，尚没有资格被当成享受保护的“老残遗产”。所以说白了：除非来此对话者早已功力尽失，这里就只有激活思想的马刺。

主持此类工程之烦难，足以让任何聪明人望而却步，大约也惟有愚钝如我者，才会在十年苦熬之余再作冯妇。然则晨钟暮鼓黄卷青灯中，毕竟尚有历代的高僧暗中相伴，他们和我声应气求，不甘心被宿命贬低为人类的亚种，遂把移译工作当成了日常功课，要以艰难的咀嚼咬穿文化的篱笆。师法着这些先烈，当初酝酿这套丛书时，我曾在哈佛费正清中心放胆讲道：“在作者、编者和读者间初步形成的这种‘良性循环’景象，作为整个社会多元分化进程的缩影，偏巧正跟我们的国运连在一起，如果我们至少眼下尚无理由否认，今后中国历史的主要变因之一，仍然在于大陆知识阶层的一念之中，那么我们就总还有权想象，在孔老夫子的故乡，中华民族其实就靠这么写着读着，而默默修持着自己的心念，而默默挑战着自身的极限！”惟愿认同此道者日众，则华夏一族虽历经劫难，终不致因我辈而沦为文化小国。

一九九九年六月于京郊溪翁庄

纪念艾伦·布洛克

目　录

前言：两个世界的后代（约翰·格雷）　001
编者前言　007

一　寻找一个定义　001
二　对启蒙运动的首次攻击　020
三　浪漫主义的真正父辈　043
四　拘谨的浪漫主义者　065
五　奔放的浪漫主义　089
六　持久的影响　113

第二版附录　141
参考文献　149
索　引　169
校译新记　185

前　言

两个世界的后代

约翰·格雷

观念造成的后果（而且不仅仅是后果）往往出乎肇始者的本意——这一事实构成以赛亚·伯林著作持续不断的主题，这并非因为观念付诸实践时往往会遭修正——对于这一主题，我们相当熟悉。在“观念如何被理解”这一点上的种种分歧，以及人之利益及动机的错综交织，都意味着任何观念一旦实施，必会被人掺假或扭曲。正如伊曼纽尔·康德所说（也是伯林最爱引用的至理）：“人性这根曲木，绝然造不出任何笔直之物。”① 不论伯林是否正确地阐释了康德，其所传达的信息毫不含糊：观念与其实践的差距恰是人类不完美的尺度。

伯林著作烛照出一个更耐人寻味的事实。一旦观念进入世界，必定焕然一改；一旦复现，本质已然变异，不复初衷。大卫·休谟声称我们对因果关系的信仰，与其说是理性的推断，不如说是习惯的产物。这一观念进而成为其怀疑主义哲学的一部分，后来却被用于服务宗教，实令这位苏格兰启蒙思想家始料不及。如果他真能预见这一前景，他会 xi

① 《具有世界目的的普世历史观》（1784年），参见《康德作品集》（柏林，1900—　），第8卷，第23页，第22行。

被吓坏的。然而,他未曾预见的恰恰成为事实:虔诚教徒J. G. 哈曼就是利用了休谟的观念辩护神迹的真实性。休谟利用起因怀疑论争辩我们不可能知道神迹发生,哈曼亦用同样怀疑论争辩神迹确已发生。于休谟,怀疑是哲学追问的终结;于哈曼,怀疑却是跃向信仰的起点。

正如伯林所澄清的那样,哈曼是浪漫主义发展的关键先生:"在我看来,有一个人给予启蒙运动最沉重的打击,启动了浪漫主义进程……哈曼由休谟开始谈起。他说休谟是正确的。如果你要问如何认识宇宙,那答案会是认识它靠的不是智慧,而是信仰。"[①]作为启蒙运动最伟大的思想家之一,哈曼给反启蒙运动的思想武库里填入了某种悖论式的东西。当我们想起伯林的观点:哈曼反对所有启蒙思想家共同认可的理念,这种悖论就愈发突出。

彼此争吵的思想群组,最后统统归入"启蒙运动",质疑它们是否共有一些智性追求蔚然成风,而伯林从未相信它们会有什么共同追求。当然,启蒙运动完全不是一场齐一运动。尽管如此,"这些思想家还是达成了一个共识:美德最终在于知识;只有知道自己是谁,知道我们需要什么,知道从哪里获得所需和如何利用所掌握的最佳手段达到目的,我们才能过上幸福的、有德行的、公正的、自由的和满意的生活"。[②]不管他们之间有什么差异,这些差异颇多至深,在某些情况下甚至深不可
xii 弭,启蒙思想家都会接受三个基本假设:所有的真问题都能得到解答,所有的答案都是可知的,所有的答案必须是互相兼容的。并非只是启蒙思想家,甚至也不只是西方相信这些假设——"这些正是理性主义的西方传统的一般假设,不管这传统是基督教的还是异教的,是有神论的还是无神论的。"[③]他们表达了一种持久不衰的哲学,盛行于漫长世代和

① 参见下文第47—48页,文中涉及的本书页码均为原书页码,参见本书边码。

② 参见下文第31页。

③ 参见下文第27页。

多种文化之中，而伯林列出的那些假设则支撑起西方主流传统，并且他写道："它……也是浪漫主义萌蘖之处。"[①]浪漫主义并不单单是对启蒙运动的反击，而是"迄今为止西方意识最重大的变革"。[②]

此说堪称高见远识，极有可能夸张。但我们无须接受伯林关于"浪漫主义在现代思想体系中一锤定音"的断言，就能发现他对浪漫派教益的描述。如他所示，正是浪漫派将原创性引入艺术。他意欲表明艺术家作为创造者这一理念正是一种浪漫主义遗产。一直到19世纪初期浪漫主义蓬勃发展之时，创新本身才被视为艺术作品中一种富有价值的特质；只有那时我们才开始相信艺术家的任务就是要给这个世界带来一些新意。除了原创性的理念，一些浪漫派还秉持另一种概念，即艺术家几乎是上帝一般的人物，可以任意重塑这个世界。原真性的重要性不断得到强化：人类应只追随他们自己创造的价值观或某种程度造就了他们自我的价值观——这一理念本身成为一种价值观，也许远比其他价值观重要，最终发展成一种理念，也即文化，或理想状态的文化应该是整体简单，自身纯粹，未受外来影响异化的。浪漫主义正是从这一点开始溢出艺术，影响延及伦理学与政治。 xiii

在1965年华盛顿特区系列演讲中，一开始，伯林先做了具有导言性质的评论，描述了浪漫主义这种范围更大的影响，而《浪漫主义的根源》一书正是由演讲辑录而成。编辑亨利·哈代记录了伯林讲座笔记的一个观点："浪漫主义并非单单具有历史学的意义。今天的很多现象——民族主义，存在主义，仰慕伟人，推崇非人体制、民主、极权主义——都深受浪漫主义潮流的影响，这种潮流流布甚广。就此而论，它并非一个与我们时代毫无干系的主题。"[③]

---

① 参见下文第27页。

② 参见下文第25页。

③ 参见下文第xxii页。

这段话突显出伯林的思考：浪漫主义的影响非常矛盾。按照自由主义的标准理解：浪漫主义的政治影响几乎完全负面。在许多20世纪自由主义思想家，如弗里德里希·哈耶克、卡尔·波普尔、雅各布·托曼等人看来，浪漫派是现代非理性主义政治的鼻祖，这种非理性主义政治犹如度数很高的啤酒，不仅解了民族主义者费希特的渴，而且使得那些与欧洲法西斯关联密切的危险思想家上瘾，如极右反动派查尔斯·莫拉斯。

伯林并未否认朝这个方向发展的浪漫主义具有危险性。在他的第五篇演讲“奔放的浪漫主义”中，他承认浪漫主义思想一开始就蕴藏这种危险。浪漫主义者对于创造力的信仰其实包含着对于因果关系，甚至对于逻辑的拒斥。对他们而言，理性是一种限制，而自由是意志的胜利。他们嘲笑和平的共存和理性的妥协；在他们看来，对深度尊奉的价
xiv 值观的激情表达，不管其实践起来结果如何，才是唯一值得崇拜的真正人性。由此生发出原真性膜拜，只有狂热信奉和虔诚践行被当作美德。人类生活就是一个战场，理想与生活方式总是抵牾，不可调和。任何缓和这种抵牾的尝试都是懦弱和自我麻痹之举，因为只有全心献身于自由选择的事业，人类才能成就自我决定和自我创造。正如伯林所总结的，这种浪漫主义呈现出，“两种因素——其一是自由无羁的意志及其否认世上存在事物的本性；其二是破除事物具有稳固结构这一观念。某种意义上，这两种因素构成了这场价值非凡、意义重大的运动中最深刻也是最疯狂的一部分”。①

浪漫主义助燃反自由的运动。不过，伯林认为它同样滋养并更新了自由主义。“多重价值并存且互不兼容的观念；多元性、无穷性、人的一切答案和决定的非完满性的观点；在艺术或生活中，任何声称完美和

① 参见下文第136页。

真实的单一回答在原则上都不是完美和真实的”[①]——这一浪漫主义睿识，既启发了许多反自由主义的运动，又帮助锻造出更为持久的自由主义哲学。除了关注人类行为的非理性之源，浪漫派还有更多贡献。通过坚持人类理想的多样性，他们表达了对宽容的需求（尽管实际上他们可能会拒绝宽容），因为宽容，因为需要“在人类事务中保持并非完美的平衡……因此，浪漫主义的结局是自由主义，是宽容，是行为得体以及对于不完美的生活的体谅；是理性的自我理解的一定程度的增强”。[②]借由观念史上常见的反转，浪漫派给自己鄙夷的理念和价值观延续了生命力。 xv

会有一些人质疑伯林所捍卫的在“人类事务中保持并非完美的平衡”是否真的来自浪漫主义关于人类价值多元性和不可兼容性的主张——如果确实如此，这种并非完美的平衡是不是和自由主义是同一种东西？是不是又会陷入某种伯林的“相对主义”？一旦追问起来又是漫游无疆，此处不宜纠缠。不过，在伯林的回击中，有些观点值得讨论。

首先，至少值得争辩的是，伯林勾勒出了一种自由主义的轮廓，这种自由主义并未建立在他所描述的“理性主义是西方传统的一般假设”之上。囿于这种传统思考，许多人都会理所当然地认定自由主义必须是一个得到明晰陈述的体系，由普遍性原则构成，比如，关乎人权的原则；而通常被指认是自由主义的思想家及运动，往往会有历史性变异，假设是否切合变异，则令人怀疑。伯林呼吁自由主义必须基于实践，主要基于宽容和体面实践之上，而非对错原则之上。这种自由主义思想并未引起哲学家的普遍关注，作为寥寥呼应者之一，阿维赛·马加利特在其卓荦之作《体面社会》（*The Decent Society*, 1996）中表达了相似观

① 参见下文第169页。

② 参见下文第170页。

点，属于防守性哲学，思想来源清晰可见。无论如何，伯林表达的立场都有一个优点，对于那些对有悖于自由主义的生活方式的种种冲突做过深入研究的作者，伯林皆能清楚呈现其态度。部分由于这一原因，它可能会被证明要比现在正统的自由主义更具适应性。论及自由主义生活方式的力量与脆弱性，我们可能从亚历山大·赫尔岑和伊万·屠格涅夫那里得到更多的了解，而非约翰·斯图尔特·密尔或约翰·罗尔斯。

伯林找到了浪漫主义和自由主义之间的联系，这一联系彰显了一
个普遍的事实。不论是思想传统抑或将其具身化的人类都不是简单的
xvi 整体，无法个个封闭起来，互不相干。当浪漫主义者将某种纯粹之物尊
为至高无上的价值时，他们其实也在设计将为人类的敌人所用的武器。
同时，他们视而不见观念付诸实践的后果。任何观念，包括他们自己的
观念都有可能变异为对立面。

对于这种现象，伯林进行了解释。他的价值不止于填补观念史上
的一页空白。他揭示出我们所有人都是诸多传统的后代，身上携带的
观念都是纠缠一团的矛盾。我们无法摆脱浪漫主义的影响，一如我们
无法摆脱启蒙运动的影响。我们甚至不应尝试摆脱，因为，正像伯林在
最后一场演讲的结语所说：“我们是两个世界的后代。”[1]本书思想激荡，
充满悖论，最重要的一点就是伯林见微知著的阅读方式。浪漫主义的
信条本来鼓吹自我封闭的文化之间持续不断的冲突，它却在伯林笔下
xvii 变成对相互竞争但优雅平衡的各种价值体系的有力辩护。

① 参见下文第163页。

编者前言

万物有本然，终不为他者。

约瑟夫·巴特勒[①]

万物有本然……

以赛亚·伯林[②]

巴特勒的这句话是以赛亚·伯林最喜欢的引语之一。在他最重要的一篇论文中，伯林一再引用。我以此开头是为了消除任何可能的误会，因为关于这部集子要讲的第一件事是，它无论如何不能算作伯林关于浪漫主义的新书。自伯林于1965年3、4月间在华盛顿国家美术馆A. W. 梅隆系列讲座上做了关于浪漫主义的脱稿演讲之后，他曾试图将其变成文字的著述。在其后的那些年里，特别是他于1975年卸任牛津大学沃尔夫森学院院长一职之后，他不断扩展自己的阅读，积累了一堆笔记，以期完成一本浪漫主义的专著。在生命的最后十年，他把所有笔记存放在一个单独的房间，重新开始整理资料：他列出了一些标题，并把

① *Fifteen Sermons Preached at the Rolls Chapel*, 2nd ed., 'To which is added a PREFACE' (London, 1729), preface, xxix.

② 'Two Concepts of Liberty' (1958): *Liberty*, ed. Henry Hardy (Oxford, 2002), 172.

筛选出来的笔记口述录制到磁带上，归纳到预设的标题之下。他甚至
xix 考虑利用已有的材料为E. T. A.霍夫曼的著作写一篇长长的序言，而不是独立成篇，作为他的一项专题研究。但这个计划屡屡搁浅，部分原因可能是耽搁得太久，反而难以动手。据我所知，到后来他对这本计划过的专著未著一字。

显然，对于伯林的读者来说，他未将演讲修订成书是一个巨大的遗憾，对他本人来说亦是如此。但未及付梓也不是件坏事。如果当初就完成此书的写作，那如今这部充其量只算是编辑过的讲稿就永远不会出版。一旦经过精心修改和扩充，伯林演讲所特有的那种清新、直接、强烈和令人心潮澎湃的文风难免会变得晦暗。伯林还有一些脱稿演讲最终都是以录音或抄本的形式保留下来，我们不妨拿这些演讲与那些终于修订成文的稿本，或者演讲参照过的文字稿本做个比较，就会看出伯林为了出版曾经三番五次修改过内容。显然，这些修改使其更具知性和精练，但有时不免减弱了口头表述本有的魅力。或者，反过来说，根据一篇尚未斧削的长篇底稿（伯林称之为"未完成稿"）来做演讲，而非照本宣科，演讲内容就会显得酣畅淋漓。或许，以多元论的术语衡量，这二者之间的优劣根本不可比较。在这种情况下，优也罢，劣也罢，伯林的主要思想成就之一也只能以前一种形式存在了。

我所用的标题是伯林自己早年计划写作该书时拟用的。在演讲时，他将标题换成了"浪漫主义的思想来源"（Sources of Romantic Thoughts）[①]。因为在索尔·贝娄1964年出版的小说《赫索格》的开篇几
xx 页里，书中的主人公，那位名叫摩西·赫索格的犹太学者，正在经历一场自信的危机。他在纽约的一间夜校里试图讲授一门成人教育的课程，却

① 伯林本人的这一改动记录在1965年2月28日的信中（参见下文第175页），因为来得太晚了，未能及时反映在美国国家美术馆1965年3月的"本月活动"宣传册上。4月份的宣传册才采用了新题目。

未能成功。这门课程的名称恰好就是“浪漫主义的根源”(The Roots of Romanticism)。这可以说是无巧不成书,伯林否认二者之间的关联,而索尔·贝娄后来也确认了伯林本人的说法:“我当时正在写一部喜剧小说;我需要一个题目,于是就凭空拈了一个。写小说的人自然而然就会这么做,从来没想过这个无中生有的题目竟会惹得人们去调查,甚至缠住我不放。那个时候,我只耳闻以赛亚·伯林的大名,并没见过他。”[①]不过,无论如何,先前的标题显然更加响亮。如果伯林当时确实因为某些理由放弃使用它,这些理由现在已经不存在了。[②]

即使伯林在正式演讲之前所做的导引性评论有些随意,不适宜出现在正式出版的文本中,但它们还是具有一定的序言价值。在此,我们不妨摘录其中的主要部分:

> 这些演讲主要是面向真正的艺术专家——艺术史和美学专家,我自己可能无法跻身其中。选择这个论题唯一充分的理由是,浪漫主义运动一诞生便与艺术息息相关:虽然本人对艺术知之甚少,但不能因此将艺术逐出我的研究范围之外。我起码得兼顾一下。
>
> 在某种意义上,浪漫主义与艺术之间的关系较之它与其他领域的关系要紧密得多。假使我有资格来谈论浪漫主义,那是因为 xxi
> 我打算涉及社会政治生活以及道德生活;我认为,我们完全可以肯定浪漫主义运动不仅是一场有关艺术的运动,或一场艺术运动,而

① 参见索尔·贝娄在2001年3月8日致亨利·哈代的信。我曾猜测他们是否在小说完稿前见过面,并且讨论过伯林的演讲计划。

② 伯林还考虑过其他标题,包括“普罗米修斯:18世纪浪漫主义兴起的研究”(这个题目具有嘲讽之意,很快就被放弃了)、“浪漫主义的兴起”、“浪漫主义的影响”、“浪漫主义的反叛”、“浪漫主义的反抗”、“浪漫主义的革命”(这一题目用于1960年的一次演讲)。

且是西方历史上的第一场艺术支配生活其他方面的运动，一场艺术君临一切的运动。在某种意义上，这就是浪漫主义运动的本质。至少，我将力图证明这就是浪漫主义的本质。

需要补充的是，浪漫主义并非单单具有历史学的意义。今天的很多现象——民族主义，存在主义，仰慕伟人，推崇非人体制、民主、极权主义——都深受浪漫主义潮流的影响，这种潮流流布甚广。就此而论，它并非一个与我们时代毫无干系的主题。

下面这个片段也很有意思，它显然是伯林演讲之前草拟的开场白。我发现这是伯林为这个课题所做的笔记中唯一一段出自他本人的表述：

我从未想过给浪漫主义的性质和目的下个定义，因为，诺思洛普·弗莱曾明智地告诫我们，如果有人试图证明某些特征是浪漫主义诗人的显著特征，比如说，对自然和个体的全新态度，试图证明这些特征只有1770年到1820年之间的那些作家才具备——并将这些作家的态度与蒲柏或拉辛的态度做个对比，那么必定会有别人从柏拉图或迦梨陀娑那里找到反证；从哈德良皇帝那里找到反证（肯尼斯·克拉克就是这么做的）；从赫利奥多罗斯那里找到反证（塞里埃就是这么做的）；从一个中世纪西班牙诗人或前伊斯兰阿拉伯诗人那里找到反证；最终还会从拉辛和蒲柏那里找到反证。

我也不想暗示尚有一些纯粹的个案——借此我们可以做出判
xxii 断，我们可以说某个艺术家、思想家或某个人是彻底浪漫的，而非其他：比如说人是一个绝对的个体，这就是说他拥有有别于世界上其他事物的特性；或者说人具有绝对的社会性，也就是说他自身完全没有特性。然而，诸如此类的说辞并非毫无意义，相反，没有这类说辞我们寸步难行：它们标明了一些属性、倾向或理想的类型，我们用来发现、确认，或者说夸大（如果先前没有引起足够的注意的话），对，就是夸大（因为我想不起比它更合宜的动词）那些通常称之为人的特点、行为、观点、运动或学说的方方面面。

说一个人是浪漫主义思想家或浪漫主义英雄，并非泛泛之言。有时这是指他或他所做的事情可以得到一些解释，解释的依据是一个目的，或者说一连串目的（它们之间也许互相抵牾）；或者是一种视见，兴许就是一瞥或揣度——这些解释可能指向某种基本无法感觉的状态或行为——诸如生活中一些事物、一次运动或作为生活本质的一部分却未得到解释（也许是难以解释）的艺术作品。对多数研究浪漫主义不可尽数之方方面面的严肃作家来说，这些正好就是他们意欲穷究的目标了。

我的意图更加有限。在我看来，18世纪后半叶，在我们明确地称之为浪漫主义运动之前，发生了一次价值观的根本转变，影响了西方世界的观念、感情和行为。对这一转变最生动的表述见于浪漫派最典型的浪漫形式中，而非他们表现出来的所有浪漫形式，也非那些属于他们所有人的浪漫形式；而是见于浪漫派所具有的最典范的东西中。没有这些典范，则我意欲言及的革命以及那些被认作革命的后果和现象的事物（浪漫主义艺术、浪漫主义观念）便不可能产生。如果大家说我还未论及深藏在浪漫主义的这一种或那一种乃 xxiii
至全部表象核心中的特征的话，我欣然承认。我并不想定义浪漫主义，只想研究不管其如何伪装，让浪漫主义作为其最强烈的表达和症状的那场革命。此外无他：但这也足够了。因为我希望说明的是这次革命是西方生活中最深刻、最持久的变化，比起影响力不曾受到质疑的那三次大革命——英国的工业革命、法国的政治革命、俄国的社会和经济革命——一点都不逊色。确实，我所关心的这次运动已关联到各个层面。[①]

在编写这些讲稿时(根据BBC的录音),我尽量克制自己。总的来说,尽量不做改动,以保证文本的流畅上口;我注意在一定程度上保留演讲本身所具有的随意风格和偶尔出现的不怎么规范的表述——对于演讲来说,这种随意和不规范其实是很自然的。即便有时候需要在句法上做大量的润饰工作(多数即兴所说的句子是需要这种整理的),也不会妨碍人们理解伯林的原意。伯林本人从前对讲稿所做的轻微修改也包含在整理过的文本之中,那些能够听到讲座录音的读者,如果将此书和录音进行对照,便能发现其中的差异。[②]

xxiv 我总是尽力追踪伯林文中的引语。大凡那些引自英语原文,或直接从外文翻译过来的句段,只要伯林本不打算意译,我都做了必要的更正。[③]其实,化用和意译是伯林的一个演讲策略,介乎逐字逐句引用

① 这段伯林引文佶屈聱牙的风格与他的行云流水的演讲风格大相径庭,显然,他对于一些说法颇为踌躇,他需要进行比较以便筛选出更好的表述,因此他频繁地使用插入语、同义词、并列词组(句)、补充说明词组(句),致使句子结构显得臃肿,意义累赘。译者在这里试图保留引文原文的风格。——译注

② 伯林演讲所具有的那种高度个性的色彩和摄人魂魄的力量是其声望的核心部分,他的演讲录音特别值得一听。只要提前预约,读者就可以在伦敦的大英图书馆和华盛顿特区的美国国家美术馆听到整个系列。本书的英国精装版配有最后一场演讲的CD,读者可以亲耳体验现场声效。该精装版已不在市面上流通,但很多图书馆都藏有副本。最后一场演讲的录音可以从以下网址下载:http://berlin.wolf.ox.ac.uk/information/recordings.html。

③ 在完美的世界里,所有材料都要交代出处,不仅指(不完全)引用,还包括意译化用,甚至是信手拈来的材料,只要取自他人,也要表明出处。但是,幸亏这个世界并不完美,如果时间都花在说明材料来源,而非材料析义上,尽管看起来规范完备,但过于拘泥,值得质疑。确实,为了抵达一个逻辑结论,竭泽而渔所有材料,致使注释超过正文,徒增读者的困境,好比面对一比一的地图,画蛇添足又不会翻倍你对现实的了解。此外,材料来源本身常常需要检验,如果每句都要推敲佐证,只能无限退回到最初的经验观察(而经验观察经常是模棱两可和/或不可证实的,即便不是总是)。若照此实践,任何非虚构的写作或编辑根本无法完工。

和意译化用之间，可被称为“不完全引用”。“不完全引用”有时会带引号，但不是原来引语的直接重复。它们看上去是作者想要表达的，或就是他已经表达的。他不必特意声明引语出自他的翻译或他本人发表过的那些文字。这种“不完全引用”的现象在我们这个时代之前是很常见的，[①]但在当代学术氛围里大概已不受欢迎了。伯林在世时我所负责 xxv
编辑出版的伯林文集里，我一般只关注他的直接引用，对那些直接引语和明显是意译的引语逐一核查。但涉及本书，如果坚持只给那些确凿无疑的直接引语标注上引号以便掩饰他的不完全引用（其实它们本来很自然而且富有修饰效果），未免显得做作和节外生枝。我特别提及这一点，以免误导读者。为此，我在伯林的引文目录前标出不完全引用的出处，以使读者获得一个背景性的了解（参见下文第181页）。

1965年6月、7月，这些演讲由位于华盛顿特区的教育广播电台WAMU-FM首播。后于1966年8月、9月由BBC第三套节目播出，并在

① 按照今天的学术规范衡量，这种不完全引用与无意识的袭用之间是很难区别的。西奥多·贝斯特曼在其翻译伏尔泰的《哲学词典》（Harmondsworth，1971，14）的导论中说：“现代人对于引文出处的那种忠诚在18世纪的时候闻所未闻。伏尔泰的一些表明为直接引用的引文有时与原文并不一致。此种情况在维柯那里还要严重。正如《新科学》的译者托马斯·戈达德·伯金和马克斯·哈罗德·菲什在他们的一个修订版（New York，1968）序言中写道：“维柯根据记忆引用；他的资料来源模糊不清；他的记忆常常不可靠，他所声称的一些出自第一手资料的引文往往得自间接的渠道；他还时常混淆了作者……”不过，尽管如此，正如译者在他们的1948年的译本前言中所说的那样：“维柯这些细枝末节方面的错误……并没有伤及他论点的要义。”

伯林的情况与之相似。他的引文也不精确，往往是已被他改进过了的。我经常跟他讨论这个问题。他很乐意借机把自己嘲讽一通，一旦错用的事实得到确认，他总是坚持修正过来。虽然他对引文做过改进，不过并没有偏离引文作者的本意，甚至还使原文的意义更加清晰明确。当然了，若把伯金他们对于维柯的评价用到伯林身上，不免夸张了些。维柯是伯林谓之的智识英雄之一，他们之间在这方面颇有相似之处。伯金和菲什说过，维柯最著名的编辑——福斯托·尼科利尼是以一种“苛刻的爱”来处理维柯的缺点的，显然这种编辑态度足资楷模。

1967年10月、11月重播。1975年，澳大利亚未经授权重播了这些演讲。而在1989年，也就是伯林八十岁那年，又由英国BBC第三频道重播。过后，一些摘要也已被收入有关伯林的节目之中。

伯林本人生前坚持拒绝出版这部讲稿，不只因为他在晚年还想完成一本浪漫主义的专著，或许还因为他觉得不经任何修改和扩充就出版一些即兴演讲是一种虚荣的行为。他很清楚自己说过的一些话很可能太笼统、太含混、太粗糙——作为演讲大概还可以接受，一旦成书便经不起推敲。确实，在致BBC电台第三套节目的负责人P. H. 纽拜的
xxvi 一封感谢信中，他描述自己“倾泻出巨大的语言洪流：六个多小时狂热的、不时短路的、焦灼的、气喘吁吁的——在我听来，有时是歇斯底里的——演讲”。[①]

有人认为即便是现在也不应该出版这部讲稿——虽然其优点不可否认，但它仍然有损伯林作品的流传。我不同意这种看法，我的观点得到了一些我所尊敬的学者的支持，特别是一位特别苛刻的批评家，已故的帕特里克·加德纳的支持。几年前他读到我编辑的这部讲稿，就竭力主张依照原样出版，哪怕在作者尚在世时出版这类演讲稿是个错误（我对此持矛盾态度）。我认为在作者已经功成名就，讲座也很激动人心的情况下，出版他的演讲稿不仅可行而且符合读者的需要。此外，伯林明确表示同意死后出版讲稿。在谈到这个问题时，他并未暗示说要做个严格的限定。他认为作者死后出版与生前出版的规则是不一样的。他肯定也知道（虽然他从未承认过）他的梅隆讲座展现了即兴演说艺术的绝技，完全值得原汁原味地记载下来，永久流传。现在是时候了——借用他本人在那本最富有争议的关于J. G.哈曼的书中的话来说，该是被“有鉴别能力的读者接受或反驳”的

① 1966年9月20日的信。参见下文第179页。

时候了。[①]

约翰·格雷的序言是第二版的新增内容，我也对该版做了些许订正，添加了此书首版之后新发现的一些材料，有些材料来自Google Books（虽有缺陷却是文献研究者的职业利器）。我还为该版增编了附 xxvii
录，包括有关演讲的书信精选，主要出自伯林手笔。围绕浪漫主义议题的大部分书信得以保存下来，或留存在他自家的档案里，或藏于华盛顿特区国家美术馆。美术馆档案部的梅格妮·丹尼尔部长为我提供了馆藏副本，对此我不胜感激。这些信件更加凸显了伯林对待公开演讲，尤其是对待这种高端演讲的态度，近乎瞻前顾后。

在这些通信中，对方就辅助演讲的幻灯片和伯林交换了意见。此外还有伯林的两封信。第一封写于1965年2月8日，伯林的自相矛盾跃然纸上："如果可以，我真心不想展示任何幻灯片；同时，无论如何我都想在哪次讲座中用一用。"在第二封信（写于2月24日）中，他写道："如果总体概念清晰，我就不会再做详尽展开了；不过，也可以随便放几张幻灯片，权当一般背景以便呈现事物何为。"

本书再版，页码与第一版有所不同。这给试图查找参考文献的读者带来不便。为此，我对齐了两个版本，发布在http://berlin.wolf.ox.ac.uk/published_works/rr/concordance.html，页码可以轻易转换。

需要铭记在心的鸣谢太多了，毫无疑问，不胜枚举，其中包括我在下文第183页列出的文献提供者。此外，最真挚的谢意致予（一如我在以往的书中提到的）那些慷慨赞助者，他们提供了沃尔夫森学院奖学金 xxviii
的赞助；致予布洛克勋爵，他帮助我获得了宝贵的资助；致予沃尔夫森学院，提供给我住宿和工作的环境；致予已故的帕特·尤特金，作者的

① 引自伯林1994年为《北方的巫师》德文版特别所作的前言，参见Isaiah Berlin, *Der Magus in Norden*（Berlin, 1995），14。[该前言的英文原文已被收入伯林的《启蒙的三个批评者：维柯、哈曼与赫尔德》（London and Princeton, 2000），这段评论可见该书第252页。]

秘书，她已成为我三十五年来耐心的朋友和支持者；致予罗杰·豪舍尔和已故的帕特里克·加德纳，他们阅读了讲稿并提出了一些宝贵的修改意见，还有其他很多不可或缺的帮助；致予容尼·斯坦伯格，他对编辑此书提供了很有价值的建议；致予出版者们，尤其是查托和温达斯出版社的威尔·萨金与罗伊纳·斯凯尔顿–华莱士，以及普林斯顿大学出版社的德伯拉·特加顿，他们耐心地忍受我很多苛刻的要求；致予塞缪尔·格滕普兰，他为我提供了道德的支持和有效的建议；致予我的家庭（虽然此前我很少想到提起他们），他们得忍受我心无旁骛的职业怪癖。最后的致谢也许有些多余，但我依然要说：感谢以赛亚·伯林委托我来编辑他的讲稿，对于一个编辑来说，这是一件求之不得的重任；感谢他允许我在做此事时拥有完全的自主权。

亨利·哈代

1998 年 5 月于牛津大学沃尔夫森学院

xxix 2012 年 5 月于赫斯沃尔

一
寻找一个定义

也许你们期待我的演讲一开始就给浪漫主义做些定义，或者试图做些定义，或者至少给出些归纳概括什么的，以便阐明我所说的浪漫主义到底是什么。但我不想进入这个陷阱。杰出、睿智的诺思洛普·弗莱教授指出，当一个人意欲从事对浪漫主义这个问题的归纳时，哪怕只是无关宏旨的话题，比如说吧，英国诗人萌发出了一种对待自然的全新态度——姑且说华兹华斯和柯勒律治吧，他们的态度迥异于拉辛和蒲柏的态度——就会有人从荷马史诗、迦梨陀娑、前穆斯林时期的阿拉伯史诗、中世纪西班牙诗歌中，最终从拉辛和蒲柏的诗中找出相反的证据。因此我不准备归纳概括，而是用其他方法传达我所思考的浪漫主义的含义。

事实上，关于浪漫主义的著述要比浪漫主义文学本身庞大，而关于浪漫主义之界定的著述要比关于浪漫主义的著述更加庞大。这里存在着一个倒置的金字塔。浪漫主义是一个危险和混乱的领域，许多人身陷其中，迷失了，我不敢妄言他们迷失了自己的知觉，但至少可以说，他们迷失了自己的方向。正如维吉尔所描述的黑暗洞穴，所有的脚印指向一个方向；又如波吕斐摩斯的洞穴，一旦有人进入，便不可重见天日。因此，我只能如履薄冰地涉足这个领域。

浪漫主义的重要性在于它是近代规模最大的一场运动，改变了西 1

方世界的生活和观念。在我看来，它是发生在西方意识领域里最伟大的一次转折。发生在19、20世纪历史进程中的其他转折都不及浪漫主义重要，而且它们都受到浪漫主义深刻的影响。

不仅是观念史，就连其他有关意识、观念、行为、道德、政治、美学方面的历史，在很大程度上也是一种主导模式的历史。任何时候观察一种独特文明，你都会发现这种文明最有特色的写作以及其他文化产品都反映出一种独特的生活方式，而这种生活方式支配着写出这些东西的作家、画出这些东西的画家、谱出这些音乐的作曲家。因此，为了确定一种文明，为了阐明该文明的种属，为了理解人存身其间思考、感受、行动的世界，很重要的一点是，要尽可能地分离出这种文化所遵从的主导模式。以古典时代的希腊哲学或希腊文学为例。如果你阅读，比如说，柏拉图的哲学，你会发现支配他的是一种几何或数学模式，很明显，他的思维原则基于如下的观念——存在某些公理式的真理，某些不可动摇、不可摧毁的真理，由此，人们可能通过严密的逻辑推导得出某种绝对正确的结论；人们可能通过柏拉图所推崇的某种方法获得绝对的智慧；世界上存在一种可以获取的绝对知识，只有我们能够获取这种绝对的知识。几何学，或者说广义的数学，堪称这种绝对知识的范式，最完美的范式。根据这种绝对的知识，根据这些真理，人们可以一劳永逸地、恒定不变地、无须更改地组织我们的生活；一切苦难、怀疑、无知，人
2 类的各种罪恶、愚蠢都将从地球上消失。

相信世上存在一种完美的前景，相信只需借助某种严格的学科，或某种方法就可达到真理，至少这是与冷静超然的数学真理相似的真理——这种信念影响了后柏拉图时代的许多思想家，当然包括具有类似信念的文艺复兴时代的思想家、某些像斯宾诺莎那样的思想家、18世纪的思想家，甚至19世纪的思想家，他们认为有可能（如果不是绝对的话）达到某种近乎绝对的知识来整饬世界，创造某种理性秩序，由此，悲剧、罪恶、愚蠢，这些在过去造成巨大破坏的事物，最终可以通过应用谨

慎获得的知识和普遍理性得到避免。

这是一种模式——我仅以它为例。毫无例外，这些模式的初衷是要将人类从错误中解放出来，从困惑中解放出来，从不可认知但又被人们试图借助某种模式认知的世界中解放出来；但是，毫无例外，这些模式的结果就是重新奴役了解放过的人类。这些模式不能解释人类的全部经验。于是，最初的解放者最终成为另一种意义的专制。

让我们来看另外一个例子——一种与上述文化平行的文化，即时期相近的《圣经》文化，即犹太文化。你会发现一种完全不同的主导模式，一套完全不同的观念体系，它对于希腊人来说是不可理喻的。犹太教和基督教的信念在很大程度上源于家庭生活的信念，源于父与子的关系，也许还源于部落成员之间的关系。人们据此解释自然和人生。这种基本的关系——比如子女对父亲的敬爱、兄弟情谊、谅解、上级对下级发布的命令、责任感、僭越、罪孽以及由罪孽派生出来的赎罪需 3
要——这套综合属性成为创造《圣经》的人们以及深受其影响的人们解释整个宇宙的依据，但对希腊人来说纯属不可理喻。

比如一首为人熟知的圣诗。当赞美诗的作者说，“以色列出了埃及……沧海看见了它就奔逃，约旦河倒流。大山踊跃如公羊，小山跳舞如羊羔”，大地“因见主的面便要震动”。[①]对柏拉图和亚里士多德来说，这完全无法理解，因为关于世界亲自应和神的命令的信念，关于万事万物之间的关系，不论是有生命的事物还是无生命的事物之间的关系，都必须根据人类的关系，至少要根据神界或人类的人格关系来解释的观念，这些都与希腊人关于神以及人神关系的观念相去甚远。因此，对于那些通过受到犹太影响的眼镜阅读的读者来说，他们在阅读希腊人的作品时，很难领会为什么希腊人缺少责任观念和义务观念。

① 《圣经・诗篇》卷五，第114首。参见中国基督教协会出版发行的《圣经》中英对照2001年版本。——译注

让我来尝试说明一下不同的文化模式会显得多么陌生。为了追溯意识变迁的历史，这非常重要。人类的基本观念已经发生过不可尽数的革命，但有时已经很难追溯了，因为我们笼而统之地认为所有的革命好像都一样。维柯这位意大利思想家，大概是第一个使我们关注古代文化陌生性问题的人。他的思想在18世纪初得以绽放。我们是否可以这样说，一个生活贫寒、声名隐微的人也曾绽放其思想。比如，他指出，一首著名的拉丁六韵诗的结尾“Jovis omnia plena”（“朱庇特主神遍及一切”），从字面意义上来看，就有些不可理喻之处。一方面，朱
4 庇特是一个投掷雷电的大胡子神灵。另一方面，这句话的意思是，一切“omnia”——都被这长着大胡子的神灵“充斥”了。维柯充满惊人的想象却又中肯地指出，那些与我们相距遥远的古代人，他们的观念与我们的观念肯定大相径庭。他们就是能够构思出来这种想法——他们的神灵不仅是一个掌管神祇和凡人的大胡子巨人，而且充斥了整个天空。

再举一个大家更为熟悉的例子。当亚里士多德在其《尼各马可伦理学》中讨论友谊这一主题时，他出乎我们的意料地说，朋友有很多类型。比如，有种友谊指两人之间热烈的爱慕之情；另一种友谊却存在于人们的商业关系之中，存在于贸易往来之中，存在于买卖过程之中。对于亚里士多德而言，世上有这两种类型的友谊并不奇怪：有些人会全身心投入爱中，至少是对爱怀有满腔热情；而有些人只有买卖鞋子的关系——但二者都可以视作友谊。不过，这个事实，也许在经过了基督教，经过了浪漫主义运动，或者别的什么运动之后，在我们看来，就显得不可思议了。

我举这些例子仅仅是要说明古代文化比我们想象的要陌生得多，人类意识已经发生过多次大的改变，而这些改变只有通过对古代著作进行批判性的解读才能体察得比较清楚。当然还有很多其他例证。我们可以把世界看作有机的（就像一棵树，各部分共生共存，互相依赖），也可以用机械论的眼光认知世界，把世界视为一些科学模式的结果，其

中各部分并不唇齿相依，国家，或者其他的人类制度都是一种零件，只
是用来推进人的幸福，避免无谓的伤害。这些极不相同的观点，属于不 5
同的观念背景，具有不同的观念渊源。

恰巧成为规则的是那些获得优势地位的学科（比如说物理、化学），作为富有优势的学科，它支配了那一代人的想象力，从而也被应用于其他领域。在19世纪，社会学成为优势学科；在我们这个世纪，则是心理学大领风骚。我的论题是浪漫主义运动是一场如此巨大而激进的变革，浪漫主义之后，一切都不同了。这将是我要集中论述的观点。

浪漫主义从何处兴起？当然不在英国，尽管从史实层面来讲，无疑始于英国——所有历史学家都会如是说。无论如何，英国不是浪漫主义以最戏剧性方式展开的舞台。这里就出现了一个问题：当我谈论浪漫主义的时候，我指的是一个历史事件（我似乎正在说它是的），还是一种不专属于某一特定阶段的普遍的精神状态？赫伯特·里德和肯尼斯·克拉克[①]都认为浪漫主义是一种随处可见的永恒的精神状态。肯尼斯·克拉克在哈德良的诗句中找到了浪漫主义的证据；赫伯特·里德也找到了很多例证。在浪漫主义研究方面著述甚丰的塞里埃男爵列举出柏拉图、普罗提诺和希腊小说家赫利奥多罗斯以及其他很多作家，他认为他们都是浪漫主义作家。事实上可能正如他所说，但我不想涉足这方面的研究。我所要论及的浪漫主义有时间的限定，我无意涉及永恒的人类态度，只想关注在特定历史阶段发生，至今仍然影响着我们的某次变革。因此我准备将注意力集中到18世纪后期发生的变革。变
革发生，不在英国，不在法国，而主要是在德国。 6

根据通行的历史观和历史变革观，我们理解的18世纪应该是这个样子：我们就从法国的18世纪讲起吧。那是一个优雅的时代，一切都

① 这两位是前梅隆讲座的演讲者。

开始变得平静安详，在生活和艺术领域，人们都遵守规则，理智全面发展，理性主义步步推进，教会势力节节败退，非理性在法国启蒙思想家的猛烈攻击下全线崩溃。到处都是安宁的气氛，到处都是雅致的建筑，到处都信奉普遍理性不仅可以用于人类生活而且也可以用于艺术活动、道德、政治和哲学。再后来，一种突然的、莫名的思潮袭来了。出现了情感和热情的大爆发。人们开始对哥特建筑，对沉思冥想感兴趣。他们突然变得神经质和忧郁起来；他们开始崇拜天才的天马行空；他们开始背弃对称、优雅、清晰的状态。同时，其他的变革也在发生。大革命爆发；人民不满，国王掉了脑袋。恐怖降临。

两场革命之间是否存在关联，这点不很清楚。当我们阅读历史，我们会有这种感觉：在18世纪末，灾难性的事件发生了。起初似乎风平浪静，随后便有了突变。一些人欢迎它，一些人谴责它。谴责它的人认为这本应是一个优雅和平的年代。不明了这一点的人就不懂得真正的生活的愉悦（plaisir de vivre），塔列朗如是说。另一些人认为这是一个做作虚伪的年代，而革命开创了一个更加公正、更加人性化、更加自由、人对人有着更深层次理解的统治。不管怎样，问题是：所谓浪漫主义革
7 命（一场艺术和道德领域里全新的动荡变革）和通常所说的法国大革命的关系如何？在巴士底狱废墟上起舞的人们，砍掉路易十六头颅的人们，可是受到突发的天才崇拜热的影响，或突然爆发的所谓情感主义的影响，或把西方卷入骚乱洪流之中的思潮影响的同一拨人？显然不是。可以肯定，法国大革命为之而战的原则即普遍理性、秩序和公正的原则，而浪漫主义通常与之关联的理念是独特性意识、深刻的情感内省和事物之间的差异性意识（而非相似性意识），它们之间完全没有联系。

那么如何解释卢梭呢？卢梭被称为浪漫主义之父，某种意义上说，这是很正确的称谓。但导致了罗伯斯庇尔观念形成的卢梭，导致了雅各宾派观念形成的卢梭，在我看来，并不是那个与浪漫主义有明显联系的卢梭。前面那个卢梭是写出《社会契约论》的卢梭，这部经典著作谈

到了回归人类共有的原初法则；谈到了施行普遍理性的统治而不是情感的统治——普遍的理性能将人们联合在一起，而情感却会使人们分裂；谈到了普遍公正与和平的统治——普遍公正与和平能消弭那些使人情智分裂，人与人之间紧张对立的冲突、骚乱和动荡。

因此，要看清浪漫主义的剧变和政治革命的关系还非常困难。何况还有工业革命，与此也并非没有瓜葛。毕竟，观念不能繁殖观念。某
些社会和经济的因素对于人类意识的剧变负有相当的责任。眼前亟待 8
解答的问题是，又是工业革命，又是古典主义庇护下的法国大革命，又是浪漫主义革命。比如，就拿法国大革命时期的伟大艺术来说吧。如果你看雅克-路易·大卫的大革命绘画，你很难把它与浪漫主义革命联系在一起。大卫的绘画有一种雄辩，一种雅各宾党人严峻的雄辩力，令我们想到斯巴达，想到古罗马。它们传达了一种对于轻浮、浅薄生活的拒绝姿态，令我们想起马基雅维利、萨伏那洛拉，还有马布利这些人，他们曾以普遍永恒的理想的名义谴责他们时代的浅薄。而浪漫主义运动，正如历史学家告诉我们的那样，是对各种普遍性的激烈反叛。因此当务之急，是要了解到底发生了什么事情。

为了比较清楚地说明我如何理解这场突变，我为什么会认为在那些年里，也就是在1760年到1830年之间，变革发生了，欧洲意识领域发生了一场剧变——为了让大家明白我这些想法的初步依据何在，我想先举个例子。设想你在西欧旅行，就说是19世纪20年代的西欧吧。设想你在法国，与维克多·雨果那些前卫的年轻朋友交谈。设想你到德国去，同斯塔尔夫人拜访过的人物交谈，正是她把德意志精神介绍给法国人的。设想你遇到浪漫主义的伟大理论家施莱格尔兄弟，或歌德在魏玛的一两个朋友，比如寓言家、诗人蒂克什么的，或任何与浪漫主义有关的其他人士，以及他们在大学的追随者，那些深受这些诗人、戏剧
家、批评家作品影响的学生、年轻人、画家、雕刻家。设想你在英国与某 9
人交流，此人深受柯勒律治影响，或最受拜伦影响，或与受拜伦影响的

任何人交流，不论他在英国、法国，还是意大利，还是越过莱茵河、易北河。设想你和这些人交谈，你会发现他们的生活理想差不多是如出一辙的。

他们认为，最高意义的价值是诸如正直、真诚，随时准备为某种内心理想献身，为某种值得牺牲一切、值得为之生为之死的理想奉献一个人的所有。你会发现他们感兴趣的首先不是知识或科学的进步；对政治权力没有兴趣，对幸福没有兴趣；他们对于为了找到个人的社会位置而去适应社会，与政府和平共处，对国王或共和国保持忠诚特别没有兴趣。你会发现，常识、温和适度的态度与他们的观念毫不沾边；你会发现他们相信为自己的信念战斗至最后一息的必然性；你会发现他们相信殉道的价值，无论这种殉道为的是哪种信仰；你会发现他们相信少数比多数更神圣，失败比成功更高贵，成功往往是赝品或粗俗一类的东西。理想主义（idealism）的观念，不是哲学意义上的“唯心主义”，而是我们在日常意义上使用的概念——也就是说一个人准备为某种原则或某种确信而牺牲的精神状态，一种永不会出卖信念的精神状态，一种为自己的信仰甘受火刑的精神状态（因为他信，他愿意这样）。这种态度以前不曾多见。人们所钦佩的是全心全意的投入、真诚、灵魂的纯净，以及献身于理想的能力和坚定性，不管他信仰的是何种理想。

10 不管他信仰的是何种理想，这点非常重要。设想你在16世纪与某人交谈，此人曾参加过导致欧洲四分五裂的宗教战争；设想你与一名在那个时期参与仇杀的天主教徒交谈，你说：“当然了，新教徒的信仰是虚假的信仰；当然了，他们信仰虚假的信仰该下地狱；当然了，对于人类灵魂救赎来说他们是极其危险的人，没有什么比这更重要了。不过，他们如此真诚，他们为信仰而死，如此坚决，他们表里如一，如此伟大，一个人不得不对他们的道德尊严和崇高生出一种敬仰之情。”这样的同情在当时听起来简直就是不可理喻的。任何真正掌握或自以为掌握真理的人，拿一个相信教会传布的真理的天主教徒来说吧，就会认为那些将全部身心投入到错误的理论和实践中的人是危险的，他们越真诚，就越危险、越疯狂。

没有一个基督教骑士会想到，当他与穆斯林交战时，他会敬佩那些信仰错误的异教徒的纯洁和真诚。毫无疑问，如果你是当时的一个正派人，你杀死了一个勇敢的敌人，但你不会侮辱他的尸体。你会认为，如此的勇敢（这是一种普遍受到敬仰的品格）、如此的善战、如此的虔诚，居然用在如此显而易见的荒谬和危险的信仰上，这确实令人惋惜。但你不会说："这些人信仰何种信仰并不重要。重要的是，他们信仰的精神状态；重要的是，他们不曾背叛。他们是表里如一的人，这些人，我尊敬他们。如果他们为了活命而站到我们这一边，那是非常利己主义的，是胆小、可鄙的行为。"有这种观念的人会说："如果我选择一种信仰，而你选择另外一种信仰，那我们之间必定会展开战斗。不是你
杀死我，就是我杀死你，也许来场决斗，最好的是我们不分胜负，双双战 11
死。最可怕的是相互妥协，那等于是说我们双方都背叛了自己内心的理想。"

诚然，殉道是值得敬佩的，但是殉道是指为真理殉道。基督徒之所以敬仰殉道者，是因为他们见证了真理。如果他们见证了谬误，那么，他们就丝毫不值得敬佩。也许他们值得惋惜，但绝对不值得敬佩。但是到了19世纪20年代，你会发现这样一种价值观：人们的精神状态和动机比结果更为重要。情感的纯洁、完整、投入、奉献——这些精神气质，比较容易得到人们的敬佩，成为一般的道德态度。这种价值观逐渐普及起来，起初是在少数人当中，后来则扩展到更多的人群之中。

对于这种价值观的转变，我来举例说明。比如，伏尔泰关于穆罕默德的戏剧。伏尔泰对于穆罕默德没有什么特别的兴趣，他真正的用意是要借题发挥他对教会的抨击。不过，伏尔泰还是把穆罕默德描写成一个迷信、残暴和疯狂的怪物，他摧毁了一切争取自由、公正、理性的努力。因此伏尔泰视他为容忍、公正、真理、文明——一切最值得珍视的

价值的敌人。想想伏尔泰之后，时间过去很久了，卡莱尔说的话吧。稍微夸张地说，卡莱尔是浪漫主义运动的典型代表。他在《论历史上的英雄、英雄崇拜和英雄业绩》这部列举和分析了许多英雄的文集里描述了穆罕默德。他被描述为“从自然伟大的胸膛里腾起的生命烈焰”。他具有炽烈的真诚和力量，因而值得赞颂。卡莱尔将穆罕默德和他不喜欢的18世纪加以对照。在他看来，18世纪不过是一个枯萎无用的时
12 代，一个“扭曲的二流世纪”。卡莱尔对《古兰经》所宣扬的真理毫无兴趣，他认为《古兰经》里没有任何东西他会相信。他之所以敬仰穆罕默德是因为他本人就是一种自然的力量；是因为他过着热情洋溢的生活；是因为他有众多的追随者；是因为他自身体现出了一种自然伟大的现象，成为人类生活中辉煌而动人的插曲。

对卡莱尔来说，穆罕默德之所以重要是因为他的性格而非他的信仰，穆罕默德的信仰是对是错无关紧要。在同一本文集里，他说：“但丁笔下崇高的天主教……必然会被一个名叫路德的人撕成碎片；莎士比亚笔下高贵的封建制度终结于类似法国大革命的变革中。”为什么它们会有这样的结局呢？因为无论但丁笔下崇高的天主教是真是伪，这都无关紧要。重要的是，他所信仰的是一场伟大的运动，有过自己的时代。如今，一场同样有力、同样重要、同样真诚、同样深刻、同样天翻地覆的运动代之而兴。法国大革命的重要性在于它撞击了人类的观念意识并留下深刻的印记，在于革命发动者们绝对真诚，而不是微笑的伪君子（卡莱尔就认为伏尔泰是个微笑的伪君子）。这种态度，我不会说它是崭新的，无论如何不能说它是崭新的，但无论如何，这种态度也够新的了，足以值得重视。不管原因何在，它毕竟发生了，在我看来，它产生于1760年和1830年之间。首先始于德国，之后扩展开去。

让我们来看另外一个例子。就说对悲剧的态度吧。前人总是把悲剧归咎于某种过失。一个人做了错事，犯了错误，要么是道德过失，要么是智识方面的错误。有些错误也许可以避免，有些错误也许不可避

免。对希腊人来说，悲剧是神施与人的，既然是神意所为，人也就无从逃脱。不过，从原则上来讲，如果这些人能够洞悉一切，他们也就不会 13
犯下这些严重的错误，也就不会给自己招致灾难。如果俄狄浦斯知道拉伊俄斯是他的父亲，他也不会杀了自己的父亲。某种程度上，莎士比亚的悲剧与希腊悲剧一样。如果奥赛罗知道苔斯德蒙娜是无辜的，这部戏就不会以悲剧终结。因此，悲剧是建立在人的某些可避免的或无从避免的缺失——知识、技能、道德勇气、生存能力以及正确行事的能力的缺失，或者别的什么缺失之上的。资质好些的人，有更强的道德意识，更明智的认知能力，尤其是具有敏锐周全的知解能力的人，也许凭借这些不凡的能力他们能够避免悲剧。

但在19世纪早期甚至18世纪晚期，对于悲剧的理解已非如此。如果你去读席勒的悲剧《强盗》(我还会在后面论述到)，你会发现，草莽英雄卡尔·莫尔选择落草为寇，通过无数残忍的犯罪行为向他所憎恶的社会复仇。最终，他的罪行遭到惩罚。但如果你要问："谁之罪？是他出身的阶级吗？他原来阶级的价值都是腐败和愚蠢的吗？强盗和上流社会，哪一方是正确的？"在这部悲剧中找不到答案。对于席勒而言，这种问题既浅薄又盲目。

于是，两种不相容的价值观之间就产生了一种不可避免的冲突。以前人们认为所有美好的事物是可以兼容的。这种观点不再正确。比如你去读毕希纳的悲剧《丹东之死》，罗伯斯庇尔在革命的过程中处决了丹东和德穆兰。如果你要问，"罗伯斯庇尔做错了吗？"答案是他没
有。悲剧在于尽管丹东犯了不少错误，但他忠于革命，罪不至死；而罗 14
伯斯庇尔将其处决也是完全正确的。这就是黑格尔后来所说的"善与善"的冲突。这种冲突不是由于谁的过失，而是由于某些不可避免的冲突，流散于世间的不同因素，不可调和的价值观之间的冲突。重要的是人们献身于他们信仰的价值观。如果他们这样做，他们就是悲剧中的英雄；如果他们不这样做，他们就是庸俗之辈，就是平庸的资产阶级，他

们没什么美德，也不值得描写。

19世纪的主导形象是阁楼上的贝多芬头发蓬乱的形象。贝多芬是听从于自己内心呼唤的人。他贫穷、无知、粗鲁、没有教养、不通世故，除了驱使他前进的灵感以外，他的一切也许都让人兴味索然。但他始终没有背叛自己的信仰，总是坐在阁楼上不懈地创作，追随他的心灵之光创作。这才是一个人应该做的，这就足以使贝多芬成为英雄。就算是一个不具有贝多芬那样天才的人，比如巴尔扎克的《不为人知的杰作》中的主人公，他疯了，他在画布上涂满一幅幅的画，到最后完全不能分辨他画了些什么，只有一团令人害怕的混乱，无法辨认，也不可理解。即使像他这样的一个人，他所赢得的也不只是怜悯，他是一个献身理想、摈弃了俗世的人，代表着人类所能具有的最英雄主义、最富有自我牺牲精神、最辉煌的品质。1835年，戈蒂埃在他著名的《莫班小姐》的“序言”中，是这样替“为艺术而艺术”的信念辩护的：“不，愚蠢的人！不！你们这些傻瓜和白痴，一本书不可能是一盘汤；一本小说不是一双靴子；一首诗不是一只喷壶；一出戏不是一条铁路……不，无论多少次，也是不。”戈蒂埃认为以往为艺术辩护的理由是站不住脚的（这里，
15 他没有把他攻击的社会功用学派——圣西门、功利主义，社会主义——包括在内），那种认为艺术的目的是愉悦大部分人或只是愉悦少数训练良好的鉴赏家的观点，是毫无根据的。艺术的目的是生产美，只要艺术家自己感到他的作品是美的，就足够了。

很清楚，人们的观念意识开始转变。这种转变足以使他们不再相信世上存在着普适性的真理，普适性的艺术正典；不再相信人类一切行为的终极目的是为了除弊匡邪；不再相信除弊匡邪的标准可以喻教天下，可以经得起论证；不再相信智识之人可以运用他们的理性发现放之四海皆准的真理。人们转变了他们的生活态度和行动理念。的的确确，一些转变发生了。若问到底有哪些转变发生，我们得知人们转向情感主义；人们突然转向原始遥远的事物——对遥远的时间、遥远的地

方产生兴趣；人们转向无限，对无限的渴望喷涌而出。人们谈论“宁静中回忆的感情”，人们谈论的话题——这些话题和我前面提到的（启蒙时期的）话题有什么联系，尚不清楚，人们谈论司各特的小说、舒伯特的歌曲、德拉克洛瓦、国家崇拜的兴起，以及德国人对于自己经济自足所发的矜夸之词，也谈论超人的品质，对于狂野不羁的天才、绿林好汉、英雄、唯美主义、自我毁灭的赞颂。

这些话题有什么共同点呢？如果我们试着去找到答案，结果多少会让我们感到吃惊。下面是我精心挑选的几个关于浪漫主义的定义，它们都出自曾经就这个题目展开过论述的最杰出的作者之手。这些定义表明，浪漫主义这个题目绝不简单。

司汤达说，浪漫主义是现代的和有趣的，古典主义是老旧的和乏
味的。听起来很简单，但事实并非如此。他的意思是浪漫主义是去理
解驱动你自己生命的各种力量，而不是遁隐于过时的事物。不过，他 16
在讨论拉辛和莎士比亚的一本书中所表达的正是我前面所说的情况。
然而，他的同时代人歌德却认为，浪漫主义是一种疾病，是狂野诗人和
天主教反动派虚弱的、不健康的战斗口号；而古典主义则是强健的、
鲜活的、愉快的、合理的，如同荷马或《尼伯龙人之歌》。尼采说，浪漫 17
主义不是疾病，而是药方，用来治愈疾病。西斯蒙第，一个富于想象的
瑞士批评家，尽管是斯塔尔夫人的朋友，也许对浪漫主义的态度并不
友善，他认为浪漫主义是爱、宗教和骑士精神的联合。但是，弗里德里
希·冯·根茨，他是梅特涅亲王的主要思想代理人，西斯蒙第的同时代
人，他认为浪漫主义是三头蛇怪的一颗头颅，另外两颗分别是改革和革
命；浪漫主义实际上是来自左翼的威胁，对宗教、对传统、对必将灭亡的
旧时代的威胁。年轻的法国浪漫派“青年法兰西”呼应了这一点，他们
说：“浪漫主义，那是革命。”革命针对的对象是什么呢？显然是一切。

海涅说，浪漫主义是从基督的鲜血中萌发出来的激情之花，是梦游的中世纪诗歌的苏醒，是梦中的塔尖，用露齿一笑的幽灵那种悲戚的目

光注视着你。马克思主义者会补充道，浪漫主义是对工业革命恐怖的逃避，罗斯金会赞同这一点，他认为，浪漫主义是美丽的过去与可怕、单调的现实的对照；他只是修正了海涅的观点，并未另辟新说。丹纳则说，浪漫主义是1789年之后资产阶级对于贵族统治的叛乱；是新兴暴发户的能量和力量，一种绝对相反的能量和力量的表现；是新兴资产阶级以意气风发的姿态对抗社会和历史上陈旧、体面、保守的价值观的表现。它不是软弱或绝望的表现，而是野兽般的乐观主义的表现。

弗里德里希·施莱格尔，浪漫主义有史以来最伟大的先驱，最伟大的鼓吹者和预言家，他认为人有一种可怕的不可满足的欲望，总想遨游于无限；一种狂热的渴望，总想摆脱个体狭窄的束缚。与此渴望大致相同的情感可以在柯勒律治那里找到，甚至在雪莱那里找到。但是，费迪南·布吕内蒂埃在19世纪末说，浪漫主义是文学自我中心主义，是舍弃
18 更大的世界而强调个人，是自我超越的对立物，是纯粹的自我断言；塞里埃男爵赞同这个说法，认为浪漫主义是极端自我主义和原始主义的，他的观点得到白璧德的应和。

弗里德里希·施莱格尔的兄弟A. W. 施莱格尔与斯塔尔夫人都同意浪漫主义起源于罗曼语国家，或至少起源于罗曼语言，浪漫主义实际上就是修正过了的普罗旺斯吟游诗人的诗歌；但勒南说浪漫主义起源于凯尔特语国家。加斯东·帕里斯说浪漫主义起源于法国布列塔尼地区；塞里埃说浪漫主义是柏拉图和雅典法官伪狄奥尼索斯[①]的混合。博学的德国批评家约瑟夫·纳德勒说浪漫主义实际上是居住在易北河和尼蒙地区之间的德国人的思乡病——对于他们的原乡、古老的德国中部的怀念，是被放逐者和殖民者的白日梦。艾兴多夫说浪漫主义是新教徒对于天主教会的怀旧之情。但是，夏多布里昂未曾在易北河和尼

① 伪狄奥尼索斯（pseudo-Dionysius），生平事迹不详，据说是活跃于6世纪的中东学者，其著述宣扬了一种否定神学（negative theology）。——译注

蒙地区之间居住过而且没有经历过这些情感，他说浪漫主义是灵魂自我游戏时秘不可述的欢愉："我永远都在说自己。"约瑟夫·艾纳尔说浪漫主义是爱上某些事物的意愿，是对他人而不是对自己的态度或情感，它反对权力意志。米德尔顿·默里说莎士比亚实质上就是一个浪漫主义作家。他又补充道，卢梭以来所有伟大的作家都是浪漫主义的。但是杰出的马克思主义批评家卢卡奇说伟大的作家都不是浪漫主义的，司各特、雨果和司汤达更不会是浪漫主义的。

如果我们考量所有值得阅读的作家的引语的话（他们在其他领域的一些见解也很深刻），我们发现很难从这诸多的概述中找到一些共同点。可见诺思洛普·弗莱警告我们不要轻易为浪漫主义下定义是多么
明智。据我所知，尽管这些定义互不相让，但还没有招致诘责；而那些 19
真的给出一些荒谬离题的定义的人，总是难逃批评界的口诛笔伐。

下一步是来看看浪漫主义作家和批评家所说的浪漫主义的特征是什么。结果出人意料。我所搜集的例子如此繁杂不一，使得我的研究难上加难。显然，选择浪漫主义这个题目很不明智。

浪漫主义是原始的、粗野的，它是青春，是自然的人对于生活丰富的感知，但它也是病弱苍白的，是热病，是疾病，是堕落，是世纪病（maladie du siècle），是无情的美女（La Belle Dame Sans Merci），是死亡之舞，其实就是死亡本身；是雪莱描绘的彩色玻璃的圆屋顶，也是他永恒的白色光芒，是生活斑斓的丰富，是生活的丰盈（Fülle des Lebens），是不可穷尽的多样性，是骚动、暴力、冲突、混沌；它又是安详，是大写的"我是"的合一，是自然秩序的和谐一致，是天穹的音乐，是融入永恒的无所不包的精神。它是陌生的、异国情调的、奇异的、神秘的、超自然的；是废墟，是月光，是中魔的城堡，是狩猎的号角，是精灵，是巨人，是狮身鹫首的怪兽，是飞瀑，是弗洛斯河上古老的磨坊，是黑暗及其力量，是幽灵，是吸血鬼，是不可名状的恐惧，是非理性，是不可言说的东西。它又是令人感到亲切的，是对自己的独特传统一种熟悉的感觉，是

对日常生活中愉快事物的欢悦，是习以为常的视景，是知足的、单纯的、乡村民歌的声景——是面带玫瑰红晕的田野之子的健康快乐的智慧。它是远古的、历史的，是哥特大教堂，是暮霭中的古迹，是久远的家世，是不可分析的、人们愿意信守却无法表达出来的旧秩序，是摸不到、估不出的事物。它又是求新变异，是革命性的变化，是对短暂性的关注，是对活在当下的渴望，它拒绝知识，无视过去和将来，它是快乐而天真
20 的乡村牧歌，是对瞬间的喜悦，是对永恒的意识。它是怀旧，是幻想，是迷醉的梦，是甜美的忧郁和苦涩的忧郁，是孤独，是放逐的苦痛，是被隔绝的感觉，是漫游于遥远的地方，特别是东方，漫游于遥远的时代，特别是中世纪。但它也是愉快的合作，一起投身于共同的创造之中，是对自己身在某个教会，某个阶级，某个党派，某个传统和某个伟大的、无所不包的、秩序井然的等级之中的意识，身在骑士、扈从、教会的等级之中，有机社会的关系之中或某个神秘的组织之中的意识，正如巴雷斯所说，“大地与死者（la terre et les morts）”，是身在共享一种信念，共居一片土地，共流一脉血液，共有一样的祖先、同侪和后代的伟大社会之中的意识。它是司各特、骚塞、华兹华斯的保守主义，也是雪莱、毕希纳和司汤达的激进主义；它是夏多布里昂美学意味的中世纪精神，也是米什莱对于中世纪的厌恶；它是卡莱尔对权威的崇拜，也是雨果对于权威的憎恨；它是极端的自然神秘主义，也是反自然主义的极端唯美主义；它是能量、力量、意志、青春，是自我的展现，它也是自虐、自残、自杀；它是原始的、单纯的，是自然的胸怀，是绿色的田野，是母牛的颈铃，是涓涓小溪，是无垠蓝天。然而，它也是纨绔主义，是打扮的欲望。红色的背心，绿色的假发，染成蓝色的头发，这就是热拉尔·德·内瓦尔的追随者某个时期招摇巴黎街头的行头。它是内瓦尔在巴黎街头用线拽着溜达的龙虾。浪漫主义是爱出风头的，是怪癖，是为《欧那尼》一剧而战的战场，是倦怠，是生之厌倦，是萨丹纳帕路斯之死，不管是德拉克洛瓦的绘画、柏辽兹的音乐，还是拜伦的诗所描述的萨丹纳帕路斯之死。它是帝

国、战争、屠杀，是不同世界的冲突。它是浪漫主义的英雄——反叛者，
厄运缠身的人（l'homme fatal），受诅咒的灵魂，是海盗、曼弗雷德们、异
教徒们、拉腊们、该隐，是拜伦诗中的那些英雄。它是梅莫斯，是让·索
柏格，所有被驱逐的人和所有伊什梅尔，所有处于19世纪小说中心地位
的纯洁的高等妓女和心志高尚的罪犯。它以人头为酒杯醉饮，它是想 21
要攀登维苏埃火山与同类灵魂对话的柏辽兹，它是撒旦的狂欢，是愤世
嫉俗的讽刺，是魔鬼般的笑声，是黑色的英雄。它也是布莱克想象中的
上帝和他的天使，是伟大的基督教社会、永恒的秩序和“不足以表达基
督灵魂的无限与永恒的布满繁星的天空”。简言之，浪漫主义是统一性
和多样性。它是对独特细节的逼真再现，比如那些逼真的自然绘画；也
是神秘模糊、令人悸动的勾勒。它是美，也是丑；它是为艺术而艺术，也 22
是拯救社会的工具；它是有力的，也是软弱的；它是个人主义的，也是
集体主义的；它是纯洁也是堕落，是革命也是反动，是和平也是战争，是
对生命的爱也是对死亡的爱。

面对这些，就不难理解为什么A. O. 洛夫乔伊论及浪漫主义时会有绝望之感。他研究最近两个世纪的观念史，是这个领域最审慎的学者，也是最杰出的学者之一。他尽其所能解开浪漫主义的许多网结，发现诸多观念之间有些互相抵牾（这点显然成立），有些毫不相关。他进一步探究。他举了两个例子，没人会说它们不是浪漫主义的，这两个例子即原始主义和标新立异——纨绔主义——洛夫乔伊试图找到它们的共同点。原始主义始于英国诗歌，并在某种程度上始于18世纪初期的英国散文。它歌颂高贵的野蛮、简单的生活、自发性行动中不合规矩的方式，借此反对一个矫揉造作的社会所崇尚的那种堕落的诡辩和亚历山大诗体。它试图表明在那些未曾堕落的原住民或儿童们未经教化的心中是很容易发现自然法则的。洛夫乔伊很睿智地设问：那么，这与红马甲、蓝头发、绿假发、苦艾酒、死亡、自杀以及内瓦尔、戈蒂埃追随者那些标新立异有什么相同之处？他得出的结论是它们之间没有任何共同

点，我们赞同他的这个看法。也许有人会说，二者都有一种反叛性，都反对某种文明——一个是要回到某个鲁滨孙·克鲁索岛上与大自然相契，生活在未曾堕落的天真无垢的民族之中；另一个则是追求某种暴力美学和纨绔主义的做派。但仅仅是反叛，仅仅是弃绝堕落，还不足以称为浪漫主义。我们从不认为希伯来先知或萨伏那洛拉或卫理公会传教
23 士是浪漫主义的。这样的话，浪漫主义也太宽泛了。看来人们确实理解洛夫乔伊的绝望了。

下面引一段洛夫乔伊的门徒乔治·博厄斯的恰当描述：

> 在洛夫乔伊对种种浪漫主义作出识别之后，人们就不应再去谈论浪漫主义真义何在的问题了。许多美学学说之间不论有无逻辑联系，它们却被同一个术语命名。然而这并不意味着它们有共同的本质，就像有一百个叫约翰·史密斯的人并不意味着他们出自一家。这大概是一种由观念和词语混乱引起的最普遍也是最具误导性的错误。一个人可以在这个话题上喋喋不休几个小时，似乎非此就无法说清这个问题。

但是大家尽可放心，我不打算在这个问题上喋喋不休。不过，尽管洛夫乔伊和博厄斯是杰出的学者，尽管他们的见解对于澄清观念贡献颇大，我得说这回他们却说错了。浪漫主义运动的确存在，它的确有个中心概念；它的确引起了观念革命。因此，揭示这种情况的确重要。

当然你可以退出这场游戏。你可以学着瓦雷里说，浪漫主义、古典主义、人文主义、自然主义这样的词，可不是我们玩得来的："酒瓶上的标签既不能醉人也不能解渴。"这很有道理。但同时，如果不使用一些概括，我们是无法追溯历史的。因此，尽管困难重重，我们还是得追索到底是什么原因引起了最近两个世纪人类观念领域里最伟大的一次革
24 命。这点的确重要。有些人，也跟我一样收集了太多的例证，可能愿意

赞同已故的亚瑟·奎纳尔-库奇勋爵的看法:“古典主义和浪漫主义区别何在,这类争论何劳健康之人挂齿。”这位勋爵的话轻快得很,倒是典型的英式俏皮。

我得说我不赞同他的观点。在我看来,他的观点是彻底失败主义的。因此,我要尽我所能解释什么是我谓之的浪漫主义运动的根本含义。研究浪漫主义唯一明智的方法,至少是我目前为止所发现的唯一有效的方法,就是耐心的历史方法;通过回顾18世纪初期,考察当时的局势,然后逐一考察是哪些因素颠覆了18世纪,哪些因素的结合和融合导致了18世纪后期的变化,引起了迄今为止西方意识最重大的变革。 25

二

对启蒙运动的首次攻击

17世纪末18世纪初的启蒙运动需要我们定义一番。现有三个命题，或许我们可以将它们归结为撑起整个西方传统的三个支柱，它们的确曾是西方传统的支柱。这些命题并不仅限于启蒙运动，尽管启蒙运动提供了三个命题的特殊文本，把它们转换成一种特殊的形式。三个命题大致如下：首先，所有的真问题都能得到解答，如果一个问题无法解答，它必定不是一个真问题。我们可能不知道问题的答案，但总有人知道。或许我们自己太无能、太愚蠢、太无知而无法发现答案。若是那样，总有一些比我们聪明的人——比如专家、精英之类——也许能够找到答案。也许我们是有罪之人，因此无法掌握真理。若是那样，我们此生不会，但在来世可能掌握真理。也许在人类堕落与大洪水之前的黄金年代，在我们变得无能和有罪之前，真理是能够被掌握的。也许黄金年代不在往昔，而在未来，我们到时总会发现真理。不在现世，必在来世；不在当下，便在将来。区别如此而已。但根本说来，答案肯定会有人知晓，如果不是凡人，至少会是由某个全知全能的存在，由上帝所知晓。如果答案根本不可知，如果答案以某种方式隐而不露，那么这个问题就有问题了。这个命题是基督徒和经院哲学家、启蒙运动和20世纪
26 实证主义的共同命题。事实上，它正是西方主要传统的骨干，也是浪漫主义萌蘖之处。

第二个命题是，所有的答案都是可知的，有些人可以通过学习和传授得到的方法获知这些答案；世上存在一些可供学习和传授的技巧，人们借此寻求答案——关于世界由何物组成，我们在其中占据什么样的地位，人与人、人与物之间是什么关系，真正的价值何在，以及其他所有严肃的、可回答的问题的答案。

第三个命题是，所有答案必须是相互兼容的。如果答案不能相互兼容，混乱就会发生。明确地说，一个问题的正确答案不会与另一个问题的正确答案相冲突；逻辑上，正确的观点之间是不会相互矛盾的。如果所有问题的答案都能以命题的形式陈述出来，如果所有真命题原则上都可以被发现，那么接下来就可以有一个关于理想世界的描述——一个乌托邦，如果你想这样称呼它的话，一个可以被所有严肃问题的正确答案描述出来的乌托邦。这个乌托邦，虽然我们可能无法企及，但至少是一种理想，我们借以比照当下种种不完美之处的理想。

这些正是理性主义的西方传统的一般假设，不管这传统是基督教的还是异教的，是有神论的还是无神论的。启蒙运动对这一传统做了一些特别的改动，也就是说答案不是通过那些延续至今的传统方法获得的。这一点我无须赘述，因为大家都很了解。答案无法通过神意启示获得，因为不同的人所获得的启示似乎是相互矛盾的；答案无法通过传统获得，因为已经证明很多时候传统会误导我们，是错误的；答案无法通过教条获得；答案无法通过某类特权人士的自我校验获得，因为已有太多的骗子混迹其间……诸如此类，不一而足。唯有一 27
种方法可以发现答案，那便是正确运用理性，像数理科学运用演绎那样，像自然科学运用归纳那样。这是获得基本答案——严肃问题的正确答案的唯一方法。既然这些答案已经在物理和化学领域结出硕果，我们没有理由不把它们应用于政治、伦理、美学这些更加复杂的领域。

我想强调的是，这种观念的一般模式是：生活，或自然，[①]就是一个智力拼图游戏。我们躺在拼图的散件碎片间，总有办法把它们拼凑起来。智者，无所不知者，上帝也好，人间博识之人也好——随你怎么想象都行——从理论上来讲都有能力将各种碎片拼成一个完整的图案。凡是能够这样做的人都将了解世界的真相：事物是什么样子，它们过去如何，它们未来又怎样，支配它们的规律是什么，人是什么，人和事物之间关系如何；进而他们将了解，人需要什么，人的欲望是什么，他如何获取自己想要的东西。所有问题，不管是真实本性的问题还是我们称为规范本性的问题——诸如“我该做什么”或“我必须做什么”或“我做什么才是适当的、合宜的”这些问题，对有能力拼图的人来说，都是可以回答的。这就像在搜寻埋在什么地方的宝藏。唯一的困难是如何找到通向宝藏的路径。说到这点，当然了，理论家们就开始众说纷纭了。不过在18世纪，他们还是形成了一个普遍共识，即牛顿在物理学领域取得的成就可以很可靠地同样用于伦理学和政治学领域。

伦理学和政治学领域呈现出少见的混乱。非常明显，那时的人们
28 像我们现在一样不知道这些问题的答案：人应当如何活着？共和制是否比君主制优越？追求快乐与恪守职责，到底哪个才是正当行为？二者能否兼顾？禁欲可是对的？耽于享乐是否正确？对掌握真理的专业精英言听计从是否恰当？个人是否有权利决定自己该做的事情？多数人的意见是否就该成为政治生活的正确答案？善是否就是某种凭直觉能够感受到的某种外在特质，就像明摆在那里的某种东西，是永恒的、客观的，在任何地方任何情况下被所有人承认的东西，还是说善不过是特别的人在特别的情形下碰巧喜欢的某种东西或选择的偏好？

一如现在，这些问题在当时令人困惑。很自然地，人们转向牛顿寻

① 17、18世纪的作者所谓的“自然”，我们可以轻易把它译为“生活”。在18世纪，“自然”一词犹如当今的“创造”一词那样普通，而且意义一样。

求答案。牛顿已经发现既有的物理学同样令人困惑，充满大量纵横交错的假设，古典主义、经院主义的错误。凭借寥寥数个大手笔，他设法清理了物理学领域的混乱，使其相对井然有序起来。从寥寥数个清晰的物理-数学假设，他推导出宇宙中每一颗粒子的位置和运动速度。如果他无法推导出来，他也能够提供推导的工具，让人们自己应用这些工具推导出来。从理论上来讲，任何有知识的人都能使用这些工具。当然，如果物理学领域里的秩序因此得以建立，那么，我们也可将同样的方法用于伦理学、政治学、美学领域以及其他混乱的人类观念领域（在这些领域里，人们各自以那些排他性原则的名义互相争斗、互相杀戮、互相毁灭、互相诋毁），成果同样辉煌持久。看起来这是一种相当合理的希冀，这也是一个很崇高的人类理想。至少可以肯定，这是启蒙运动的理想。

启蒙运动肯定不是（尽管现在还有人这么认为）一个大体上齐一的 29
运动，所有的参加者信仰相近。比如他们关于人性的看法就大相径庭。丰特奈尔和圣埃夫勒蒙、伏尔泰和拉梅特利认为人类猜疑、嫉妒、邪恶、腐败、软弱、不可救药，因此他们需要最苛刻、一切可能的戒律来避免坠入绝境；他们需要严格的纪律以便应付生活的磨难。另一些人不像他们这样悲观。他们认为人从本质上来说是一种像陶土一样可塑的物质，任何一个有力的教育者、开明的立法者都能够把它捏成合度合理的形状。当然了，还有一些人，比如卢梭，他认为人生来并非是不确定的或是恶的，人生来本是善的，只是被自己创造的制度毁坏了。如果这些制度得到全面彻底的改变或改进，人们善良的天性就会爆发出来，爱就会重新统治世界。

再如，一些杰出的启蒙思想家仍然相信灵魂不朽。有些人则认为关于灵魂的说法是空洞的迷信，世上根本没有这样的实体。有些人相信精英，相信智者管理国家的必然性，认为乌合之众永远学不会管理国家，人与人之间永远存在着天赋的差异，人们必须学会服从那些智识之士，那些专业精英，听从专业人士的训练或指导。就像在航海、经济这些需要技术的领域里，人们非此不可，否则，地球上的生命仍停留在丛林状态。有些人则认为在道德和政治事务方面，每个人都是行家。虽不可能每个人都是优秀的数学家，但可能所有人通过审视自己的内心而知善恶有别，正误有分。如果他们当时不知道，那只是因为他们过去一直被骗子和傻瓜，被自私自利的统治者、邪恶的士兵、腐败的教士和
30 其他人类的敌人所误导。如果把这些人驱除和清算干净，那么每个人都能发现清楚正确的答案，并用永恒的文字印刻在自己的心里，一如卢梭曾经宣扬的那样。

还有很多其他的分歧，这里我无须一一谈及。不过，这些思想家还是达成了一个共识：美德最终在于知识；只有知道自己是谁，知道我们需要什么，知道从哪里获得所需和如何利用所掌握的最佳手段达到目的，我们才能过上幸福的、有德行的、公正的、自由的和满意的生活；所有的美德是互相兼容的。问“人是否应该追求公平？”答案是“是的”；问“人是否应该寻求宽恕？”答案也是“是的”。那么，这两个答案绝不可能互相抵触。平等、自由、博爱之间肯定可以互相兼容，公平和宽恕之间也可以互相兼容。如果有人说真理会给人带来痛苦，那么肯定有办法证明这种说法是错误的。如果有人论证说绝对自由与绝对平等是不可能兼容的，那么一定是论证出了岔子，诸如此类的话。这就是他们那些人秉持的观点。最重要的是，他们认为这些普世的命题得之于自然科学家所提供的可靠方法，那些科学家就是借此确立了18世纪的辉煌胜利，亦即自然科学的辉煌胜利。

在我转而说明那些针对启蒙运动所采取的特别批评方式之前，我需要解释一下：上述观点不仅进入了科学和道德的领域，而且深入艺术领域。举个例子：18世纪初期的主流美学理论认为人应该拿一面镜子照自然。这样的表述显得相当粗糙，也使人误解。事实上，这种说法可以说是一种错误。拿一面镜子照自然就是复制已存在的事物。其实，

这并不是那些理论家想要表达的意思。他们所说的自然意指生活，他们所说的生活并非人们所见，而是他们设想的一种值得奋争的东西，人生向往的某些理想形式。毫无疑问，雅典画家宙克西斯画的葡萄惟妙惟肖，鸟儿都飞来啄食，可谓巧夺天工。拉斐尔画的金片逼真得使旅馆老板误以为是真品，结果没让他埋单就放他走了。然而，这些并非艺术天才所能达到的最高境界。最高境界在于展现自然和人类向往的那种内在的客观的理想，在于把这种理想体现在高贵的绘画中，也就是说，世上存在着一些普遍的模式，艺术家能够把它们融入他的意象之中，就像哲学家和科学家把它们融入他们的命题之中一样。 31

让我引用一段丰特奈尔的经典论述。他是启蒙运动最具有代表性的人物，生活非常谨慎理智，这使他享年满百。他说："一部政治、道德或批评著作，甚至文学著作，从各方面考虑，如果出自一位几何学家之手，会更完美。"这是因为几何学家了解事物之间的合理关系。任何人一旦了解自然所遵循的模式，他肯定能够从看起来混乱和错综的自然表象中抽绎出那些永恒的原则，那些将世界永恒和客观的元素凝固在一起的必然联系。这是因为自然肯定是一种合理的实体，如果不是这样的话，人们根本无从思考自然，了解自然（这就是他的论点）。17世纪的勒内·拉潘说过，亚里士多德的诗学无非是"自然还原为方法，良好的判断还原为法则"。蒲柏在他著名的诗行里也重复了这一观点：

以往的法则被发现，而非被发明，
自然依旧是自然，但自然变成了方法。

大体上说来，这是18世纪的正统学说，也就是说要在自然本身中发现方法。雷诺兹，他可能是最具有代表性的18世纪美学理论家（这当然是就英国而言），他说过画家依照自然矫正自然，依照自然的完美范型矫正自然不够完美之处。他认识到一种抽象的形式理念要比原真的 32

事物更加完美。他说，这就是人人皆知的理想美，菲迪亚斯以此获得不朽声名。因此，我们必须了解理想美是由什么构成的。

他的意思是说：世上总有些人比其他人优秀。亚历山大大帝总比某个瞎了眼和瘸了腿的乞丐壮美，因此，比起自然一失手所造成的乞丐来，大帝更应该受到艺术家的青睐。自然总是趋向完美。我们凭借内在的感觉知道何谓完美，完美使我们明白什么是规范的，什么是反常的；什么是理想的，什么是有悖理想的。因此，雷诺兹言之凿凿地说，如果亚历山大大帝不巧是个矮个儿，我们也不该照实描绘。贝尔尼尼就不应该让大卫王咬着下唇，因为那是一种小家子气的表情，不合大卫王的君王身份。如果圣保罗长得很猥琐——据我们所知，他的长相的确如此——拉斐尔没有如实描画，他是对的。佩罗，一个写作不辍，一直写到17世纪末的作家，就说过荷马让他的英雄与养猪人来往密切实在令人遗憾。我觉得他并不想否认荷马笔下的英雄或他所用的原型本来就像他刻画的那样与养猪人打成一片，但即便这是实情，荷马也不该如实描写出来。画家的工作并非是如实地再现事物的真实状态——那倒是荷兰画派经常做的，如果都像他们那样做的话，不过是给世界塞进一堆实存之物的复制品而已，它们本来就不该在这个世界存在。

作画的目的在于向不断探索的智者或灵魂传达自然的趋求。自然
33 趋求美，自然趋求完美。那个时候的人们都这么认为。自然可能无法实现这些理想，特别是，人类显然也无法达到理想状态。但是，通过审视自然，我们能够发现自然发展的总体趋向，我们看得出来它的努力能够产生什么。我们知道一棵发育不良的橡树和一棵根深叶茂的橡树之间有什么差异，我们知道，当我们称一棵橡树发育不良时，我们是说它没有长成应有的样子，或者自然本身所预定的样子。同样的道理，世上存在着有关美、宏伟、壮丽、智慧的客观性理想，作家、哲学家、传教士、画家、雕塑家，还包括作曲家，他们的工作就是通过某种方式把这些客观性理想传达给我们。这就是那时一般人的观念。

约翰·约阿希姆·温克尔曼，这位18世纪最具独创性的美学家，他引发了那个时代对于古典艺术强烈的追慕之情，他谈论过“高贵的单纯”和“静穆的伟大”。为什么要说是“高贵的单纯”，为什么要说是“静穆的伟大”？和别人一样，他并不认为所有的古人真的都是那么高贵而单纯，静穆而伟大。不过，他确实认为这个概念能够说明人应有的理想状态。他认为高贵而单纯，静穆而伟大就该是一个罗马元老院议员或一个希腊演说家所表现出来的状态。管他是什么人，都应表现出这种完美的状态，他那个时代所有德国人也认为所谓最完美的人就该是趋求最高贵理想的人；而雕塑家们，在我们面前竖立了理想状态的人，使其卓越的风姿永世长存。他们这样做，不仅激励我们去模仿这些理想，而且把自然的内在意图展示给我们看，把一种现实展示给我们看。现实、生活、自然、理想——对这些思想家来说，它们都是一样的。

就像数学家与完美的圆打交道一样，雕塑家和画家必须与理想的形式打交道。这就是18世纪大多数美学家的唯理主义观点。这就是为什么那时的人们比较忽视历史。伏尔泰首先开始不再围绕个别君王、征服者、船长、冒险家撰写历史，转而关注人的德行、服饰、习惯和司法制度。尽管他已经开始这么做，尽管进入18世纪以后，人们对于民族 34
风俗的总体历史、个人的征战伟绩、签订的条约也有兴趣，但是，毫无疑问，当博林布罗克说历史不过是“用实例说话的哲学”时，他这个说法反映了那时一个普遍的观点。

伏尔泰对历史的兴趣在于说明多数时代的人们是如何相同，相同的原因如何导致相同的结果。他的目的无非是想说明从社会学意义来讲我们大家都差不多一样：人们追求什么样的目的，什么样的手段无法实现这些目的，什么样的手段可以实现这些目的——如此一来，我们可以建立一门如何幸福生活的科学。无独有偶，休谟也说过类似的话。他说，在多数情况下，多数人会根据相同的理由做出相似的行为。历史的目的不只是对过去事情的好奇，或出于复活历史的欲望；不只是因为我们对祖先是什么样子很感兴趣，或因为我们想以某种方式与过去连接以便追溯我们的渊源。这些都不是这些人的主要兴趣。他们最主要的目的在于搜集那些使普遍的观点得以建立的数据，告诉人们应该做什么，如何生活，成为什么样的人。这种可能是最不历史的历史观，恰好就是18世纪最有代表性的历史观。那时的历史学家，包括一些伟大的历史学家，比如吉本，虽然不自觉地写出了大历史，但他们的历史观要远远逊于他们的历史写作。

这就是启蒙运动时期通行的观念。很清楚的是，在艺术领域，这些观点导致了对于形式化、高贵性、对称性、均衡性和明智性的偏好。当然也有例外。我并没有说每个人都信仰同样的东西——这类绝对的一
35 致在任何时代都是不常见的。甚至在法国古典主义时期，依然有些逾越常规的人：既有寂静主义者[1]也有惊厥主义者[2]；既有歇斯底里的人也有心醉神迷的人。既有沃韦纳格这样的人，悲悲切切地抱怨生活是多么空虚；也有波普利尼埃尔夫人这样的人，她说真想跳窗自杀，因为觉得生活没有丝毫意义和目的。但这类人，相对而言只是少数。可以说，伏尔泰和他的朋友们，爱尔维修这样的人、丰特奈尔这样的人，才代表了那个时代多数人的观点。他们的观点就是：我们正在进步，我们正在发现，我们正在摧毁古老的偏见、迷信、无知和残忍，我们正在建立某种科学，以使人们生活得幸福、自由、道德和正义。正是这些观点招致了攻击。那些攻击启蒙运动的人，我很快就要提到。

看似无懈可击的启蒙运动的铁壁本身，已经出现了一些裂痕。举

---

① 寂静主义者：寂静主义的信徒。寂静主义是一种异端的神秘主义宗教形式。17世纪由西班牙一神父开创，后传播到意大利、法国。该教派强调灵魂的被动性，要求教徒在上帝面前要完全弃绝自我。——译注

② 惊厥主义者：特指18世纪初期法国的一类狂热信徒。在强烈的宗教情感影响下，他们动辄进入惊厥状态。——译注

个例子，就说孟德斯鸠吧，他可是一个启蒙运动的典型代表，就说过不同地方的人们并不都是一个样的——很多希腊诡辩哲学家早就说过这种话，但被人们忘记了。孟德斯鸠这么一说，相当于把启蒙主义撞击了一下，弄出一个裂口来，虽然还不那么深。孟德斯鸠的意思是说，如果你是个波斯人，在波斯世界成长，你想要的东西肯定和一个在巴黎长大的巴黎人想要的东西不一样；不同的人们不会为了同样的东西感到幸福，试图把法国人喜欢的东西强加给中国人，或者把中国人喜欢的东西强加给法国人，二者都会造成痛苦。基于这样的原因，一个政治家或一个政客，在修订法律、实施改革、制定有关人民福利政策方面需要小心谨慎，就连在私人关系、朋友往来、家庭生活方面，也得小心谨慎；需要考虑到人们的实际所需、相应的成长过程，以及每个特定的人成长的环
境条件。孟德斯鸠非常强调土壤、气候和政治制度的重要性，另外一些 36
人则强调其他因素的重要性。但是，无论你怎么认为，他们的基本观点大体上属于一般的相对主义，也就是说，对伯明翰人适合的事未必适合布哈拉人。

当然了，一定意义上来说，这种相对主义会与另一种理念相抵触。那种理念就是相信世上存在着某些客观的、始终如一的、永恒不灭的、固定不变的实体，比如不同地方的人都能为之愉悦的愉悦形式；存在着某些不同时代的人都能发现的真命题——如果他们没有发现，那也只是由于他们的愚笨或者遭遇的时机不对；存在着一种独一无二的生活方式，这种方式一旦扩展到世界各地，就会固化成一种永恒的模式，无须更改，因为它已完美无瑕，因为它能满足人们永远的利益和欲望。孟德斯鸠的观点就与这个理念相抵触，但是还算不上针锋相对。总的来说，孟德斯鸠认为，尽管所有人都追求同样的事物，即幸福、满足感、安宁、正义、自由——他并未否定任何一点——但是，鉴于每个人所处的环境不同，他们获取这些事物的手段必定各不相同。他的这句话意味深远，但原则上并未与启蒙运动的基本理念相抵触。

孟德斯鸠的一个说法令人感到震惊。他说道，当蒙特祖玛二世对科尔特斯[1]说，虽然基督教非常适合西班牙人，但对于他的人民来说，还是阿兹特克教最适合他们。他所说的一点也不荒谬，却很自然地震惊了两个团体，即罗马教会和左翼人士。之所以震惊罗马教会，原因一目了然；之所以还震惊了左翼人士，则是因为他们非此即彼的思维方式。他们很清楚：既然天主教是错误的，那么与之对立的一方就该是正确的；既然阿兹特克教是错误的，那么与之对立的一方就该是正确的。如果有人认为：对我们而言可能是错误的观念却可能适合其他文化；如果有人认为：人们评价一种宗教性真理的价值时，不应当拘泥于一些客
37 观的标准，而是应该采取更加灵活务实的方式——比如说，应该追问它是否使信仰它的人们幸福；是否适合他们的生活方式；是否光大了他们的理想；是否与他们生活和经验合辙……如果有人这样认为，那么在罗马教会和无神论的唯物主义者看来，他的观点都是离经叛道的。然而，孟德斯鸠就是这样认为的。在我看来，他的这个观点某种程度上修正了那种理念，它确实修正了如下理念——世上存在着永恒的真理，永恒的制度，永恒的价值，适用于所有时代，放之四海而皆准。真实的情形却是，你必须灵活务实；你得告诉自己，唉，世上并没有什么永恒的东西、普适性的东西；大多数的人，在大多数的时候都会见机行事、因地制宜的。不过即使这般灵活务实，你也没有丢弃启蒙主义的基本理念。

还是休谟的观点更有突破性。卡尔·贝克尔在他那本见识卓绝、趣味盎然、引人入胜的《18世纪哲学家的天城》中指出，休谟揭示出哲学家所相信的那种必然性，那种维系宇宙的严格的逻辑网络，那种人类理性能够掌握、人类必须遵循的逻辑网络，实际上并不存在。如此一来，他瓦解了启蒙主义所倚仗的那层无懈可击的铠甲，那种必然关系的

---

① 科尔特斯(Cortés，1485—1547)，西班牙探险家，他为西班牙征服了阿兹特克人的墨西哥。——译注

统一体；自然而然，他颠覆了启蒙的基本主张。

我不同意贝克尔的这个结论。但是，在这里，我无须展开细节论证。休谟对于启蒙运动的攻击主要表现在他对它的两个命题的怀疑上——当然，他本人并没有意识到他的怀疑是一种攻击。他首先怀疑的是，因果关系是不是我们直接感知到的，或者说我们能否确确实实知道它是存在着的。他认为，万事之间并非相互制约的关系，它们不过遵从某种规则，无须相互制约。并非有因就得有果，并非这个事件必定引发那个事件，或者说，并非一种情形就会造成另一种情形。你所要说的是：这种情形通常会伴随着那种情形出现；正常情况下，这件事会在那 38
件事之前、之后或者同时发生——对于实际目的来说，是前是后还是同时，区别不大。

休谟怀疑的第二个命题对我们的论证更为重要。当他问自己如何知道有一个外在客观的世界时，他说他无法用逻辑推导出来：没有任何方法可以论证桌子的存在，没有任何方法可以论证此时此刻我正在吃一个鸡蛋，或正在喝一杯水。我可以用几何的方法论证事物，我可以用算术的方法论证事物，我可以用逻辑的方法论证事物，我想，或许我还可以用纹章学或者棋术，或其他符合人为原理的、习见的科学方法来论证，但我无法根据数学的确定性来证明任何事物都是存在的。我所能说的是，如果我忽略了一个事物，我会为此懊恼。如果我假设我前面没有桌子，我向它走去，我很可能会吃苦头。但是，我无法用证明数学命题的方法来证明它的存在，无法用证明逻辑命题的方法来证明它的存在。用这类方法反向论证，不只是错误而且也没什么意义。因此，我必须将这个世界当作一种信念之事接受下来，出于一种信任接受它的存在。信念不具有推论的确定性。实际上，推论完全不能用到实存之物上。

无须深入了解休谟这个观念对逻辑史和哲学史造成的广泛影响，我们仍可以看出它明显地削弱了那个基本观点。根据这种观点，宇宙是一个合理的整体，它的每一部分都不可或缺，每一部分对其他部分而言都是必然性地重要，每一部分只能是它自己，不能被替代。彼此互联互动的部分构成了一个优美合理的整体。有种旧的信念就这么认为：大凡正确的事情必然就是正确的，任何事物只能是它自己，无复有他。
39 这就是为什么斯宾诺莎会说（像他那样想的人们也会说），当我发现事实不可避免时，我会更加心甘情愿地接受。没有谁会相信二加二等于五；要是有人说："二加二总是等于四，但这是个让人郁闷的事实——难道二加二不能偶尔等于四点五或者一十七？"要是有人想破一破可怕的乘法表的铁壁，他肯定被人们视为疯子。二加二等于四；A大于B，B大于C，则A一定大于C，这些观点已经被我们当作观念的理性步骤的一部分，当作我们谓之的健全理智的一部分接受下来了。如果宇宙间所有事实都能还原到数学的层面，我们便不会处处碰壁了。这是唯理主义一个伟大的预想。如果当下所有你憎恶的害怕的事物同其他事物之间有一个必然的逻辑关系，你就得把它们当作不可避免的、合理的存在接受下来，欣然地接受它们，就像你欣然地接受"二加二等于四"或任何其他你的生活赖以维系的逻辑真理一样。这是唯理主义的理想，却被休谟打破了。

虽然孟德斯鸠和休谟都给启蒙理念之墙撞出一些轻微的凹痕——一个表明普天之下并非处处皆同，一个说不存在必然性，只有或然性——他们造成的裂痕还不算大。休谟当然认为宇宙还会依然如故，继续运行。他当然认为行为有理性和不理性之分，理性的手段能给人带来幸福。他相信科学，信奉理性，相信冷静的判断，他信奉所有那些人人皆知的18世纪观念。他像雷诺兹那样信仰艺术，像约翰逊博士那
40 样信仰艺术。他的观点所蕴含的逻辑意义要到19世纪末20世纪初才会被我们明显地意识到。我要讨论的那次攻击，其实出自别的地方，出自那些德国人。

17、18世纪的德国人居住的地区称得上是一个比较落后的地区。

事实如此。尽管德国人自己并不愿意这样认为，但说他们落后也是符合实情的。16世纪时，德国人还像其他民族一样与时俱进，活力充沛，对于欧洲文化贡献甚多。丢勒的确和他同时代的欧洲画家一样伟大，路德的确和欧洲历史上任何一个宗教人物一样伟大。但如果你再来看看17世纪和18世纪初期的德国，不知由于何种原因，除了伟人莱布尼茨这个彪炳史册的哲学家之外，当时的德国人中很难找出具有世界性影响的思想家或艺术家来，特别在17世纪晚期，更是如此。

造成这种现象的原因很难说清。由于算不上一个名正言顺的历史学家，我也就在此打住。反正不是这样的原因，就是那样的原因，德国终归没能像英国、法国，甚至像荷兰那样建立起一个权力集中的民族国家。在18世纪，德国人是由三百个王公和一千二百个领主统治着的。事实上，还在17世纪这样的局面就已经形成了。皇帝一直在觊觎意大利和其他地方，他无法集中力量治理自己的国家。最重要的是，三十年战争使得德国分崩离析。战争期间，路易十四以及其他国家的军队杀伤了巨量的德国人。血腥的死亡阻断了德国文化的发展。这是 41
欧洲历史空前的不幸。自成吉思汗以来，历史从未见过这么多的人民死于战争。这次不幸对德国来说是致命的。可以说，它摧毁了德国精神。由此，德国文化萎缩成一种地方性文化，在那些沉闷的小宫廷里苟延残喘。当时的德国，根本没有“巴黎”，没有中心，没有活力，没有骄傲，没有进步、变化和权威的意识。德国文化一方面滑向路德式的极端经院学究——细微琐碎但相当枯燥无味；另一方面则沉入人类灵魂深处——其精神追求恰与经院派南辕北辙。毫无疑问，后一种倾向虽由路德主义引发，但在很大程度上则要归结到当时浓重的民族自卑情结。这种情结产生在与进步的欧洲国家，特别是与法国迎面相撞的时期。法国这个光彩夺目的国家，曾经践踏侮辱了他们，现在则作为一个伟大国家，高居科学和艺术的成就顶峰，占据人类生活的发展前沿，摆出一副舍我其谁的自负和成功姿态。这一切确实使德国感到伤痛和屈辱。从那些相当忧郁的17世纪末德国民谣和通俗文学之中，甚至从德国专长的艺术形式——音乐之中，我们可以感觉出德国人耿耿于怀的伤痛和屈辱。德国音乐对于家庭、宗教、激情和内倾性的偏好使其迥异于作曲家拉莫和库伯兰诸人的风格，后者代表着辉煌的宫廷艺术和世俗的华美。毫无疑问，如果你拿巴赫、他的同代人，还有特勒曼同法国作曲家做番比较，你会发现，巴赫的天赋无与伦比，但他的音乐所表现出来的气质和基调——我不想说他很地方主义——总是局限于莱比锡（或他刚好生活的某个城市）特定的内倾的宗教生活。他无意要为欧
42 洲绚烂的宫廷艺术锦上添花，也无意博取全人类的仰慕——那倒是英国、法国、荷兰以及其他风头正健的民族的画家和音乐家们孜孜以求的东西。①

基于这个背景，虔敬运动，这一真正的浪漫主义之源，得以渗透德

---

① 1967年10月，伯林接到I. 伯茨的来信。伯茨就伯林的巴赫评论展开争论。为此，伯林在10月30日的复信中写道："当然了，我所说的太空泛了，即兴演讲总免不了空泛之语。要是将来把稿子印出来，我就不会这么说了。[……]你说得很对，巴赫在魏玛、科根以及别的地方都为宫廷写过曲子，当国王邀请他去柏林时，他也欣然前往，并对皇家主题的音乐相当用心，他根据皇家主题写下那些著名的变奏曲。[……]《哥德堡变奏曲》就算不上追索灵魂生活的音乐。这一切都是真的。

"但我想要说明的是：巴赫音乐的主干部分乃是在虔敬派的影响之下创作的，体现了宗教的内倾性传统。德国人就是以此弃绝了俗世的轻浮、煊赫，对于名声和法国式、意大利式浮华的追求绝缘。巴赫从来没有把自己当作他那个时代音乐世界里一个伟大、至尊的人物，从来没有表露出自己的作品将来会在意大利和法国的宫廷演奏的愿望，但拉莫就如此期盼过；巴赫没有把自己当作开拓者、改良者和（作曲）律法制定者，但拉莫就如此定位自己。如果自己的作品能在本城或王公的宫廷演奏，巴赫就很高兴了。他的活动范围（这里当然是从社会意义来讲，而不是从情感或艺术意义来讲）肯定与那些巴黎人的范围大相径庭。命运的讽刺性就在这里，你说得很对，巴赫这个堪与莎士比亚和但丁比肩的天才，超越了他的时代，成为人类文明史上一颗光芒万丈的巨星，而那些法国人却难望其项背。简言之，我想要说的是，巴赫，犹如他同时代的德国人，绝不野心勃勃。这既是他们精神内倾性的结果，也是它的原因。精神内倾性显示了18世纪德国地方主义的不幸和德国人的世界意识的匮乏。"

国。虔敬派是路德教的一支，它主张认真研习《圣经》，推崇人和上帝
之间的个别关系。由此，它特别强调精神生活，蔑视求知，蔑视庆典和
一切形式的东西，蔑视排场和仪式，特别强调受苦的人类个体灵魂与造
物主之间的个别关系。斯彭内尔、弗兰克、亲岑多夫、阿诺德——所有
这些虔敬运动的发起人试图为大量遭受社会欺凌和政治苦难的人们带
来安慰和救赎。这一切无非是一种深度的逃避。这在人类历史上时有
发生——当然了，把历史进行比照可能是危险的——当通往人类自我 43
完善的自然之径被堵塞时，人们便会逃向自我、沉溺于自我，建立一个
外在厄运无法侵入的内心世界。类似的情形曾发生在古希腊时期。当
时亚历山大大帝已经开始摧毁希腊城邦，斯多葛学派和伊壁鸠鲁学派
开始宣扬全新的个体救赎的道德理念，他们断言政治不重要，公民生活
不重要，在个人救赎的迫切需求面前，伯里克利、德摩斯梯尼、柏拉图、
亚里士多德所标举的伟大理想都是微不足道的。

这是酸葡萄心理的宏大表述。如果你无法从这世上得到你渴望的东西，你就必须教会自己如何不想得到它。如果无法得到你想要的，你就必须教会自己只想那些你能得到的。这是一种精神退向深处，退向心灵城堡的常见形式，由此，你便能把这个世界所有令人恐惧的灾祸关在城堡之外。国王或大公没收了我的土地：我不想要这土地。王公不想给我爵位：爵位对我丝毫不重要。国王抢占了我的财产：财产又算得了什么。我的孩子死于营养不良、疾病缠身：尘世的牵挂，俗人对于孩子的爱，与上帝的爱相比简直不值一提等，不一而足。由此，你渐渐在自身周围筑起一道坚固的墙，以减少受伤的可能——你想尽可能不受伤害。你受尽伤害，便希望退缩到尽可能小的空间里，以使自己尽可能不再受到更多的伤害。

这就是德国虔敬派赖以存在的氛围，由此引发了一种强烈的内心
生活方式，大量感人、有趣但是相当个人化和情绪化的文学以及对知识
分子的仇恨。更重要的是，它引发了对于法国、假发、丝袜、沙龙、腐败、 44

将军、帝王及世上所有不可一世事实上却是财富、罪过、邪恶之化身的宏大形象的强烈憎恶。对于那些虔诚而屈辱的人而言，这是一种很自然的反应。同样的情况也曾发生在遭遇相似的地区。这是反文化、反智主义和仇外情绪的一种特殊形式——在当时的情形下，德国很容易偏向这种形式；这是18世纪德国思想家珍爱和崇尚的地方主义——歌德与席勒终其一生都在与之斗争。

这里，我想引用亲岑多夫的一句名言。亲岑多夫是摩拉维亚兄弟会一个支派的领袖，而摩拉维亚兄弟会本身则是虔敬派一大分支。他说："谁想用智慧领悟上帝，谁便成了无神论者。"这简直就是路德观点的一个回声。路德说过理性是一个娼妓，我们要避而远之。这里，有个关于德国人的社会事实，颇能说明问题。如果你问起那些18世纪的德国人都是些什么人，那些对德国影响至深、我们也曾听说的思想家都是些什么人，那么，有一个很特殊的社会事实能够支持我所提出的观点。即这个问题整个就是受伤的民族情感和可怕的民族屈辱的产物，这便是德国浪漫主义运动的根源所在。如果你问起那些思想家都是哪些人，你会发现，他们来自完全不同的社会阶层，恰与法国思想家形成一个对照。

莱辛、康德、赫尔德、费希特都出身卑微，黑格尔、谢林、席勒、荷尔德林来自中下阶层。歌德虽然出身富裕的资产阶级家庭，但也是后来才得到应有的头衔。只有克莱斯特和诺瓦利斯来自那个时代所谓的乡绅阶层。据我所知，仅有施托尔贝格伯爵两兄弟以及神秘莫测的卡
45 尔·冯·艾克肖申男爵有点贵族背景，对于文学、绘画及其他任何形式的德国文明有所建树。即便是他们，既非来自上流社会，也算不上一流的人物。

如果你再看看这个时期的法国，所有激进派，左翼人士，最极端的反教会、反君主、反现状的反对派，他们的身世与德国思想家的身世大不一样。孟德斯鸠是个男爵；孔多塞是个侯爵；马布利是个修道院院

长；孔狄亚克，修道院院长；布封是伯爵；沃尔内出身不俗；达朗贝尔是贵族的私生子；爱尔维修不是贵族，但他的父亲曾是贵妇的医生。他自己拥有百万家财，又是包税人，出入于宫廷社交圈。格林男爵和霍尔巴赫男爵是两个移居巴黎的德国人，一个来自波希米亚附近，一个来自莱茵地区。另外还有很多修道院院长：加里亚尼是那不勒斯大使馆的秘书；莫雷莱和雷纳尔血统高贵；就连伏尔泰也出身于小乡绅。只有狄德罗和卢梭是平民，真正的平民。狄德罗确实来自贫苦家庭，卢梭是瑞士人，所以不在我们讨论的范畴内。因为这样的身世背景，这些人说着另一种话语。毫无疑问，他们都是异见人士，但归根结底，他们所反对的人其实就与自己同在一个阶级。他们参加沙龙，光芒四射，他们都是些仪表倜傥、教养良好、谈吐高雅、行为慷慨之人。

他们的存在激怒和羞辱了德国人。德国人愤恨不已。18世纪70年代初，赫尔德来到巴黎，他无法接近这些人之中的任何一个。在他看来，这些人都矫揉造作、过分讲究、极度自负、枯燥无趣，至多也就是沙龙里没有灵魂的舞蹈教师，一点也不了解人的内心生活，他们囿于糟糕的教条和虚假的血统意识，以至于无法理解人在世上的真正追求和上 46
帝赋予人类的真正的、丰富的、慷慨的潜能。他的观点促成了德法之间的隔阂——一想起那些投石党，一想起那些反对派，哪怕他们也是罗马教会的敌人、法国国王的敌人，德国人就感到恶心，觉得受了羞辱和蔑视。这种情绪所造成的鸿沟，哪怕德法双方做了那么多学者可以考证得出来的文化交流，也都无法填补起来。或许德国与法国的誓不两立也是浪漫主义运动兴起的一个触机。

在我看来，有一个人给予启蒙运动最沉重的打击，启动了浪漫主义进程，启动了反叛启蒙理念——我前面一直在描述的那种启蒙理念——的整个进程。此人毫不起眼，但不起眼的人有时也有惊人之举（某个时期的希特勒也是个无名鼠辈）。约翰·格奥尔格·哈曼，出身非常卑微。他的父亲是柯尼斯堡的一个澡堂门房，他本人则在东普鲁士虔敬派的环境下长大。他是个无用之人，不可能找到工作。他写一些小诗和短小评论；他文笔不错，但没有好到足以糊口；他得到了邻居兼朋友康德的支持——他与康德同居一城；他尽其余生与康德争论。后来，一些波罗的海的富商派遣他去伦敦做一笔生意，结果生意没做成，他却成天酗酒、赌博，负债累累。

这样放纵的结果是他差点自杀，幸好后来他经历了一段宗教体验。
47 在读过他那虔敬教徒父母和祖父母早已翻烂的《圣经·旧约》之后，他突然完成了一次精神转变。他认识到犹太人的故事正是每个人的故事；当他读到《路得记》，读到《约伯记》，或读到亚伯拉罕受难时，上帝直接在对他的灵魂说话，告诉他有些精神性的东西具有无限的意义，远非那些表面的东西可以相比。

回归宗教之后，哈曼回到柯尼斯堡，开始写作。他用各种化名写的那些文章，即便在今天人们还是觉得晦涩难读。然而在当时，他深刻地影响了很多作家，这些作家转而对欧洲的生活产生了巨大的影响。他深得赫尔德的敬仰——赫尔德确确实实改变了历史的写法，并从某种程度上开创了一种艺术观，其生命力一直延续到今天。他影响过歌德——歌德曾经想把他的著述编辑成集，把他看成同时代最具天才、最杰出的思想家之一，在他与各类对手争论时，站在他这一边。他影响过克尔恺郭尔，克尔恺郭尔生活在哈曼已经过世的年代，他说哈曼是自己读过的最深邃的作家之一，哪怕哈曼甚至对他来说也并非总是可以理解的。不管怎么说，哈曼的文风虽然晦涩，但是只要你肯头悬梁锥刺股地去读（当然，我不会真的这么建议），你还是会从他那些绕来绕去的隐喻、委婉的表达、寓言和诸多幽昧不明的诗性语言形式中采集到感性的晶粒。哈曼的写作都是些散章片段——从来没有完工过。以下基本上是其观点的要义。

哈曼由休谟开始谈起。他说休谟是正确的。如果你要问如何认识宇宙，那答案会是认识它靠的不是智慧，而是信仰。如果休谟说要是没有信仰的行为——信仰是不倚仗逻辑支撑的——他不能吃一个鸡蛋，甚至不能喝一杯水，他的这个观点多么正确，它可以用来解释我们几乎 48
所有的经验。当然，哈曼想说明的是，休谟对鸡蛋和那杯水的信仰的论述，同样可以支持他对上帝和造物主的信仰。

法国人总是用科学的一般性概念来处理问题，但概念从来抓不住实际的生活过程、跳动的生活现实。如果你遇到一个人，想知道他是怎样一个人，即便套用大量从孟德斯鸠或孔狄亚克那里搜罗来的心理学或社会学的一般性概念，你也得不出个所以然来。唯一能够了解人的方法是与他们谈话、交流。交流意味着两个人面对面，看着对方的脸，观察他的一举一动，听他说话，还有很多你无法通过事后分析做到的方式，你慢慢感到有把握了，事实呈现在你面前，你知道你在跟谁说话。交流就这样建立起来了。

那种想用科学的、一般性的概念来分析交流活动的企图必定失败。一般性概念是一箩筐未经提炼的东西。它们是概念和范畴，用来甄别那些共性，即许多事物的共同点，许多种人的共同点，不同类别事物的共同点，不同时代的共同点。因为概念和范畴都是一般性的，必定不能涵盖那些非常之物，那些特殊之人的特别之处。在哈曼看来，唯有特殊性才有意味。如果你想读一本书，你不会对它与其他书里相同的部分感兴趣。如果你看一幅画，你也不希望看到这幅画所采用的手法，与其 49
他一千个画家在一千年里画的一千幅画里所采用的手法一模一样。你希望自己在看这一幅画、读这一本书、与这一个人交谈、向上帝祈祷时，能够对它们传达出的特殊信息和具体的事实做出直接的反应。

由此他得出一个柏格森式的结论，即生活是一道水流，若试图截断它，必定会毁了它。科学总有自己的目的。如果你想知道如何种植庄稼（即便不一定总是正确的）；如果你想知道一些一般性原理，想从物理、化学的层面了解它们的一般机理；如果你想了解什么样的气候能促成它们的生长，如何左右它们的生长方式等诸如此类的知识，毫无疑问，科学足以应付。但这不是人们真正想要的。如果你问自己人们追求的是什么，人们真正想要的是什么，你会发现他们想要的并非如伏尔泰想象的那样。伏尔泰以为他们要的是幸福、满足、安宁，但事实并非如此。人们想要的是自己的才能能够得到淋漓尽致的发挥。人们想要的是创新，人们想要的是创造，如果这些行为带来冲突，如果引起战争，如果招致争斗，那也是人类的命数。一个曾被安置在伏尔泰花园中的人，经过雕凿和修饰，由一些博闻多识的贤哲抚养成人——这些贤哲通晓物理、化学、数学，以及百科全书所推崇的所有科学学科，这个人可能就是某种形式的活死人。

他认为，科学一旦被运用到人类社会，就会导致某种可怕的官僚主义。他反对科学家，反对官僚，反对那些喜欢把东西理得井井有条的人，反对路德教派的神职人员和泛神论者。凡是谁想把东西分门别类，谁想把两类不同的东西混为一谈，谁想证明，比如，证明创造活动不过
50 是从自然那里获取一些数据然后再按自己乐意的方式重新组合一遍，谁都是哈曼所要反对的对象。在哈曼看来，创造是一种难以形容、不可言传、无法分析的个人行为。通过这种行为，人们在自然界印上自己的痕迹。创造是任凭自己的意志驰骋，说自己想说的话，诉说自己内心的想法以及冲破任何障碍的冲动。因此，在他看来，启蒙的整套学说正在扼杀人们的活力，以一种苍白的东西替代了人们创造的热情，替代了整个丰富的感官世界。没有了感觉，人们便无法生活，无法食饮，无法快乐，无法交际，无法沉醉于一千零一种行动之中，没有它们，人们会枯萎死亡。在他看来，启蒙并未强调过这点。在启蒙运动思想家的想象中，人，即便不是“经济人”，至少也是某种人造的玩偶，某种无生命的模型，这样的人与哈曼在他日常生活中所见到并希望交往的人一点关联都没有。

关于摩西·门德尔松，歌德有过类似的评价。他说门德尔松看待美的事物犹如昆虫学家看待蝴蝶那样。他抓住那可怜的小东西，把它

固定起来，直到它鲜艳的颜色褪尽，它躺在那儿，已经是一具大头针下的遗骸了。这就是美学！在哈曼的影响下，18世纪70年代的歌德，年轻浪漫的歌德强烈反对法国方式，即归纳、分类、固定，分门别类夹进册页，试图把人类经验导入某些理性秩序之中，毫不理会活力和激情、流动、个性、创造的欲望，甚至斗争的欲望、促成观点各异的人之间创造性碰撞的元素——在哈曼及其追随者看来，这种碰撞绝对不是法国人所追求的那种死气沉沉的和谐与和平。

这就是哈曼的起点。让我引用一些典型的段落来说明他的思路。
哈曼说，人类灵魂的极乐，并非如伏尔泰想象的那样，是幸福。人类的 51
灵魂之乐是充分地实现自己的能量。人类是上帝照着自己的形象创造出来的，所以他的身体就是灵魂的画像。这个观点相当有趣。身体是灵魂的画像，因为当你碰到一个人，你问“他是怎样的人？”时，你是根据他的脸来判断的。你依据他的身体判断，但法国人认为，灵魂和身躯是可以分离的，精神和肉体没有任何共通点，身体是身体，不过身体里还有某种东西，某种幽灵在人这个机器里跳动。这与认为人是一个完整的统一体的观点大相径庭。“受到高度称颂的理性到底是什么东西？普适一切、无懈可击、骄傲自负、确定无疑、不证自明？是非理性那极端的迷信给鼓鼓囊囊的傀儡塞满了神圣的属性。”

18世纪初的迪博神父说过：“凡能被一种语言优雅地表达出来的感受和思考亦能被其他任何一种语言优雅地表达。”这在哈曼看来简直是没有道理的。我们依靠语言表达自己。不可能语言是语言，观念是观念。语言不是我们套在观念上的手套。我们思考时，我们是在用符号思考，我们是在用词语思考，因此，原则上来说，一切翻译都是不可能的。人们思考，是用特定的符号思考，而这些符号深刻地作用于他们的感觉和想象。用其他语言或许能达到相似的效果，但如果你真正希望与人们交流，希望知道他们所思、所感，了解他们，那么你必须理解各种手势、各种细微的差别，你必须看着他们的眼睛，必须观察他们嘴唇的

一张一翕，听他们说的话，了解他们的笔迹，你才能逐渐接触到实际的
52 生命之源。若不如此，就将一个人的语言转译成另外一种语言，用解剖学或命相学的手段对他的各种举动进行分类，把他同一大堆人一起放到某个分类箱里，列入一套洋洋洒洒的档案，这样做无非是简单地将他归到一个物种，一种类型。这样一来，就是遗漏了一切知识，就是杀死了一个活生生的人，就是把跃动的、独特的、非对称的、不可归类的活生生的个体经验一股脑地装进空洞的概念和范畴的大筐里。

大体说来，这就是哈曼的学说。他留给后人的正是这个学说。把神思和奇想从艺术那儿剥离出来，就等于是谋杀，谋害艺术、生命和荣誉。热情——是艺术所拥有的，它无法描述，无法分类。他说，摩西·门德尔松，美学家摩西——这个美学立法人——想把激情从艺术那儿剥离出来，他的美学戒律是：汝勿犯之，汝勿试之。哈曼说，在自由的国度，超凡的莎士比亚的超凡书页在时代的暴风雨中翻飞，此时，谁还敢那样做？

歌德这么论及哈曼："为了达到某种不可能达到的目的，他穷尽一切方式。"他将哈曼的观点概括为："人所采取的一切行动源于他自身力
53 量的联合，所有的分离都应该被否定。"

三

浪漫主义的真正父辈

我之所以介绍默默无闻的约翰·格奥尔格·哈曼，是因为我认为他是第一个以最公开、最激烈、最彻底的方式向启蒙宣战的人。不过，并不是只有他一个人从事这项战斗，在他有生之年，他也不是孤军奋战。让我来解释一下其中的原因。

众所周知，18世纪是科学取得伟大胜利的世纪，这已经是老生常谈了。科学的伟大胜利是那个时代最重大的事件；发生在那个年代的人类情感最深刻的变革是由于旧秩序被破坏而造成的——是自然科学对已有宗教攻击的后果，是新的世俗政权对古老中世纪等级制度的攻击的结果。

同时，毫无疑问，过分的理性主义使得人类的情感受到阻碍。在此情形下，人类的情感总要以某种别的形式爆发出来。当奥林匹亚诸神变得过于驯服、过于理性、过于正常时，人们很自然地就会倾向于那些较为黑暗的冥府之神。这种情形曾发生在公元前3世纪的希腊，到了18世纪，又开始出现了。

毫无疑问，具有组织形式的宗教正在退却。例如在德国，莱布尼茨
的信徒正在倡导一种理性的宗教，哲学家沃尔夫的观点风行各个大学，
试图调和宗教与理性。任何不能与理性调和的东西都受到冷遇。在此 54
情形下，若要拯救宗教就得证明宗教与理性是调和的。

沃尔夫就试图这样论证，他说有关神迹的说法与对宇宙的理性阐释并不相悖；他设定，比如，当约书亚在耶利哥让太阳停止运行时，他不过是一个天体物理学家，只不过要比同时代其他天体物理学家的知识更加渊博而已；就此而言，他深邃的洞察力和渊博的天体物理学知识自然能使神迹得以显现。同样，当耶稣将水变成酒的时候，他不过比常人更有化学知识而已。常人没有神启相助，不会像耶稣那样洞悉水变酒的奥妙。

如果理性主义这么庸俗，如果宗教为了让人们继续接受它，这样俯就理性，那么，人们转向其他途径寻找道德满足和精神愉悦，就毫不奇怪了。不错，当新的科学哲学可能为我们提供欢乐和秩序的时候，人类非理性的欲望、无意识的驱力（身处20世纪，我们对于它们已经烂熟于心了）开始提供某些只有它们能提供的满足了。在一般人心目中，18世纪是一个和谐、对称、无限理性化、典雅、精致的时代，一个人类理性和美丽不受深奥晦涩之物扰乱的犹如镜子般宁静的时代。一旦他们发现18世纪居然冒出那么多——简直就是前所未有——自诩虔诚却又荒诞不经的人物时，他们不免感到惊讶。在18世纪，共济会和玫瑰十字会大行其道，各种骗子和江湖术士大逞其能，到了18世纪下半叶，他们更是大张旗鼓。正是那个时候，卡廖斯特罗[①]进入巴黎，跻身上流社会的顶
55 层；正是那个时候，梅斯梅尔[②]开始讨论动物本能。那个时代是五花八门的巫师、神婆最喜欢的年代，他们那些灵丹妙药迷惑了许多原本具有正常理性的人，使其改变了原来的信仰。瑞典丹麦的国王、德文郡公爵夫人以及罗昂红衣主教所做的那些秘教实验，若在17世纪，必定令人惊

① 卡廖斯特罗（Cagliostro，1743—1795），原籍意大利的无业游民。曾借炼金术行骗欧洲，后以异端罪被宗教裁判所投入监狱。——译注

② 梅斯梅尔（Mesmer，1734—1815），奥地利医学家，用动物催眠术来治疗疾病，是较早应用催眠疗法的人之一。——译注

骇；若在19世纪，则是闻所未闻的了。但就在18世纪，这些东西开始到处蔓延。

当然了，还有一些反理性主义现象更值得尊重，也更有意思。比如，苏黎世的拉瓦特尔堪称他那个时代的荣格，他发明了他称之为“颅相学”的科学，试图通过测量人的面部特征来探知他们的精神状况和性格，因为他相信人的精神和身体是一个整体，密不可分。同时，他也不排斥那些形形色色的骨相学家、招魂术士和奇奇怪怪的“弥赛亚”。他们言行可疑，浪迹欧洲，时不时地作奸犯科，装神弄鬼，愚民惑众。有些人因之身陷囹圄，有些人则逍遥法外，流窜到日耳曼帝国的闭塞落伍之地。

不管怎么说，这就是18世纪的社会氛围，人们身处其中。一个看似和谐、看似优雅的世纪里，各种暗流涌动。一股强大的反科学、兴人欲的思潮随之兴起，我们不妨把这种反叛性的思潮称为质和量的对决。诸多叛逆中，哈曼不过是最有诗意、最有神学深度、最能引发关注的代表人物。关于他的基本观念，我已试图做了一个总结，即上帝不是几何学家，不是数学家，而是诗人。我们凡人想把自己那点不足挂齿的凡人的逻辑强塞给上帝，简直就是一种亵渎。他的朋友康德对他说，天文学已穷尽所能，天文学家已得所求，天文学复何所求？因此，天文学这门 56
显学可以束之高阁了。哈曼断然否定了朋友的观点。因为那样一来，宇宙间再也没有奇迹发生了！人类的努力再也没有施展之处了，一切终结，到此为止！人类能够达到终点，有些学科能够穷尽所求，有些自然奥秘能够真相大白，有些问题能够得到终极答案——在哈曼看来，这种观点是可怕的、荒唐的、愚蠢至极。

这就是哈曼观点的核心。这是一种神秘的生机论，从大自然和历史里感知上帝的声音。上帝通过自然向我们传递声音，这是一种古老的神秘信仰。哈曼做了进一步延伸。他认为历史也可以传达上帝的声音。纷纭的历史事件被无知的历史学家视为普通的经验性事件，它们其实是上帝言说的方式。每个历史事件都具有玄秘或神奇的意义，明眼之人能够感知到它们的重要性。哈曼属于最早（当然晚于维柯，不过在那时，维柯的观点阒然无闻）提出神话不单是关于世界的虚假陈述之人。哈曼认为，神话既非孟浪之人的邪恶发明，用来迷惑人们的视听；神话也非诗人捏造出来的巧言丽辞，以便粉饰自己的诗作。神话是人类用来表达他们对于不可言喻的大自然之神秘的感受的，借此表达出他们无法用其他方法表达的感受。使用词语，总会言不及意。词语把事物分割成太多的碎片。词语把事物分类，词语过于理性了。词语试图根据漂亮的分析模式，把纷繁万物分类包装，纳入一个个整严的范畴，如此一来，词语破坏了对象本身，也就是说，破坏了你所面对的生命
57 和世界的统一性、连续性和生机。神话使用艺术意象和艺术象征而非词语来传达生命和世界的神秘，把人同自然的神秘性联结起来。简略点说，这就是哈曼的观点。

他的观点显然是对法国观点的强烈抗议。它传播到德国之外。在英国，亦有类似现象，一样引人注目。哈曼思想的辩护人中，最雄辩的辩手是稍晚于他出生的神秘主义诗人威廉·布莱克。布莱克的敌人，洛克和牛顿，被他视为整个现代时期的首恶。在他看来，他们就是魔鬼，他们把现实切割成数学一般对称的碎片，他们杀死了精神。现实作为鲜活的整体，只能以非数学的方式欣赏。布莱克是典型的斯韦登堡主义者。[①]斯韦登堡的门徒就是我前面说过的18世纪地下秘教运动的典型。

正如很多神秘主义者一样，布莱克所欲求的乃是重获对精神因素的控制。由于人类的堕落，由于诸如毫无想象力的数学家和科学家这些人类灵魂杀手的邪恶工作，人类精神已经石化。他的许多诗句都指

---

① 斯韦登堡（Swedenborg，1688—1772），瑞典科学家、神秘主义者和宗教哲学家。——译注

向这一点。布莱克说法律使人们互相隔绝。

> 他们的孩子哭泣于荒凉之地，
> 他们的坟墓建在那里，
> 他们制定谨小慎微的法律，以为那就是
> 上帝的永恒的法律。

这是对18世纪理性主义者的正面反击，是对建立在非神秘性的经验和逻辑推理之上的井然秩序的信念的反击。他写下了这句人人皆知的著名诗行： 58

> 一只知更鸟身在樊笼，
> 整个天堂陷入狂怒之中。

他所说的樊笼是指启蒙运动。18世纪下半叶，身在樊笼之中的布莱克和类似布莱克的人们感到快要闷死了。

> 未来世界的孩子，
> 当他们阅读到这些愤怒的诗页，
> 便知，曾几何时，
> 爱情，那甜美的爱情曾被当作罪孽。

对于布莱克来说，爱就等同于艺术。他称耶稣及其门徒为艺术家。“艺术是生命之树……科学是死亡之树。”让人性的活力得到自由，这是所有受制于严整的科学秩序、快要闷死的人们发出的呼声。严整的科学秩序是毫不理会搅动人类灵魂深处的那些难题的。

德国人倾向于认为，在法国，没有人知道，也没有人想知道这些深层问题是什么；法国人不过是干瘪的猴子，完全不知道什么能够打动人类的心灵，不知道人类是灵魂的拥有者，不知道人类是有精神需求的。他们的看法并不完全正确。比如，如果你读过启蒙运动代表性思想家诸如狄德罗的作品，你会发现事情并不像德国人所说的那样。对于狄德罗，德国人的看法不免偏颇。他们把他视为新唯物主义，新科学，破坏人类精神生活、宗教生活的新势力的最臭名昭著的代表。其实，狄德罗与我所提到的那些德国人颇有同调之处。狄德罗非常清楚人类具有非理性的因素，存在着深层的潜意识，他们的内心涌动着各种黑暗的东西。他也明白天才的孕育有赖于这些潜意识和黑暗的东
59 西；光明的力量本身不足以产生他所推崇的神圣的艺术作品。他经常谈论到艺术，态度热情洋溢。他认为伟大的天才、伟大的艺术家“je ne sais quoi”[①]（17世纪的表达方式），凭借这种“非吾所知”的力量，艺术家得以创造出大气、深邃和睿智的杰作。如此创作相当于一种知性的冒险。这样的天才和艺术家近似于伟大的罪犯。狄德罗的文章里有一段专门讨论艺术家与罪犯的相似性，因为这两种人都蔑视规则，热爱权力、崇高和辉煌，不屑于正常生活，看不上过度驯化的文明人的循规蹈矩。

狄德罗是最早宣扬人具有两种人格的人之一。一种是人工的，属于社会，遵循社会习俗，竭力八面玲珑。这种人是18世纪讽刺家笔下常见的矫揉造作、装腔作势的小人物。但是，这种人的内心，还囚禁着另一种人格，具有狂暴、大胆、犯罪的特性，不时有破笼而出的冲动。具有这类人格的人，如果控制适当，他能成为伟大天才作品的创造者。这种

---

① 意为非吾所知。法国评论家布乌尔教父（Bouhours，1628—1702）在《非吾所知》这篇对话中指出，秀美的“属性是无法理喻无法说明的”。后来，“je ne sais quoi”实际上成了“秀美”的同义语，泛指艺术作品中难以描述、无法靠功力或规则所能达至的一种境界。——译注

天才是不会被驯化的，他们毫不理会巴特神父或迪博斯神父制定的理性惯例和理性规则——尽管当时的人认为只有遵循惯例和规则才能写出优秀的作品。在狄德罗借以成名的早期艺术批评文章，即他在1765年写的《沙龙》中，有一段最能说明狄德罗的观点：

> 要知道，有一些人的口袋里满是点子，满是才智，一有机会，他
> 们就将自己的才智肆意挥洒。他们心中没有魔鬼。他们从不沮
> 丧，从不阴沉，从不忧郁，从不沉默。他们既不笨拙也不愚蠢，正如
> 那些云雀、苍头燕、朱顶雀和金丝雀，白天喊喊喳喳，夜间则缩头于
> 羽翼之下。瞧啊，他们睡着了。但只有这时，天才才会点燃他的灯 60
> 盏。这暗夜里孤独的野鸟，这不驯服的生灵，有着阴郁的羽毛，开
> 始舒展歌喉，歌声响彻从林，打破了夜的沉静和黑暗。

这是对天才的颂歌，是对才智的反调，对规则的反调，对18世纪吹嘘的所谓美德——心智健全呀，理性呀，分寸呀，比例呀，凡此种种，不一而足的反调。这表明，甚至在巴黎这样一座干涩乏味的城市——照德国人的说法，一个没有真正的生活、没有性情、没有激荡的灵魂、没有精神的痛苦，不知上帝为何物、不知人之升华的城市，即便在这样的一座城市，仍然有人懂得自我超越，懂得非理性力量，懂得一些哈曼大力歌颂的事物。

讲到这里，又会有人问，那么，卢梭呢？问得好。如果否认卢梭的学说，卢梭的言论对于浪漫主义运动的影响，那必定是十分愚蠢的。不过，此处，我需要再重复一遍，他的作用被夸大了。如果我们拿卢梭真正所说的与他的表达方式做个对照性阅读——方式和生活当然很重要了——就会发现他所说的还是原汁原味的理性主义语言。卢梭说的不外乎是这些：我们生活在一个堕落的社会；我们生活在一个虚伪的坏社会，人们互相欺骗，互相谋杀，互相撒谎；我们可能发现真理。真理

不是通过深思熟虑或笛卡尔式的逻辑获得的，而是通过洞察人类之中那些单纯而未受腐蚀之人、高贵的野蛮人或者说孩子，反正就是这类人吧，通过洞察他们的心灵获得的。一旦真理被发现，那就是永恒的真理，适用于所有人，所有场合，所有气候和季节。当我们发现了真理，我
61 们就要按照真理生活，这一点十分重要。他的话与希伯来先知的话并无二致，与基督教传教士抨击大城市工于心计背离上帝种种堕落的话如出一辙。

卢梭的实际观点与百科全书派的观点相差无几。从个人角度来说，他并不喜欢他们，因为就性情而言，卢梭犹如沙漠中的苦行僧，在某些方面，偏执、粗鲁、阴郁，今天我们也许会说他是相当神经质的。因此，他与霍尔巴赫家里那些口舌辛辣的座上客，与伏尔泰在费尔尼庄园招待会上的优雅来宾鲜有共同之处。不过，说起来，这些差异完全是个性或性情方面的事。卢梭所说的，从本质上来说，与18世纪启蒙主义的普遍信念并不悖逆。要说他和他们有什么不同，那就是他言说的态度，他的性格了。当卢梭谈起自己独特的思想状况和精神状况时，当他描述那使他崩溃的情感，他所经受的突如其来的狂喜和暴怒时，他的语气倒是迥异于18世纪。不过，这些并不是后来被雅各宾派继承的卢梭学说，也不是后来化身为各种形式进入19世纪的各种学说。

使卢梭荣膺浪漫主义之父称号的是他著述里的某些段落。比如，卢梭曾经说过："我不做推理，不像哲学家那样思考……我不得不向伟大观念的混沌状态投降……我在宇宙中感到窒息……我渴望奔向无限……我的精神融入无限的狂喜之中。"这类表达的确与百科全书派朴实健朗的文风不同。爱尔维修、霍尔巴赫、伏尔泰，甚至狄德罗都是看不上这类表达的。卢梭的意思是，没有人能像卢梭那样去爱，没有人能
62 像卢梭那样去恨，没有人能像卢梭那样承受痛苦。只有卢梭才能了解卢梭。

他是独一无二的。没有其他人能够理解他，只有天才才能理解另

外一个天才。他的这种观点不免与启蒙运动的看法相左。启蒙运动认为真理是对所有那些没有受到不必要的情感和不必要的无知的迷惑的理智之人敞开的。卢梭就是要把羞愧的、欢喜的热泪，或把苦难、爱、绝望、羞辱、精神的痛苦、狂喜的幻觉这些东西同所谓冰冷的逻辑、冷静的理智做个对照。他总是在抱怨那些冰冷的逻辑、冷静的理智。看到这一点，哈曼说卢梭是最好的诡辩家——不过，诡辩家还是诡辩家。他之所以是最好的诡辩家是因为看得出来他明白优雅、理性和理智的巴黎也不是样样都对。

卢梭之所以还是一个诡辩家是因为他的学说依旧维系在理性上，依然寄希望于这样一点，即世上存在着一些规则、好的人类生活、好的人。只要这些人能够清除多少个世纪以来累加在他们身上的谬误，只要他们能够清理败坏了他们的不良社会，他们从此以后就能够永远过上幸福的生活，应和永恒的法则，而这些正是德国人不相信的，也是德国人指责卢梭的原因。卢梭与其他巴黎百科全书派的唯一区别是，后者相信卢梭的梦想可以实现，只要通过循序渐进的改革，通过使统治者转而接受他们的观点，只要接受启蒙的专制君主足够开明，就可以借助他，在地球上建立更好的生活。卢梭却认为整个可恶的上层建筑应该连根拔起，所有罪恶的人类社会应该被烧成灰烬；然后靠他本人及其信徒，一只新的凤凰将从灰烬中重生。不过，总的来说，卢梭和百科全书派的愿望是一致的，尽管他们可能对于具体采用什么样的方法达成这个愿望各执己见。

如果我们将他们的言论与同时期德国人的言论做一下比较，我们 63
会看到德国人的态度更为激烈。这一点，可以从几乎与卢梭同时代的诗人、自杀身亡的伦茨的一段话里看出。他说：

> 行动，唯有行动是世界的灵魂。快乐，沉湎于情感，沉湎于理性，都不是世界的灵魂。只有行动，只有通过行动，人才变成上帝的映

> 象，正是这个上帝，他无尽地进行创造，并对他的创造物感到无尽的欢喜。没有行动，所有的快乐、所有的感情、所有的知识只是死亡的延迟。在创造出自由的空间之前，我们不能停止劳作。不管这空间是多么令人恐惧的荒原，也不管这空间是多么可怕的空虚。然后，我们在这片废墟上沉思默想，正如上帝在创造世界之前面对那片荒芜与空虚沉思默想。然后，某种东西产生了。哦，这就是极乐！哦，上帝般的感觉！

这里流露出的某些东西与卢梭相去甚远——即便拿卢梭最暴烈的文字、最狂喜的感叹来比。这里表现了一种完全不同的态度。这里有对于行动突发性的热情，对于任何已有秩序的憎恨，对于任何认为宇宙拥有一个能够被平静的知觉（甚至不平静的知觉）所理解、沉思、分类、描述乃至使用的结构观点的憎恨。这是德国人独有的东西。

为何是德国人独有？我只能重复我前面的意见，即这主要是因为他们所信奉的虔敬派具有强烈的精神性，也是因为科学的横行破坏了他们的虔敬派信仰，只让他们留下了虔敬派的脾气，从而使他们丧失了宗教对世界的那种确认。

如果看看德国18世纪60、70年代“狂飙突进”运动时期的戏剧作品，那些四流、五流乃至六流的戏剧作品，你会发现这些作品与欧洲其他国家正在盛行的文学大相异趣。就说克林格尔吧，他写了一出名叫
64 《狂飙突进》的剧，“狂飙突进”运动的名称就是从这里来的。克林格尔还写了一出名叫《孪生兄弟》的剧。在这出戏中，更有力量的、充满想象力的、热情似火的浪漫主义者杀死了他软弱的、自负的、乖戾的兄弟。因为他认为，他的兄弟不会让他顺应自己的恶魔本性和巨大的需求来发展自己的天性。此前所有的悲剧中，作家们都认定只要换了一个社会，这类可怕的事情就没有发生的必要了。社会是不好的，因此需要改进；人们被社会败坏了，因此必须设想一个更好的社会。就像卢梭设想

的那样，在那个社会中，人们不再感到窒息，不再互相倾轧，坏人不再趾高气扬，好人不再卑躬屈膝，父母不再虐待他们的孩子，女人不再嫁给她们不爱的男人。建设更好的世界是有可能的。但是，克林格尔的悲剧里不会有这样的社会，莱泽维茨的悲剧《尤利乌斯·冯·塔伦特》里也不会有这样的社会。

我不想啰唆了，有太多已被遗忘的剧作家。泛泛地讲，所有这些戏剧有个共同的实质，即在这世界上，在自然界本身，存在着一些无法化解的矛盾冲突，因为强者不能与弱者共存，狮子不能与羔羊共处。强者必须有呼吸的空间，而弱者只能退守一隅；如果弱者受苦，他们自然会起来抗争；他们抗争，这没错，但是强者会镇压弱者，这也没有错。如此一来，矛盾、冲突、悲剧、死亡——各种恐怖的事情就会产生，这是宇宙的本性。因而，这样的观点是宿命论的和悲观的，既不科学，也不乐观，说起来，一点也没有宗教性，不乐观。

这种态度与哈曼的观点天然趋同，即认为比起那些正常的人来，不正常的人离上帝更近。哈曼公开地说，正常的人并不真正了解事情的原委。他的观点成为整个陀思妥耶夫斯基情结的发端。当然，在某种意义上，这个观点还是基督教思想的一种表述，不过以全新面貌出现，因为哈曼的表述如此真诚而且用意深远。在他看来，巴黎那些圆滑的 65
哲学家，柏林那些试图调协宗教和理性的神职人员，他们简直贬低和羞辱了人类所珍视的事物，和他们相比，盗贼、娼妓、罪犯、酒店老板离上帝更近，哈曼就是这么说的。哈曼还说了，某种程度上，那些超凡脱俗的大师们都是不正常的，有这样那样的病态，这样那样的创伤——赫拉克勒斯、小埃阿斯、苏格拉底、圣保罗、梭伦、希伯来先知、酒神巴库斯的女祭司、魔鬼般的人物——所有这些人都不具有正常的心智。我认为，哈曼的看法点明了德国“狂飙突进”运动的核心内容，传达了肯定个人自我的强烈信念。

不过，我所提及的这些戏剧家，相对来说都是些不重要的角色。我之所以引出他们是为了烘托哈曼，说明他并不是孤军奋战。我认为哈曼的确值得我们把他从被人遗忘的黑暗角落里重新发掘出来。“狂飙突进”运动产生的唯一有价值的作品是歌德的“维特”，充分表达了作者本人的情绪。同样，维特也是无药可救的。他不可避免地要自杀，维特的情况是：他爱上了一位有夫之妇，这是一个无法解决的难题。维特相信，婚约就是婚约，那位夫人也相信，婚约就是婚约。如此一来，就没有办法了。如果两个男人的爱撞到一起，这就成了一桩无望而无助的事情，只得以悲剧收场。这就是《少年维特的烦恼》所要说明的伦理。正因为如此，德国上下，青年人效仿维特，纷纷自杀。这并不是因为他们在18世纪那个特定的年代和社会找不到解决的方法，而是因为他们对世界感到绝望，认为世界是一个非理性之地，根本找不到任何解决问题的方法。

这就是德国18世纪60、70年代之间发展起来的社会氛围。但在我看来，真正称得上浪漫主义之父的就有两个人。他们比我迄今为止提
66 到的与浪漫主义有瓜葛的所有人物更为重要。因此我的话题就转向他们。他们在这场运动中崭露头角。一个把这场运动引为同调，一个则大唱反调。不过，唱反调的作者却成为这场运动的理念的更大推行者。物极必反吧，说起来，这也是一种讽刺。我说的这两个人，一个是赫尔德，一个是康德。对于他们，我要多费点口舌。

我不想详尽阐述赫尔德的总体思想和他创造的新观念，以及他的那些新观念如何改变了，比如说，改变了我们的历史观，我们的社会观。这个卓越的思想家，他的影响非常巨大。赫尔德也是普鲁士人，还是一名虔敬派教徒，与其他人一样反对腓特烈大帝整齐划一的帝国。在一个头脑清楚、富有活力、强有力的专制君主的领导下，来自法国的知识分子和官员管理着这个严谨、开明的专制国家——是啊，普鲁士已经是个开明的国家了。可是，就是这个开明的国家却使一些好人感到窒息。连康德都有这种感觉，更不用说赫尔德了，他这人的性情本来就有

些暴躁偏激。我想重点谈谈赫尔德的三个观点。这三个观点对浪漫主义运动贡献巨大，它们很自然地产生于我上面所描述的那种社会氛围。其一，我称之为表白主义（expressionism）的观点；其二，是归属的观念（notion of belonging），意即归属于某一个群体；其三，真正的不同的理想之间经常互不相容，甚至不能够调和。在当时，这三个观点中每一个都具有革命性意义，值得我们详加了解，因为它们尚未引起人们足够的重视，鲜被一般的观念史教科书提及。

第一个观点，表白主义，是这样的：赫尔德认为人的基本行为之一是表白，是有话要说。因此，一个人无论做什么事情，都是在充分地表白自己的本性；如果他不能充分地表白自己的本性，那是因为他在自我残害或自我限制，抑制了自己的能量。这个观点，乃是赫尔德从他的导 67
师哈曼那里学到的。赫尔德堪称哈曼这个奇人，"北方的巫师"（即《圣经》中的"东方三圣"）的嫡传门徒。

在18世纪的美学中——甚至是在狄德罗这类人的更富激情的美学中（它与枯燥乏味、循规蹈矩的巴特神父的美学形成了对比）——宽泛地讲，艺术作品的价值被认为是由它自身决定的。因此，一幅画的价值在于它是美丽的。是什么使它美丽，这个问题人们可以仁者见仁。也许因为这件艺术品给予人们愉悦，也许满足了人们的智性需求，也许与宇宙和谐有某种特定联系，也许是对柏拉图谓之的原初理式——艺术家在灵感迸发刹那间抓住的原初理式的模仿，也许你会认为前面这些原因与艺术价值毫无关系。尽管意见不一，但人们还是达成了一个共识，即艺术作品的价值在于它自身的特性，在于它之所以是它的那些特性。这些特性包括：美丽、对称、匀称及其他。一只银碗之所以漂亮是因为它是漂亮的碗，具有美丽的性质，无论这种美丽是如何定义的，碗的美丽与制造者无关，与制造碗的原因无关。艺术家的地位正如一位艺术品供应商所说："我的私人生活与买艺术品的人毫无关系；你要一只银碗，给你，我这儿有卖的。我是不是个好丈夫，是不是个好的投票人，是否相信上帝，都与你们买的东西无关。你要桌子，我这儿有卖的，你不是要张结实的圆桌吗，给你，你还有什么要抱怨的？你要画，要肖像画，如果你觉得不错，就买吧。我是莫扎特，我是海顿，我想创作一些优美的音乐作品，我想别人也承认它们的优美，我的创作得到合适的报酬，也许这些作品会使我跻身不朽艺术家的行列。”这就是18世纪的一般观点，是自那时起许多人的共识，事实上，也是后来被大多数人接受
68 的观点。

然而，我们提到的那些德国人并不认可这种观点。特别是哈曼，不消说，还有赫尔德，他们当然别有看法。对他们来说，艺术作品是某人的一种表白，是一种表达出来的声音。一件艺术品就是一个人向其他人表达他自己的声音。一只银碗、一曲音乐、一首诗，甚至一条法律条文，管它是什么，只要是人手打造出来的成品，有意识也好，无意识也好，在某种意义上它就是创造者的生活态度的一种表白。当我们欣赏一件艺术品时，我们就是在与创造者发生某种接触，它在对我们说话。这是赫尔德他们的观点。因此，前面我们提到的那些观点，那种认为艺术家的其他身份，比如丈夫、投票者与他的创作无关的观点，那种认为我可以分身有术——一手干这，一手干那，却互无关联的观点，那种认为我个人的信念与我创作的悲剧人物的台词毫无关系的看法，即作者不过是供应商的看法，那种仅从艺术品本身评论作品而不顾及它的创作者的观点，那种认为艺术家的生平、精神状态、写作动机以及整体素质与艺术作品毫无关系的观点，都受到赫尔德及其追随者的激烈反对。举个例子来说，就说民歌吧。如果你听懂了一支民歌表白的意思，他们说了，那是因为创作它的人民和你一样都是德国人，他们在歌中与你交谈，和你这个与他们同属一个社会的人交谈。因为同为德国人，民歌的创作者应用了一些特殊微妙的细节，一些特殊的音韵、一些特殊的词语——只有德国人才能看出它们内在蕴含的象征和经验，因为德国人浸淫其中。民歌只能针对特定的人群传达它特殊的意义，外人是听

不出个中滋味的。葡萄牙人不能像德国人一样理解一首德国歌曲的内涵，正如德国人不能像葡萄牙人一样理解葡萄牙歌曲的内涵。民歌含
有（外人不解的）内在的东西，这就正好说明了一个道理：民歌之类的 69
东西与自然界中那些沉默不语的客体不同，它们是人工制成品，是为交流的目的而被创造出来的。

这就是主张艺术即表白、艺术即交流的学说。赫尔德由此继续论证。他具有前所未有的诗意和想象力。他说，有些事是个人所为，另一些事则是群体之功；有些事是有意识做的，另一些事则是无意识做的。如果你要问谁创造了民间歌曲，谁创造了民间舞蹈，谁制定了德国的法律，谁制定了德国的道德标准，谁制定了生活的准则，你会发现无法回答；这一切深深掩埋在无法辨清个人面貌的历史遗迹中。尽管如此，有一点是清楚的，即是人创造了这一切。世界是人创造的世界；我们的世界，德国人的世界是由德国人创造出来的，这就是为什么我们德国人如此熟悉自己的世界的缘故。它是我们感觉所能把握的样子。由此，赫尔德发展出一个观点，即每个人都在寻找自己可以归属的群体，也确实归属于某个群体。一个人若从群体剥落出来，他会感到孤独，找不着家了。人在家园或人从家园连根拔起的观念，关于根的概念，以及整个关于人须归属于某个群体、某个派别、某场运动的一整套概念，很大程度上可以说是赫尔德的发明。虽然，维柯已在他超群卓绝的著作《新科学》里做过论述，但他的观点已被人们遗忘（我似乎又在重复这一点）。赫尔德也许在18世纪70年代晚期读过这本书，但此前，在没有傍依他的意大利前驱的情况下，赫尔德已经独立发展出自己的主要观点。

赫尔德的基本观点如下所述：每个希望表白自己的人都要使用词语。词语不是他个人的创造，而是经由传统意象代代相继的长流水，流到他这里来的。这条长流已经容纳了别人的情感表白。如此一来，
个人就与他人共饮一水。这种关系虽不易察觉，但乃是天性使然。关 70
系越近，共同点越多。此处，赫尔德没有使用血缘的标准，亦没有使

用种族的标准。他使用了“民族”这个概念，但在18世纪，德语里的“Nation”一词尚未具有19世纪的内涵。他提出把语言作为民族纽带，把土地作为民族纽带。他的理论大概是这样的：隶属于同一群体的人，他们之间的共同点更直接地影响了他们存在的状态，而不同地域的人之间的共同点就没有这么大的影响力了。比如，观察德国人站起坐下的姿势、他们的舞姿、他们的立法、他们的笔迹、他们的诗歌和他们的音乐、他们梳头的方法、他们进行哲学思考的方式，可以发现他们一些细微的共同心理模式。一些共同的特质使他们被断定为德国人。一个德国人总是会被自己人辨认出来的。换上中国人，哪怕做同样的事情，也和德国人是有差别的。中国人也梳头，也作诗，也立法，也打猎，也变着花样获取食物，也做衣裳。当然了，德国人和中国人也有共同之处，面对相似的自然刺激，他们会有一样的反应。然而，某种心理特质把不同的群体——不一定是民族，有可能是更细小的群体单位——区分开来。赫尔德并不是一个相信血统和种族是民族微妙基质的民族主义者。他的观点是，人类群体是按照类似植物或动物的方式逐渐成长的。这种有机的、植物学的或生物学的隐喻要比18世纪法国科普作家所用的化学和数学隐喻更适合描述人类群体的生长。

由此产生出一定的浪漫主义的结论，也就是说，至少是对18世纪所
71 理解的反理性主义起了很大作用的结论。其中一个主要的结论关乎我们今天的论题。如果确实如此，那么它可以这样被表述：离开了创作者的创作目的，作品也就无从谈起。分析艺术作品的价值必须根据它的诉求对象所在的特定群体、说话人的动机、对诉求对象的影响以及说话人和听话人之间自发建立起来的联系。艺术作品是一种交流形式。如果艺术品是一种交流形式，那么它就不具有非个人的或恒定的价值。如果你想了解古希腊的艺术作品，你不可能先根据“所有的艺术品必须是美丽的”这一信条制定超越时间的标准，再来根据定好的标准判断这些古希腊艺术品是否美丽。你得真正了解古希腊人是怎样的人，他们

想要什么东西，他们如何生活。你得照赫尔德所说的那样去做（他的建议其实就是对维柯观点最奇异的重复），即经过巨大的困难，尽最大的努力去想象，从而进入这些时空距离非常遥远，你一点也不熟悉的民族的情感世界里。你得使用想象重构他们的生活方式、他们的律法、他们的道德准则、他们的街道、他们的各种各样的价值观。换句话说，你得试着按照他们的生活方式生活。今天，这些已是老生常谈，但在18世纪60、70年代，它们刚被提出的时候，却是语出惊人。说白了，除非你做到了这些，你才有机会真正了解他们的艺术、他们的写作，才能真正明白柏拉图的意思，才能真正知道苏格拉底到底是什么人。在赫尔德看来，苏格拉底不是法国启蒙主义者眼里那个超越时间的智者、超越时间的理性主义智者，也不单是哈曼眼里那个善于戳破全知全能家伙的牛皮的讽刺家。苏格拉底是生活在公元前5世纪雅典的雅典人，不是前4世纪，也不是前2世纪，不是在德国，也不是在法国，而是在希腊，就在那个时候。要想了解希腊哲学，你得了解希腊艺术；要想了解希腊艺术，你 72
得了解希腊历史；要想了解希腊历史，你得了解希腊地理，你得亲眼看到希腊人曾看到的植物，你得了解他们脚下的土壤，还有其他的事物，等等。

由此发端出整个历史主义、进化论的观念。所谓历史主义、进化论的观念就是说你只能通过了解与你自身所处环境很不相同的环境，才能了解那里的人。这个观念也是归属感观念的根基。这个观念是赫尔德第一个提出来的。持有这个观念的赫尔德当然要去抵制世界主义的观念了。世界主义认为一个人不管身在何处——巴黎、哥本哈根、冰岛、印度，随便什么地方，都是在自己家里；赫尔德却认为人属于他本来该待着的地方，民族是有根的。他们只能根据自己的成长环境所提供的象征进行创造，他们成长于某种意义上封闭的社会，而这个社会能以某种清晰、独特的方式将自己表白给他们。如果一个人没有这样的幸运，在脱离了自己的根的环境里长大，被放逐到荒岛，独自过活，他，一个流亡者，力量便会大大削弱，他的创造力也会大大降低。赫尔德的这种观点不可能被理解，18世纪法国的那些理性主义者、普遍主义者、客观主义世界主义的思想家更不可能赞同。

但是，更使人震惊的结论还在后面呢，赫尔德本人也许没有强调这一点，这个观点是这样的：如果每种文化的价值都隐藏在特定文化的理想之中，那么，赫尔德说了，每种文化都会拥有它自己的重心。你想要理解某一文化类型的人民，你就得找出它的文化重心。赫尔德把这叫作“重点突破”。站在其他时代、其他文化的角度去理解某一特定的文化是不行的。如果你找到了一个文化重心，就会发现一个事实，即不同
73 的时代有不同的理想，彼时彼地，这些理想各有其坚实的根基，到了今天，依然能够得到我们的尊敬和理解。

现在，请思考我一开始就提到的那几条18世纪启蒙运动伟大公理中的一条吧。这条被浪漫主义逐渐摧毁的公理认为，凡是激动人心的疑问都可以找到客观正确的答案——如何生活，做什么样的人，什么是善，什么是恶，什么是正确，什么是谬误，什么是美丽，什么是丑陋，为什么这样行动而不是那样行动——这些疑问都可以通过某个思想家推荐的某些特殊方法找到答案，而答案则以命题的形式表达；这些命题，如果它们是正确的，那么它们之间则是互相兼容的关系，甚至超过互相兼容的关系——它们之间是互为伴生的关系。将这些命题汇总在一起，就构成一个理想、完美的状态，出于这样那样的原因我们都愿意看见事物理想完美的状态，不管它有没有实际的操作性和可行性。

但是，现在请你们假设赫尔德是正确的；假设公元前5世纪希腊人所追求的理想与巴比伦人的很不一样；与埃及人的生活观很不一样，因为持有这种生活观的埃及人是居住在埃及的，那里的地理环境、气候，很多方面都与希腊不同，还因为埃及人的祖先，他们的意识形态与希腊人祖先的意识形态完全不同，埃及人想要的东西与希腊人想要的东西不是一回事。但是，二者同样正当，同样硕果累累。世上只有少数思想

家能够对它们一视同仁，赫尔德便是其中之一。他绝对赞赏的是事物本来的样子，并不因为它们不是另一个样子而指责它们。对他来说，所有的事物都是令人愉快的，巴比伦令他愉快，亚述令他愉快，印度令他
愉快，埃及令他愉快。他对希腊颇有好感，他对中世纪颇有好感，他对 74
18世纪颇有好感，他对一切都颇有好感，就是对自己所处的时代和环境没有好感。

如果有什么东西是赫尔德不喜欢的话，那就是一种文化想消灭另外一种文化。他不喜欢尤利乌斯·恺撒，因为尤利乌斯·恺撒践踏了许多亚洲文化，因而我们再也无法得知那些卡帕多西亚人到底有什么追求。他不喜欢十字军，因为十字军蹂躏了拜占庭人，或阿拉伯人。倘若没有这些帝国主义骑士的破坏，这些文化本来能够获得最丰富、最充分的自我表达。他不喜欢任何形式的暴力、强制，以及一种文化侵吞另一种文化，因为他希望所有事物能够顺其自然存在。赫尔德不是民族主义的创始人、原作者，尽管人们有时会这样说，尽管他的很多观点已经确凿无疑地被纳入民族主义之中。他应该是某种观点的创始者、原作者。我不知道如何命名他的观点，它颇像民粹主义。也就是说（换个更滑稽的说法）赫尔德是各类名目的尚古主义的始作俑者。尚古主义者希望当地人尽可能保持他们的本土状态，他们喜欢艺术和手工艺品，厌恶标准化模式，喜欢古色古香，希望保留古老地方的特色，最精巧的文化形式，不希望地方性特色受到邪恶的城市化带来的千篇一律的侵袭。赫尔德是这类尚古旅行家和爱好者的鼻祖，他们奔走在全世界各地，搜索各种被遗忘的生活形式，对一切稀奇古怪、土生土长、幽僻之境的东西兴趣盎然。在这种意义上，赫尔德的确对感伤主义的潮流起了推波助澜的作用。不管怎么说，这是赫尔德的性格使然，他希望所有的事物尽可能保持原样，也就是说，都能按照自己的本性得到最丰富全面的发展。因此，在赫尔德看来，那种认为世上存在着适合一切人、一切地方的理想的观点是不可理喻的。如果希腊人有一套对他们来说很完

75 美的理想；如果罗马人有一套相对希腊人来说不太完美，但对于不幸做了罗马人的罗马人来说，也足够完美的理想（罗马人的天赋不及希腊人——至少在赫尔德看来如此）；如果早期中世纪产生了《尼伯龙人的指环》那样伟大的作品（他对这部作品非常推崇）或其他早期史诗——赫尔德认为它们都是依然漫游于丛林之中，尚未遭受可怕善妒的邻居的蹂躏及其野蛮的文化入侵的淳朴天真的人民单纯豪勇的表白；如果这些都是真的，那么我们就不能把它们调和在一起。

那什么是生活的理想形式？我们不可能既当希腊人又当腓尼基人、中世纪人，不能既当东方人又当西方人，不能既当北方人又当南方人。我们不可能同时达到所有时空的理想极致。既然我们不能做到这一点，那么，整个有关完美生活的观念就轰然崩溃。18世纪的人认为世上存在着全人类都会为之奋斗的共同理想的观念；世上存在着解答人类难题的终极答案，正如在化学、物理、数学领域里存在着问题的终极答案——即使找不到终极答案，只要人们抱有希望，就有机会发现近似于终极答案或比前人答案更完善的答案，沿着同一方向推进，最终会达到目的。他们的这个观念轰然崩溃了。按照他们的看法，如果物理、化学、数学能够找到终极答案，那么伦理学、政治学、美学也应该可以；如果可以设立标准来裁判什么是完美的艺术作品，什么是完美的生活，什么是完美的人格，什么是完美的政治制度；如果这些问题都有答案，那么舍此答案别无其他——别的答案尽管有趣诱人，也是错的。但是，如果赫尔德是对的话，那么希腊人理所当然地按照希腊的方向前进，印度
76 人理所当然地按照印度的方向前进；希腊人的理想与印度人的理想完全相悖——这一点赫尔德不仅承认，而且还兴高采烈地给予强调；多样性和差异性不只是客观事实，更是一个辉煌的事实：它证明了造物主丰富多样的想象性、人类辉煌的创造力和无限的可能性、人类雄心的贪得无厌以及他们生活在一个生机勃勃的世界中所感到的激动；如果事实如此，那么主张“如何生活”有一个终极答案的观点就毫无意义了。它

不能说明任何问题,因为所有的答案都可能是互不兼容的。

这就是赫尔德的最终结论:也就是说每个人类群体都应该为自己与生俱来的东西而奋斗,或者说,为了他们的传统而奋斗。每个人都属于他所在的群体。作为一个人,他应该说出他认为是真的真理。对每个人而言,他所相信的真理与别人心目中的真理一样正当有效。多样的色彩构成了万花筒般的世界,但没有人能够看到全部的世界,没有人能看到全部的森林,只有上帝能够看到整个宇宙。人,由于属于特定的群体,生活在特定的区域,他们不可能看到整个宇宙。每个时代都有它自己内在的理想。那些18世纪法国政治哲学家、画家、雕塑家老爱问,比如,“我们为什么不能像希腊人?我们为什么不能像罗马人?”希望复兴某种文化,回到中世纪,回到罗马,回到斯巴达,回到雅典,或任何形式的大同世界——“我们为什么不能建立一个大同世界呢?在大同世界里,人人都如标准划一的砖石镶嵌得宜,构筑成一个恒久不衰的结构。它之所以恒久不衰,是因为它是建立在恒久不衰的法则,也就是依照绝对正确的方法获得的真理之上的。”在赫尔德看来,所有这一切都是痴人呓语,毫无意义,而且矛盾百出。他的观点等于是一柄可怕的利
刃,插进欧洲理性主义的体内,受此巨创,它再也没有恢复过来。 77

在这种意义上,赫尔德当然是浪漫主义运动父辈中的一个。也就是说,他把自己的一些个性遗传给了浪漫主义运动,包括抵制整齐划一、抵制和谐、抵制理想互容性——不管是在行动领域还是在观念领域。关于行动,我已引用过伦茨的阐述:行动,总是行动,行动优先;我们只能生活在行动中,否则一切都无意义——他的观点与赫尔德的观点共鸣。对于赫尔德来说,生命在于表达各种经验,在于以你完整的个性方式把自己的经验传达给别人。至于人类在两百年、五百年、两千年的时间里能做到什么,这个问题并不重要。他不关心,他也看不出有关心的必要。他的观点是对持续影响西方两千年的“永恒的哲学”的一次全新革命和颠覆。“永恒的哲学”认为所有的问题都有正确的答案,

所有正确的答案原则上来说都是可以发现的，所有的答案原则上来说都是兼容的，能够镶拼成七巧板那样和谐的整体。如果赫尔德是对的话，那么永恒的哲学就是错的。对于这个问题，在他之后的一百七十年里，人们一直争论不休，不仅在行动上也在理论上，不仅在民族革命战争之中也在信念和实践的暴力冲突之中，不仅在艺术方面也在观念
78 方面。

四

拘谨的浪漫主义者

现在，我的话题转到三位德国思想家，其中两位是哲学家，另一位是艺术家——戏剧艺术家。他们的印记深深烙入德国及德国之外的浪漫主义运动之中。即便如此，这几个浪漫主义者也只能被称为“拘谨的浪漫主义者”，随后我将讨论浪漫主义运动的发展终端——“奔放的浪漫主义”。

“事物的本性，”卢梭说，“不会使我们发疯，恶意却能够。”对多数人而言，情况也许如此。但是，对一些18世纪的德国人来说，这种论断显然不对。他们之所以要发疯，不仅仅是迫于一些人的恶意，也是迫于事物的本性。持有如此看法的德国人中就有哲学家康德。

康德痛恨浪漫主义。他憎恶一切形式的放纵和幻想，即他称之为“狂想”的东西，憎恨任何形式的夸张、神秘主义、暧昧、混乱。即便如此，他还是被推举为浪漫主义的父辈之一。这多少有些讽刺的意味。犹如他所交往的哈曼与赫尔德，康德也是在一个虔敬派家庭长大。他觉得哈曼是个悲惨、神志错乱的神秘主义者，他不喜欢赫尔德作品那种空泛无凭的概述、汪洋恣肆的想象，在他看来，这些都是对理性的冒犯。

康德崇尚科学。他思维精确明晰：他的写作虽然晦涩却少有不确
之笔。他本人就是一个卓越的科学家（他堪称是一个宇宙学家）；他对 79

科学原理的信仰，可能远远超过他对其他事物的信仰。他把解释科学逻辑、科学方法的基础当作自己毕生的任务。他讨厌一切狂想或混乱的事物。他推崇逻辑性和严密性，谁要是对它们嗤之以鼻，康德就说那人的脑子肯定生锈了。他说逻辑和严密是很难的心智练习。大凡在这两方面感到特别困难的人惯于制造出别样的抗拒它们的理由。毫无疑问，他所言极是。不过，若论他凭什么成为浪漫主义之父的话，我得说，不是因为他是一个科学批评家，当然更不是因为他是一个科学家，而是因为他的道德哲学。

实际上，康德为人类自由的理念所陶醉。虔敬派的成长背景并未使他像哈曼或其他背景相同之人那样变得狂想不羁，康德沉溺于自省，反而促使他发展出对于人的内心和道德生活一种深切的关注。他所深信不疑的观点中，其中一条就是，每个人都能意识到情感倾向、欲望、激情与责任、正当行为之义务的区别——一方面是那从外面攫住他的情感倾向、欲望、激情，这些是他情感或感知或经验本性的一部分；另一方面是责任、正当行为之义务的观念，而这些往往与享乐的欲望和情感偏向相冲突。混淆二者在他看来是一种原始的谬误（primitive fallacy）。他极有可能引用过沙夫茨伯里的名言。沙夫茨伯里反对人被外界因素所决定或制约的观点。还在18世纪初，沙夫茨伯里就说过，人不是“一只被紧紧拴住的老虎”，也不是“一只鞭子训诫下的猴子”，也就是说，人不是被受罚的恐惧紧紧拴住的老虎，也不是在鞭子的训诫下求赏，或同样怕罚的猴子。

人是自由的，人具有与生俱来的天赋的自由。这种自由，按照沙
80 夫茨伯里的说法，赋予我们属于自己的特权，使我们成为“我们自己”。不过，自由的概念，沙夫茨伯里只是顺便说说，与他的其他哲学观念关联不大。但是，到康德那里，自由便成了一个念兹在兹的中心原则。人之所以为人，在康德看来，只因为他能够做出选择。人与自然界其他事物——动物、无生命的物体、植物——之间的区别在于人之外的事物受

制于因果律，人之外的事物必须严格遵守一些预设好的因果程序；而人却可以依照自己的意志自由选择。这个意志，便是区分自然界中人与其他事物的东西。意志就是能使人们选择善或恶，正义或非正义的东西。除非同时也可以选择非正义，否则，选择正义本身并不是多大的优点。无论出于何种原因，那些被预定终身选择真善美的生灵不值得称道，因为不管这种选择会产生多么高尚的结果，行为本身是自发产生的。因此康德推想，道德优点的观念，道德缺失的观念，哪些该得到我们的赞扬，哪些该受到我们的谴责，哪些行为方式该受到鼓励或指责，所有这些都基于这个前提，即人们能够自由选择。出于这个原因，家长式统治，至少是政治意义上的家长式统治，成为他强烈憎厌的东西之一。

在他有生之年，康德一直对两种主要障碍念念不忘。一种是人的障碍，一种是事物的障碍。前者是我们非常熟悉的一个主题。在一篇《对“什么是启蒙”的回答》的短文中，康德下了这样一个定义：启蒙不过是指人们自主决定自己的生活，摆脱别人管教的能力，以及自己变得成熟，能够决断该做什么，无论这决定是善还是恶，无须过分倚赖权威、这样那样的家庭教师、国家、父母、保姆、传统或任何既有的负荷所有 81
道义责任的价值观就能做出决定，个人对自己的行为负责。如果他放弃这种责任，或如果他因太不成熟而无法意识到自己的责任，那么，他就依然是一个野蛮人，尚未开化——或者说，还是个孩子。文明就是成熟，成熟就是指自我决断——通过理性思考做出决断，不受某些我们自己无法控制的东西，特别是别人，即康德谓之的“一个家长式政府”的驱迫或摆布。康德的“家长”指的就是腓特烈大帝，不过一个柯尼斯堡的教授这样直言不讳，肯定会有些风险。在他看来，一个“视子民为未成年的孩子”、社会建立在统治者的仁慈之上的政府是“我们能够想象出来的最专制的政府”，它“破坏一切自由”。在别的什么地方，他还写道：“谁依赖他人，谁就不再是一个人了，因为他失去了立足之地，不过是别人的所有物而已。”

因此，在他的道德哲学中，康德强烈地反对任何一种人支配人的形式。他确实是最早提出“剥削是一种罪恶”这一观点的人。我认为你们会发现在18世纪末之前，尤其是康德之前，并无多少关于“剥削是一种罪恶”的论述。确实，当一个人为了自身的目的而非别人的目的去利用别人，我们为什么会认为他的行为相当可怕？也许，还有比这更坏的罪恶，也许残忍就是一种更坏的罪恶；也许，正如启蒙运动坚持认为的那样，愚昧无知，或懒于思考，诸如此类的恶习，是一种更坏的罪恶。但是，对于康德而言，这些恶习还算不了什么。为了自身目的而非别人的目的去利用别人，在他看来，都是一个人强加在另一个人身上的欺辱，一种残害别人，剥夺别人身为一个人的特性，也即能够自我决定之自由的卑鄙形式。这便是为什么在康德身上，你会发现他有一种布道般的热情，他反对剥削、欺辱和非人化，反对任何一种这类的恶，无论是欺
82 辱、生活的物化和机械化、人与人之间的疏离以及人生本来目的的异化还是视人为物或为逞一己之欲，把人当作原料使用、罔顾人的意志，抑或视他们为可被驱迫、被操纵或被教育的实体。他所反对的恶将成为19世纪、20世纪那些自由主义者和社会主义作家屡屡批判的对象。从康德富有激情的宣传开始，这类的恶就被视为洪水猛兽和人类所能犯下的最坏的恶。当然，康德之前的其他一些作家，特别是基督教作家，也曾有过类似的言论，但是康德把这些观点世俗化了，使其在欧洲大陆广泛传播。

这确实是个很重要的观点。他为什么会这么认为呢？因为他觉得价值就是人类自己生产出来的实体。他的观点可以这样论述：如果人们的行动取决于外在于他们或某种他们无法控制的东西，或者换句话说，如果他们的行为不是缘起于自身内部而是自身之外的事物，那么我们就有理由认为他们是不能负责的。如果他们不能为自己负责，那么他们也就不是完全意义上的有道德的人。但是，如果我们不是有道德的人，那么我们关于对与错、自由与非自由、责任与享乐的区分不过是

错觉而已。对于这点，他并不准备面对，他拒绝面对。他把它看成人类意识的基始材料，至少像我们看到桌子、椅子、树和一切存在于空间的物体这类事实一样的基始材料，或者就像我们对自然中存在的一些别的物体的感知一样的基始材料——我们知道世上存在一些可以称之为可为或不可为的行动方案。这是一个基本材料。假若事实如此，那么所有的价值，即人类为之奋斗的目标和结果，都不可能存在于我们之外，既不存在于自然之中，也不存在于上帝之中。如果价值外在于我们，如果它们强大到足以决定我们的行动，那么我们就会沦为它们的奴隶——也许那是一种极其崇高的奴役方式，但奴役就是奴役。要想摆脱奴役获得自由，就应当自由自在地信奉某种道德价值。你或许可 83
以信奉某种价值，或许不，但自由就在信奉之中，而不在价值本身的地位、合理性或其他方面，在于你信奉或不信奉，在于你能够但并非必须信奉。至于你信奉的是什么，则是另外一回事——也许它是可以经由理性方式获得的，不过，独有信奉或不信奉本身对你才有价值。换句话说，称一种行为是善还是恶，是正确的还是错误的，其实就是说存在着自己可以自由决定的信奉行为——这种行为后来被称作担当行为、奉献行为或切身行为——就人而言。

这就是康德说到“人是目的本身”时要表达的意思。除此之外还有什么能够是目的呢？人是行为的选择者。若要牺牲一个人，你就得把他献祭给比他自身还要高尚的东西。但事实上，并没有比那被视为最高的道德价值还要高尚的东西。然而，把某些东西称作高尚的道德价值就意味着有些人愿意为它生为它死。除非有人愿意为它生为它死，否则也就没有道德价值意义上的“它”了。价值之所以是价值——或者再往小一点说，之所以是责任，之所以是一种超越了欲望和情感偏向的目标——是由人的选择而非它自身的某种客观的固有性质所决定的。价值不是道德天宇里的星星，它们存在于人的内心，它们是人愿意自由选择并愿意为之生、为之奋斗、为之死的东西。这就是康德宣扬的基本理论。他并未过多论述，他只是把它当成一个不证自明的真理，以不同形式的命题陈述出来，这些命题或多或少互相重复。

但在康德看来，远比人的障碍或人的奴役状态、人之间的陷害和攻讦更阴险的，是噩梦一般的决定论观念和屈从于自然的摆布。康德想
84 要说的是，适用于无生命自然界的因果律，如果也适用于人类生活的方方面面的话，那么，压根儿也就不存在什么道德了。因为那样一来，人将完全为外在因素所限制，即便他们能够欺骗自己，假想自己是自由的，事实上他们还是处于被决定的状态。换句话说，对康德而言，决定论，特别是机械决定论，与任何一种自由和任何一种道德都是不相容的，因此也是错的。他所说的决定论是指任何一种由外在因素所决定的决定，这些外在因素或是18世纪谈论的物理、化学一类的物质因素，或是被视为人类无法抵抗的激情。如果你提到激情，你想到的就是，它比我更强大，我无法抵抗，我只好屈服，我被它推着走，我无能为力，它把我压倒了，这样就等于你已经承认了某种无助和被奴役。

对康德来说，人无须如此。自由意志是一个非常古老的难题。它最初由斯多葛学派提出，此后便一直困扰着人的想象和人的心智。康德把它看作一种梦魇般的困境；在他面前摆着一种法定的解决方案，即当我们选择，我们自然会选择（我们可以在这或那之间选择，没有人能否认这点），然而那些供我们选择的对象以及我们选择的可能方式，却已事先决定好了，也就是说，如果有多种可能性的选择摆在你面前，虽然可能是二者择其一，但我们还是置身于这样一种境地，即这些选择是摆在那儿让我们选择的；更有甚者，我们的意志注定被导向某个选择，也就是说，我们按照自己的意志行事，但意志本身不是自由的——在康德看来，这种自由意志不过是一种悲惨的托词，它无法骗到任何人。由此他切断了所有可能性的逃避路径——所有被这个两难困境吓坏了的哲学家们提出的法定的路径。这个难题，尽管对于康德而言，显得特别尖锐，但一直以来，它都主导着欧洲的思想，甚至在一定程度上支配着

欧洲的行为。

这是19世纪的哲学家和历史学家念兹在兹的难题。这个世纪的
我们依然被它困扰。在今天，这个难题变得更加尖锐，表现的形式多种 85
多样。比如，表现为历史学家争辩的历史中个人和强大的非个人的力量，社会的、经济的或心理的力量相对作用的论题；表现为不同类型的政治理论：有人认为人，比如说，是由其在某个结构——就说是阶级结构吧——中的客观位置所决定的；有人认为人不会那么被动，或至少是不完全那么被动。在法学理论领域，这个难题则表现为两派之间的争执——一派认为罪行是一种疾病，应由医学手段治疗，因为罪犯没有责任能力；另一派则认为罪犯能够选择自己的所作所为，因此对他进行治疗或采用医学手段就等于侮辱他与生俱来的人的尊严。康德当然持后一种观点。他相信报复式惩罚（今天看来这是一种倒退的观点，或许确实如此），因为在他看来，罪犯更愿意被送到监狱而不是医院；如果某人做了某事受到责备，或受到严厉谴责，甚至受到惩罚，那是因为此人原本可以避免，这里假定他是个有选择能力的人（即便他可能选择恶的东西），而不是假定他受制于一种自己无法控制的力量，比如说无意识，比如说环境或父母对待他的方式，比如说无数别的什么因素，使其丧失主动行动能力的因素——比如无知，比如某类生理疾病。说他受制于这些因素，他会认为是个莫大的侮辱，这等于把他当成一只动物或什么东西，而不是把他看作一个人。

康德不遗余力地宣传这个观点，我很乐意和盘托出他思想的精髓。举个例子，在他眼里，慷慨就是一种恶，因为慷慨根本就是一种恩赐和
庇护，是“有余者”对“不足者”的施舍。在一个公正的世界里，没有慷 86
慨的需要。在康德眼里，同情是一种可憎的品性。人宁愿被忽视，宁愿被侮辱，宁愿被虐待，也不要被同情，因为同情导致了同情者对被同情者的一种优越感，这种优越感，康德是坚决抵制的。所有人都是平等的，所有人都能够自己做主，如果有人同情别人，他就是把对方降格为

一种动物或一样东西，或只是一个让人怜悯的对象。对康德来说，这是一种最可怖的对人的尊严和人的道德的侮辱。

这就是康德的道德观。他对外部世界犹如一种踏板车这个观念感到恐怖。如果斯宾诺莎和18世纪那些决定论者——比如说爱尔维修、霍尔巴赫或科学家们——所言无误；如果，康德宣称，如果人仅仅是自然界中的一个物体，仅仅是一个由肉、骨头、血和神经混合的物体，就像动物或客观物体一样受外部力量的驱动，那么，康德说了，人不过是一只转动烤肉叉的“转叉狗”而已。他行走，却不受自己意志的牵引。人只是一只钟表。他被调好，他嘀嗒嘀嗒地走，却不能自己给自己调好。这种自由根本不算自由，也不具有任何道德价值。这便是康德对所有决定论的全盘否定，是他对人类意志的着重强调。这就是被他称为自律性的东西，只要受外界因素，不管是身体方面还是情感方面的外界因素所左右，这种状态就是他谓之的他律性，也就是说他律性的法则及根源是外在于人类自身的。

这就导致了一种新的并带有某种革命性的自然观。这种自然观在欧洲思想中占据了相当重要的位置。在此之前，人们对待自然的态度大体上都是友善和尊敬的，不管“自然”这个词意指何物——一些学者曾经做过统计，仅在18世纪，附着在“自然”一词上的意思就不下两百
87 种。自然被视为一个和谐的系统，或至少是个均衡、构造合理的系统，谁与自然脱榫，谁就遭殃。

因此，人们犯了罪或心情恶劣时，救治的办法就是让他们回到本来应该待的地方，或者说，让他们回到自然的怀抱里去。虽然人们的自然观多种多样，就像先前我解释的那样——机械论的自然观、生物学的自然观、有机论的自然观、物理学的自然观（所有的暗喻都用过了）都有相同的说法：自然女主人、自然夫人、自然的学步带，这些东西把我们管束得紧紧的，以免我们跌跤。就连休谟，这个最不形而上学的思想家也认为，人们一旦出轨——假如他们心情不好或变得疯狂——自然就会挺

身而出发挥作用了，也就是说有些固定的习惯就会发挥作用了，医治创伤的过程开始了。创伤得到医治，人们又被重新整合到和谐的川流或系统之中。究竟是川流还是系统，就看你是把自然视作静态的还是流动的。不管怎么说，人们从伤痛中恢复过来，回到那个他们不该逃离的宏大而舒适的川流或系统里去了。

在康德看来，这简直是一派胡言。自然女主人，自然夫人，自然是仁慈的，是你所崇拜的，是艺术应当模仿的对象，是道德的源起，是政治的基础，像孟德斯鸠所说的那样——这种自然观贬损了人与生俱来的选择的自由，因为（它相信）自然是机械的，即便不是机械的，就算它是有机的，自然中每个事件还是得严格遵循所有事物概莫能外的必然性。所以，如果人也是自然的一部分，那他就会受到限定，道德只是一个可怕的幻象。因此，在康德那里，往最坏处说，自然是人的敌人；往最好处说，自然不过是可塑造的中性材料。他认为人部分地是自然性物体：明摆着，他的身体存在于自然之中；他的情感存在于自然之中；所有能够使他受外在规律支配的那些东西，或取决于他真实自我之外的那些东西，都是自然的；然而，当他处于最自由的状态时，当人性在他身上得到最大程度的张扬时，当他登峰造极时，他就能统治自然，也就是说，他能 88
模塑自然，压倒自然，把自己的个性施与自然，我行我素，因为他要追求某些理想，通过追求理想，他在自然身上盖下自己的印章，因此自然就成了可塑的东西。自然的某些部分较之其他部分更具有可塑性，但总体上自然必须是他可以有所作为的对象，而不是他——不管怎么说，整个的他——非得从属的东西。

自然是敌人，或自然是中性材料，这是一种相对新颖的观点，也是康德称颂法国1790年宪法的原因。他说，终于产生了一种政府，它允诺所有的人（至少在理论上）都拥有选举的自由、言论的自由，他们无须服从政府，不论政府多么善意；无须服从教会，不论教会多么出色；无须服从法则，不论法则多么古老，因为它们不是他们自己的作品。一旦人们得到鼓励，得到法国宪法那样的鼓励，去听凭自己内心的选择，而非情感冲动——康德不会用这个字眼，他说的是——人听凭自己内心的意志，去自由地选举，那么他就自由了。暂且不论康德解释得是否正确，在他看来，法国大革命是一场伟大的解放运动，因为它肯定了个体精神的价值。他对美国独立战争也持同样的看法。当他的同事都在悲叹法国的大恐怖，以毫不掩饰的惊恐看待那儿发生的一切时，康德虽然没有公开表示赞同，却从未放弃自己的立场，他认为不管怎么说，法国大革命都是一次朝着正确方向进行的试验，即便它会走些弯路。康德的立场表明他的激情。这位看起来非常传统、顺从、整洁、老式，甚至有些乡下气的东普鲁士教授却对法国大革命充满激情，把它看作人类历史上伟大的解放篇章，是人类对反抗庞大的偶像崇拜的自我肯定，是
89 一次挺身反对偶像崇拜的行动，康德就是这么想的。传统、牢不可破的古老原则、国王、政府、父母，所有这些仅仅因为是权威就被当作权威接受下来的东西都与他格格不入。我们通常不是从这个角度来考察康德的，但有一点很清楚，他的道德哲学就是牢牢建立在这种反权威的原则之上的。

当然，这是对意志的至高无上性的肯定。某种意义上，康德到底还是18世纪启蒙运动的一个孩子，因为他认为所有的人，只要他们心灵纯洁，一旦自问何谓正当行为时，在相似的环境下他们得出的答案是一致的，因为对于所有问题，人们共有的理性将使他们得出完全相同的答案。卢梭也这样认为。有段时间，康德认为只有少数人受到足够的启蒙，获致足够的经验或具有足够高尚的道德才能给出问题的正确答案。但是，在卢梭的《爱弥儿》(康德非常欣赏这本书——他书桌上方悬挂的唯一一张人像就是卢梭的画像)刺激之下，他逐渐相信所有人都有能力给出问题的正确答案。任何一个人，不论他有什么知识缺陷——他可能无知，他可能对化学一无所知，他可能对逻辑一无所知，他可能对历史一无所知——但他依然能够发现问题的合理答案：我应当有什

么样的行为举止？所有对这个问题的合理回答必定是一致的。[①]我要强调的是：一个听凭冲动行动的人，不管他的行为多么慷慨；一个依照本身性格行动的人，不管他的行为多么高尚；一个屈服于无从避免的压力行动的人，不管这压力来自外界或自己的性情，这个人不算是在行动，至少不是作为道德的载体在行动。唯一值得拥有的是无拘无束的意志——这就是康德一再强调的核心命题。它注定要带来极度革命性的、颠覆性的后果，对此康德并未预料到。 90

到了18世纪末，关于这个理论已经出现了各种各样的说法，也许最生动、最引人注目的一个说法，从我们的角度看来，是由他忠实的信徒，戏剧家、诗人、历史学家弗里德里希·席勒提出来的。就像康德一样，席勒对于意志、自由、自律性、独立的人这些观念十分着迷。先前的思想家，爱尔维修、霍尔巴赫，都简单地认为所有的社会问题，道德的、艺术的、经济的问题以及所有各种各样的实际性问题都能得到正确的答案，最重要的事不过是让人们明白这些答案并且按照答案行动——至于怎样才能达到这个目的，相对来说无关紧要。席勒不像他们。他与他们的观点南辕北辙。席勒不厌其烦地强调唯一能够使人成为人的事实就是人有能力超越自然，模塑她、压倒她，按照自己美好的、无拘无束的、受道德指引的意志去征服她。

席勒的写作使用了很多特有的表达，不只是他的哲学论文，他的剧本亦如此。他不断地提到精神性的自由：理性的自由，自由王国，我们的自由自我，内心的自由，心智的自由，道德的自由，自由的智识——一个他钟爱的表达——神圣的自由，固若金汤的自由堡垒；还有其他一些表达，他也用“独立”代替“自由”。席勒的悲剧理论就建立在这种自由观之上；他的悲剧作品和诗歌就深深地浸透着这种观念。他的这种

① 关于这个理论的谬误之处，在此我不便深入去谈，因为那会让我离题太远；但这一点是康德和18世纪的理性主义能扯上关系的唯一一条细微线索。

方式，或许超过了对康德的直接解读，有力地影响了浪漫艺术的两个领域：诗歌艺术和造型艺术。悲剧并不在于苦难的展示：只要心灵纯洁，人根本无须受苦。无助的苦难，无从逃避的痛苦，被不幸压垮的人，不是悲剧表现的对象，而纯粹是恐惧、怜悯或许厌恶的对象。唯有反抗，
91 体现在人身上的对任何压迫的反抗，可被视作最具有悲剧性的事物。拉奥孔，反抗自己逃跑的自然冲动，不追随他所知道的真理；雷古拉斯，向迦太基人投降了，虽然他留在罗马肯定能够享受一段更加舒服，也许有些可耻的时光；弥尔顿笔下的撒旦，在见识过地狱的惨境后，仍然一意孤行邪恶的勾当——这些人才是悲剧人物，因为他们坚持己见。因为他们未受诱惑，与众趋同。因为他们没有对诱惑妥协，无论这诱惑令人愉快或使人痛苦，无论它是身体的诱惑还是道德的诱惑。因为他们能够从容面对抉择的难题，他们挑衅自然；挑衅——席勒言之意下的挑衅，并非任何别的挑衅，而是道德的挑衅，一种因人所奉献的理想之名的挑衅，这种挑衅造成悲剧，因为它引起冲突，在冲突中人们与压力搏斗，至于这压力对他而言是强还是弱，则视具体情况而定。

理查三世和伊阿古，在席勒看来都不是悲剧人物，因为他们的行为无异于动物，他们意气用事；所以，他说，假如我们不是在讨论人，假如我们不从道德的角度思考，我们会对这类复杂的人类动物最不寻常的天才行为激赏不已：莎士比亚的天赋和幻想使他们经历了非凡的人生曲折，有些方面的曲折，就其智性因素而言，超出常人的经验。但是，一旦想起正发生的一切，你会认识到他们的行为是在他们无从逃避的激情影响下发生的。当这一点昭然若揭时，他们在我们眼里不复是人，我们感到羞耻和厌恶。我们会认为他们的行为不像人的行为，因为他们放弃了人性，他们令人厌恶，他们是非人。因此，他们也就算不上悲剧人物。同样，很遗憾我得这么说，理查森的小说《克拉丽莎·哈娄》中
92 的洛夫莱斯也算不上悲剧人物：他只是一个为不能自禁的激情所驱使而到处追逐女性的色鬼；如果他确实控制不了自己的激情，那么不管他

干了什么，都算不上悲剧。

席勒认为戏剧或许具有某种免疫接种的功能。如果我们自身处于拉奥孔的境地，或俄狄浦斯的境地，或不管什么人的处境，要与命运抗争，我们可能投降。同时，我们对身处这种境地感到恐惧，这种恐惧感的强烈程度可能会使我们麻木不仁，或让我们失魂落魄。我们不知道该怎么办；但是，当看到这一切是在舞台上发生，我们就能保持相对的冷静和超脱。所以，观剧的经验就起到了教育和劝导的作用。我们观察哪种行为能使人之所以是人，而艺术的目的，至少与人息息相关的戏剧艺术的目的——在于展示最具人性特征的行为方式。这就是席勒的理论，与康德一脉相承。

自然本身对人是冷漠的，自然本身是非道德的，自然会以最残忍、最阴险的方式毁灭我们，这个事实使我们特别清楚地认识到我们不是自然的一部分。让我引一段席勒的原话吧：

> 在此情形下，被视为一个整体的自然，往往会嘲弄我们的理解力为她规定的所有法则。她无拘无束、反复无常，不留情面地践踏智慧的结晶；她把一切重要的东西、琐碎的东西，一切高贵的东西、寻常的东西抓到手上，又把它们丢进同一种可怕的灾难之中；她为蚂蚁提供庇护，却把她最显赫的创造物——人紧紧夹在她巨大的臂膀里挤碎；她常常使人最艰巨的劳作，其实也是她自己辛苦所得的成就荡然无存，又在一些无谓的蠢事上花上几个世纪的工夫……

席勒认为这是自然的典型特征，它提醒、强调并引出这样一个事实：这 93
是自然而非艺术，这是自然而非人，这是自然而非道德。由此，他认为自然与人之间存在着一个巨大的对比：自然是一个本质性的、反复无常的，或许有因果联系的，或许是偶然为之的实体，而人具有道德，能够辨别欲望与意志、责任与利益、正当与错误，能够采取相应的行动，即便因此触犯自然。

这就是席勒学说的核心，它充斥于席勒的多数悲剧之中。让我来举一个典型的例子，它会使你看到席勒所能达到的程度。席勒拒绝了康德的解决方案，主要因为在他看来，虽然康德所说的意志可以把我们从自然中解放出来，但把我们送上了一条狭窄的道德之路，送进了一个太刻板、太逼仄的加尔文世界，在那里，人们要么沦为自然的玩物，要么谨守路德教那套严格的职责（康德一度认为那套职责会戕害和毁灭、扭伤和扭曲人的天性）。如果人想要获得自由，他不应该只有履行职责的自由，他还必须拥有选择遵循自然或自由地履行职责的自由。他必须居于主动位置，或选择职责，或选择自然。在讨论高乃依的《美狄亚》时，席勒陈述了这一观点。在高乃依剧中，伊阿宋先是诱拐了美狄亚，科尔喀斯的公主，然后又遗弃了她。美狄亚非常生气，她杀死了自己的孩子——实际上，是活活把他们煮死的。席勒尽管不赞成美狄亚的行为，却认为她是个英雄，伊阿宋就不是。因为美狄亚违抗自然，违抗她自身的天性，违抗母性的本能，违抗自己对孩子的爱，她凌驾于自然之上，自由地行动；她的所作所为可能令人憎恶，但原则上她是一个能够攀升到崇高之巅的英雄，因为她是自由的，没有屈从天性的冲动，对比之下，伊阿宋不过是一个可怜的市侩而已，一个他那个时代的体面的雅
94 典人，过着凡庸的生活，操行虽非完美，但也说不上邪恶至极，他不过受自己俗常的情绪摆布罢了——毫无任何价值。美狄亚至少是个人物，她能轻易地攀升到道德宏伟的高度：伊阿宋什么也不是。

这便是他使用的一个范畴，他同样用之于其他戏剧。在他早期的一部剧作《菲耶斯科》中，与剧名同名的主人公是热那亚的暴君。毫无疑问，他的所作所为是错的。他压迫热那亚人。虽然他行为恶劣，他还是胜过那些流氓和蠢人，那群热那亚的乌合之众，他们需要一位统治者，而他恰巧能够统治他们。最后，共和党人的领袖韦里纳把他淹死，

毫无疑问，这没错，然而，我们却失去了菲耶斯科身上的某些东西。他是一个人，就其人性质量而言，他远远优于那些名正言顺谋杀了他的人。大致说来，这便是席勒的理论，著名的伟大罪人和多余人的理论就滥觞于此，该理论注定要在19世纪的艺术中占据一席之地。

维特死得无足轻重，勒内，夏多布里昂同名故事的主人公，也死得无足轻重。他们之所以死得无足轻重是因为他们生于一个无法给他们用武之地的社会；他们是多余人；之所以多余是因为他们的道德优越于他人，这是我们应该明白的一点，他们的道德优越于他们周围的人，却没有机会挑战市侩、奴隶、傀儡们所形成的可怕的势力，以此证明自己的优越。他们引出一长列备受俄罗斯文学青睐的多余人形象，格利博耶多夫的恰茨基、叶夫根尼·奥涅金、屠格涅夫的多余人、奥勃洛莫夫——出现在俄国小说中形形色色的多余人，在这一长列的尽头是日瓦戈医生。

还有另外一条线索。有些人认为，如果社会变得一塌糊涂，如果人们不可能获得正当意义上的道德，如果做什么事情都要受到阻碍，如果世上无事可做，那么就推翻这个社会——让它毁灭，让它滚蛋——为此
可以做任何犯罪的事情。陀思妥耶夫斯基小说中那个伟大罪人就缘起 95
于此，那个尼采式的人物想要把社会夷为平地，因为这个社会的价值体系使得一个真正理解何谓自由的超人无法按照它的要求行使自由。既然如此，不如毁掉这个价值体系，不如毁掉他有时也得照办的那套原则，不如自我毁灭、自杀，也比继续像一个物体随波逐流的好。这套理论源于席勒，奇怪的是，它亦受到康德的影响。要是康德看到自己那套绝对正统、半是虔敬主义半是斯多葛主义的理论居然带来如此后果，他会吓坏的。

这是浪漫主义运动的一个重大的主题，如果问它何时出现，要确认这个编年史的问题倒不一定困难。18世纪60年代末，莱辛写了一部名叫《明娜·冯·巴尔赫姆》的剧本。我不想引述情节，剧本本身并不是

那样有趣，无非讲述了一个名叫台尔海姆少校的英雄，一个声望很好的人却受到恶意的对待——他遭到不公平待遇——因为他对自己的名誉非常敏感，所以他拒绝见他深深爱着的女士，那女士也深深爱着他。他认为她会觉得他干了不怎么光彩的事情，虽然自己确实清白无辜，但因为她可能会那样想，所以他无法面对她，除非他的无辜能够大白于天下，他能够证明自己遭受别人的冷脸和误解实在很冤枉。他的这种行为显得很有荣誉感，但极其愚蠢。莱辛认为，他是个好人，确实是个正派的人，但不是一个通情达理的人——像极了莫里哀那个厌世者，这两人一模一样——而最后，却是一个幸福的结局，因为事实上，那位女士远比先生通情达理（她就像莫里哀剧里阿尔切斯特的朋友），经过她
96 的努力，他胜利地向大家证明了自己的清白。最后，他们两人结合，从此过上了幸福的生活。我们应该这样理解。她是位女英雄；她良好的判断力、宽容、成熟、善良以及对现实富有同情的认知都代表了作者的看法。台尔海姆是一个受到社会错待的人，他执着追求自己的那些理想——荣誉、极端形式的正直——他沉迷其中，投身其中，事实上席勒就想让人们成为他这样。

18世纪80年代初期，席勒创作了《强盗》，剧中的英雄，我已提到过，是卡尔·莫尔，也是一个遭到冤枉的人，因为被冤枉，他变成了一伙强盗的头目，烧杀抢掠。最后，他投案自首，被绳之以法。如同台尔海姆少校，卡尔·莫尔也被抬升到英雄的地位。因此，如果问这位浪漫主义英雄出现——至少出现在德国，在我看来，德国是他这类人物的故乡——的确凿年代的话，我们可以说，他是在18世纪60年代末到80年代初出现的。至于他为什么出现在此时的社会学原因，我不打算解释。

举例来说，在莫里哀的《恨世者》中，阿尔切斯特对世界失望得厉害，他无法容忍这个世界，无法适应它那些虚假琐碎和令人生厌的价值观，但他并非剧中的英雄。剧中还有比他更理智的人，他们想方设法使他回归理性，最后总算做到了。他并不可憎，并不可鄙，但他不是英雄。

说到底，他也只是一个滑稽人物罢了；台尔海姆也有些滑稽——无甚心计，令人愉快，和蔼可亲，极有道德魅力，但终归有些可笑。到了1780年，这种人物不再是可笑的了，他开始具有恶魔性了。这是一个转变，这是一次伟大的决裂，同所谓理性主义或启蒙传统决裂，也即同认为事物有其本性，我们应当了解，我们必须理解，我们必须懂得，我们必须迎合，哪怕付出自我毁灭自我愚弄代价的传统决裂，转向另一种截然相反 97
的传统——即人们投入他们愿意为之投入的，一旦需要他们就愿意以死捍卫的价值观。换句话说，因其自在的性质而受推崇的殉难和英雄主义大概就在那时出现了。

席勒的基本观点是人类要经过三个阶段：第一阶段他称为Notstaat（蛮荒阶段），一个受必然性左右的阶段，这个阶段呈现出“Stofftrieb”的状态——“生理冲动”是该词的字面翻译，亦即现代心理学中的“驱力”。在这个阶段，人类受到自然物质的驱使。这是一个霍布斯意味的丛林，在丛林中，人被激情和欲望占有，他们没有理想，只会相互冲撞，因此需要把他们分开。这是席勒所谓的蒙昧状态（savage state）。紧随其后的是席勒称之为不蒙昧状态（not savage state），这种状态与前面的相反，为了改善自己的境遇，人们接受严格的法则，并奉之为圭臬。有意思的是，席勒仍称其为野蛮人状态（barbarian state）。对他来说，蒙昧之人受自己无法控制的激情所驱使，而野蛮人则不明就里地崇拜偶像，譬如那些绝对法则——因为它们不容触犯，因为它们已被确立了，因为它们是一种训诫，因为有人说它们是绝对的，因为它们源于隐秘却不容置疑的权威。席勒把这叫作野蛮主义，因为这些禁忌声称自己具有合理的权威。这第二阶段，就是他所说的Vernunftstaat，即理性阶段——这个阶段有着康德和他的戒律。

但我还没说完，还有第三种情形，是席勒热切向往的。就像他那个时代所有的理想主义作家那样，席勒也想象很久以前曾有过一个辉煌的黄金时代，一个人性的联合体，激情与理性尚未分离，自由与必然

98 尚未分离。后来发生了一些令人惊骇的事情：劳动分工、不平等、文明——总而言之，顺着卢梭曾经勾勒出的那条线索，文化产生了，接着产生出无法控制的欲望、嫉妒、艳羡，人群的分化，他们和别人争斗，和自己人争斗，欺诈、悲苦、疏离。我们如何才能回到这个本真的状态，同时又不会堕入既不适合我们，我们也不想要的天真和幼稚？依席勒之见，这要靠艺术手段来解决。通过艺术获得解放。他是如何构想的呢？

席勒谈到了 Spieltrieb，“游戏的驱动”。他说人们解放自身的唯一途径就是保持游戏玩家的心态。什么意思呢？在他眼里，艺术是一种游戏的形式，他解释说对他而言困难在于调和自然的必然性和严苛的戒律。对于前者我们无法逃避，它给我们施加压力；而后者则限制我们的生活，把我们限制在某些范围内。唯一的解决办法就是使我们成为能够自由想象和自由发明的人。如果我们是一群戏耍的孩子——举个最简单的例子吧，尽管这个例子不是从席勒那儿来的——我们可以扮成印第安人，如果我们把自己想象成是印第安人，我们就是印第安人。我们遵守印第安人的规则，不会觉得有压力；之所以没有压力是因为我们创造了那些规则、我们扮演的角色和我们自己。我们所创造的一切都是属于我们自己的，我们创造的一切都不会限制我们自己。因此，只要我们能够把自己变成自己的创造物，我们遵守法则并非因为这些法则是由别人给我们定下的，不是因为我们害怕它们，也不仅仅因为它们出自某些阴郁的神祇，或者某些可怕的人，或者康德，或者自然之手；如果我们遵守法则只是因为我们自由地做了这样的选择，只是因为这些法则表达了理想的人类生活——对于理想的生活，我们这些已汲取了历史精华和思想家智慧的人，就如那些游戏的人一样理解得非常清楚。那些游戏的人先是发明游戏，然后满怀热诚、激情和欢悦地遵守游戏规
99 则，因为他们的游戏是一件他们自己建构的艺术作品；只要我们也能这样做，换句话说，只要我们能把遵守法则的必然性改成某种近乎本能

的、完全自由、和谐、自发、自然的运作；只要我们能做到这点，我们就获救了。

人类如何才能相互协调？人类玩的游戏可能千差万别，这些游戏可能轻而易举把他们卷入莫大的灾难之中。至此，席勒又返回到那条康德式的原理那里去了，虽然这样做不是很有效，也没有多大说服力。他同意康德的看法，认为如果我们有理性，如果我们像希腊人那样，如果我们和睦相处，如果我们了解自身，如果我们理解何谓自由，如果我们明白何谓道德，如果我们领会何谓艺术创造的愉悦和神圣的欣喜，那么，我们一定能够与其他的创造者、其他的艺术家达成一种和谐的关系。我们和他们一样，不会一心想着怎样剪除异己，怎样挤垮别人，而是谋求与别人共同生活在一个幸福、团结、富有创造力的世界。多多少少，这是席勒心之所系的一种乌托邦。虽然不是很有说服力，但它的大致方向还算清晰，也就是说，艺术家遵守自己制定的规则；他们发明规则，发明自己创造的东西。原料或许由自然提供，但其余的事情都是他们自己完成的。

这种论调第一次奏响了我所认为的人类观念史上至关重要的一个音符：即理想、目的、目标并非通过直觉、科学的手段，通过对神圣文本的阅读，通过听取专家或权威人士的意见而被发现；理想根本不是被发现的，理想是被发明的；理想不是被找到的，理想是生成的——它是生成的，犹如艺术是生成的。席勒说了，鸟可以启示我们，因为我们认为，尽管是误认为，它们克服了地球引力，它们可以翱翔，凌驾于必然性之上，我们人却做不到。一个花瓶可以启发我们，因为它脱胎于粗粝的材料，你可以把这种脱胎换骨视为形式的胜利，不过，这胜利属于自由发明的胜利，而不是属于加尔文派、路德派以及其他宗教或其他世俗暴政 100
强行推行的那些严格的形式。这里有着发明形式和创造理想的激情。很久以前我们是一个整体，我们是希腊人。（这个关于希腊人的伟大神话，从历史层面来看显然荒唐无稽，但处于政治无助状态之中的德国人——席勒、荷尔德林、黑格尔、施莱格尔和马克思对之深信不疑。）我们曾是阳光下游戏的孩子，我们无须区分必然与自由、激情与理智，这是一段幸福单纯的时光。但这段时光已成为过往，单纯不再，生活不再赋予我们这些东西。我们现在所获悉的关于宇宙的描述无非是一架单调乏味的因果关系的踏车。因此，我们必须重申我们的人性，发明自己的理想，而这些理想，由于是人类发明出来的，恰与自然相对，它们不是自然的一部分，而是自然的对立面。因此，理想主义——作为一种关乎目的性的发明——就是与自然决裂，而我们的任务则是改变自然，教育自身，以使我们自身给定的不太灵活的天性能够准许我们以某种优雅自如的方式追随和实现一种理想。

席勒的观点到此为止。这是他留下的一笔遗产，后来传给了浪漫主义者，进入他们的灵魂深处。那些浪漫主义者摈弃了和谐的观念，摈弃了理性的观念，他们，如我先前所言，变得奔放起来。

我必须说到第三个思想家。他就是费希特，一个哲学家，康德的信徒，他也给自由的观念补充了一个特别激情洋溢的解释，下面这段典型性的引言可以说明这点。“只要提到自由二字，”费希特说，“我的心马上敞开，开出花来，而一旦说到必然性这个词，我的心就开始痛苦地痉挛。”这表明他是个性情中人，确实，他自己说过：“哲学如其人，而非人如哲学。”黑格尔曾说费希特一想到自然的永恒法则及其严格的必然性
101 就会感到忧郁、恐惧、愤恨。严格的秩序，牢不可破的对称性，无从逃避的世界——在这个世界，一切事物都得按照不可避免的、井然有序的和全然不可变更的方式互相关联，一想到这些，总有些人郁郁寡欢，费希特就是其中一位。

费希特对浪漫主义观念的贡献恰好就在于此。他说，如果你只是一个耽于冥想的人，一味在知识的王国里追问诸如做些什么，如何生存这类问题，那么，你将无法发现答案。之所以发现不了答案是因为知识往往要以一些更宽广的知识为前提条件。当你着手解决一个命题并争

取这个命题的权威性时，你需要引进另外一些知识和命题来验证前一个命题。每个引进的命题需要轮流验证，为了支撑一个观点，需要引进一些更广泛的概念。如此这般，就会没完没了。因此，这种追问是没有尽头的，我们只能止步于斯宾诺莎的体系，这个体系至多是一个严谨的合乎逻辑的统一体而已，其间没有任何活动的空间。

事实并非如此，费希特说。我们的生命并不倚仗冥想所得的认识。生命不是源于我们对自然或对事物无功利性的冥想。生命始于行动。知识只是工具，这一点后来被威廉·詹姆斯、柏格森和很多人反复论及。知识只是自然服务于有效生活和行动的工具而已，知识让人们了解如何生存以及做些什么，了解如何做人，了解如何改造事物为我所用，换句话说，就是了解如何用一种混沌半直觉的方式生存下来（有所为是为了不至于灭亡）。这样的知识，意味着是对世界某些事物的接受，之所以接受是因为不管我们乐意与否，我们都得接受，是因为它是建立在生物学意义的冲动和生存必然性的前提之上，这样的知识对费希特而言是一种信念的行为。“我们不是因为了解才行动，”他说，“我们因为需要行动起来才了解。”知识不是一种被动的东西。外在的自然撞击我们，阻拦我们，但它是供我们创造之用的黏土；只要我们创造，我 102
们就能重获自由。由此他得出一个重要命题：事物之所以是这副模样，不是因为它们外在于我而独立存在，而是因为我让它们变成那样；事物存在的形式取决于我如何对待它们，我需要它们做什么。这是出现较早却影响深远的实用主义。食物不是先于我的饥饿存在的，而是因为我的饥饿它才变成了食物。他说道：“不是因为食物摆在手边我才想到吃它；而是因为我饿了，那样东西才变成了食物。”“我从不因为我必须接受自然所赐而接受自然所赐”：动物才那样十。我不会像台机器一样记录发生的一切——洛克和笛卡尔曾认为这是人做的事情，那是一派胡言。“我从不因为我必须接受自然所赐而接受自然所赐，我相信自然所赐是因为我乐意相信。”

谁才是主人？自然还是我？“我不为目的所左右，目的是由我来决定的。”“世界，”一个评论家这样说过，“是内心生活梦想出来的一首诗。”这是一种戏剧化且富有诗意的说法，说明经验出自我的行动。因为我有特定的生活方式，事物也以特定的方式呈现给我：作曲家的世界有别于屠夫的世界，17世纪人的世界有别于12世纪人的世界。可能有些事物是共同的，但更多的事物，或更重要的事物并不一样。所以施莱格尔说，强盗之所以罗曼蒂克是因为我使他们罗曼蒂克；没有什么天生罗曼蒂克的东西。自由是行动，而非冥想。“自由本身算不上什么，”剧作家恩斯特·劳帕赫说，“变得自由才是向天堂的飞升。”我建造我的世界正像我创作我的诗歌。然而，自由是一把双刃剑：因为一旦自由，我就能够消灭别人；自由是犯下邪恶罪行的自由。蒙昧人互相残杀，费希特说，而开化的民族有一定的预见能力，能够利用法律、联盟、文化的力量继续互相赶尽杀绝。文化无法制止暴力，在整个18世纪，人们普遍
103 拒绝这种说法（当然还是有些例外）。对18世纪的人来说，文化能够制止暴力是因为文化即知识，而知识可以证明暴力的不可取。[①]费希特的看法与他们不同：唯一能够制止暴力的东西不是文化，而是道德的重建——“人类应该有所为，有所成。”

费希特的整个观点是：人是一种持续进行的行动——连行动者都称不上。人必须坚持不懈地生产和创造才能臻于完满。一个不再创造的人，一个只是单纯接受生活和自然所赐的人，其实已经死了。这个道理不仅适用于人类，也适用于民族（这里，我无意涉及费希特的政治暗示）。费希特从个人说起，他自问什么是个人，一个人怎样成为一个完全自由的个体。只要人还是一个空间三维体，他就不可能是完全自由的，因为自然会以千万种手段限制他。因此，唯一能够达到完全自由

① 苏格兰作家弗格森反对这个观点（柏克也许也反对），但其他还有谁反对呢？

的是某种大于人本身的东西，某种内在的东西——即便我无法控制我的身体，我仍可以控制我的精神。费希特所理解的精神不是单个人的精神，而是很多人共有的精神，之所以说是共有的精神，是因为单个人的精神是不完美的，因为单个人的精神在一定程度上受到某个特定躯体——精神的寄存之处的围困和限制。不过，如果你问何谓纯粹精神，纯粹精神就是某种超验性的实体（很像上帝），我们每个个体都是那束焰心迸发的火花——这一神秘观念可以追溯到伯麦那里。

在拿破仑入侵德国和德国民族主义情绪兴起之后，费希特逐渐开始思考赫尔德关于人类的看法，他觉得赫尔德的看法也许是对的——人倚仗他人而成为人，人倚仗教育，倚仗语言成为人。语言不是我发明 104
的，它是别人发明的，我是川流中的一部分，是其中的一分子。我的传统、我的习惯、我的视野、我的一切在某种程度上是其他人的创造，我与他们组成一个有机体。由此，他渐渐放弃了个体是存在于空间里的一个经验人的观点，转而认为个体是某种大于个体的东西，比如说一个国家，比如说一个阶级，比如说一个宗派。一旦意识到这点，行动就成了它的事情，自由就成了它的事情，一个民族的自由意味着摆脱其他民族的统治，如果其他民族妨碍了它，那就只能开战了。

最后费希特变成了一个狂热的德意志爱国者和民族主义者。如果我们是一个自由的民族，如果我们是一个伟大的创造者，因为碰巧未被那些拉丁民族经受过的颓废所腐蚀，创造出那些伟大的价值，其实也是先前的历史赋予我们的任务；如果我们有幸比那些颓废的民族更年轻、更健康（说到这里，他讨厌法国的情绪就冒出来了），他们不过是那精美的罗马文明的废墟——如果我们果真如此，我们一定能自由，不论付出什么样的代价，既然世界容不下半奴隶半自由的人，我们就必须征服他人，将其纳入到我们的结构中来。自由是免于障碍的自由，自由是随意的创造，自由意味着你在充分发挥了创造力时免受任何事物的阻碍。因此，我们从这里看到了巨大的民族主义驱动力或由阶级激发出来的

集体驱动力观念的端倪，这个观念是一种神秘的观念——人富于创造
性地奋勇向前是为了不冻结，不灭亡，不被任何静止的东西——不管它
是静止的自然，还是一些制度、道德原则、政治原则、艺术原则或任何其
他不是他们创造出的、不属于生生不息的改造过程的东西——所压迫。
105 对于备受鼓舞的个人或民族而言，这个观念开启了一种巨大的驱策力，
驱策他们不断地重塑自身，不断地追求净化自身，直至达到一个未曾听
说的高度，永无止境的自我改变、自我创造，成为不断创造自身的艺术
品，向前，向前，犹如一个浩瀚的宇宙设计那样永远在更新自己。这种
半玄学半宗教的观点，最早出现在康德冷静的行文中，受到康德无比强
烈、无比愤慨的批判，然而注定会无比猛烈地影响德国的政治与道德，
还有德国的艺术、德国的散文和德国的诗歌，再后来又很自然地转而影
106 响到法国，还有英国。

五
奔放的浪漫主义

接下来我们要讨论的是，奔放的浪漫主义最终的爆发。弗里德里希·施莱格尔就这一运动做过最权威性的论述，事实上，他本人也是浪漫主义运动一分子。根据他的看法，三个因素从美学、道德和政治方面深刻影响了浪漫主义，它们依次是：费希特的知识学、法国大革命，以及歌德的著名小说《威廉·迈斯特》。这种说法大致是公允的，我想要廓清的是为什么他的说法成立以及在何种意义上成立。

在我对费希特的论述中，我谈及了他对于“积极的能动的、富于想象力的自我”的赞颂。这差不多就是费希特带给理论哲学、艺术理论乃至生活的革新。他接受了18世纪经验主义哲学家的观点，认为言及自我，自我何谓是个难题。休谟说过，当他像大多数人那样审视自己的时候，当他自省其身的时候，他发现了许多感受、情感，以及记忆、希望和恐惧的碎片——所有细微的心理单元，却不能发现任何一个可以被称为“自我”的实体。他由此得出结论：自我不是一种东西，不是能被直接感知的对象，也许只是一种称谓，用来表达人类个体以及人类历史赖以形成的经验的串联，只是一种可使洋葱头瓣瓣相连的细绳，只不过并没有这种细绳。

康德接受了休谟的观点。他也做过勇敢的努力，试图捕捉某种自 107
我。休谟的观点在德国浪漫派那里，特别是在费希特那里，得到更加热烈的反响。他认为“自我”并不是在认知过程中自然而然浮现出来的。当你完全沉浸在某个客体时，不论是注视自然界中的物质客体，还是倾听自然界的声响、音乐什么的，或是面对事物完全陷入沉思的时候，你在此时并不会意识到自己处于一种聚精会神的状态。只有当你的聚精会神受到某些阻挡不能继续下去时，你才会意识到“自我”的存在。你开始意识到自我并不是客观事物，而是现实强行突入之后的结果。当你注视某物却受到其他事物的干扰时，当你倾听某种声音却受到阻碍时，正是这些阻碍使你感受到“自我”作为一个实体的存在，感到“自我”与“非我”的区别，而“非我”正是我们试图理解、感受，乃至主宰、征服、改造、塑造的事物——至少是可以对其做点什么的事物。因此，费希特的观点是作为“自我”理解的主格的“我”(I)并不同于宾格的“我”(me)。这不仅成为浪漫主义运动的权威观点，也成为心理学的权威观点。毫无疑问，宾格的“我”是可以被反思的：心理学家谈论“我”，科学论文以“我”为写作对象。这里，宾格的“我”是观察的对象、学习的对象，是心理学、社会学以及相关学科的研究对象。但是，还有一种非宾格的“我”，即最重要的主格，从来都不是在认知的过程中，而仅仅是在受到什么碰撞之后被你意识到的。费希特将这一过程称为Anstoβ，“碰撞”，在他看来碰撞是主宰一切经验的基本范畴。即，当你自问，有什么理由设定世界存在？有什么理由设定世界不是一个虚像？有什么理由设定唯我论是一个谬误？万事万物不是出自想象的
108 臆造？甚或完全就是欺骗性的幻想？你就会发现，在你和你想要的东西之间，在你本人和你希望成为的人之间，在你和你想将你的人格施与其上的质料之间，以及你和那些抗拒施与的质料之间，绝对地存在某种矛盾或冲突。正是在抗拒之中，“自我”和“非我”浮现出来。没有“非我”，就没有“自我”意识。没有“自我”意识，也就没有“非我”意识。这是一个基始依据，较之由此递演或推演出来的东西，它更根本、更基本。较之这个绝对是原初的、不可归约的和根本性的基始依据（不是经

验的基始依据，而是存在的基始依据），科学所描述的世界只不过是一个人为的建构。费希特的观点大概就是这样。

由此，费希特拓展了整个视景。他的这种思想随后主导了浪漫主义的想象。在他的思想中，唯一值得称道的，我前面已解释过的，是对独特“自我”的剥离，“自我”的创造性活动，它赋予物质以形式，它对其他事物的渗透，它对价值的创造，它对价值的奉献。正如我一再暗示的，这种思想可能引起一些政治性联想。如果自我不再等同于个人而是与超个人的实体（比如一个群体、一个教会、一个国家或一个阶级）认同，而这些外在的实体会成为巨大的闯入者，它一意孤行的意志会把它的特殊人格强加在外部世界，强加在它自身的构成要素，也许就是人自己身上，人由此成为更巨大、更显赫、更持久的人格的配料或零件。

我要引用费希特那组著名的对德意志民族的演讲中的一段话。在拿破仑征服普鲁士之后，他做了这组演讲。当时，演讲现场的听众不是很多，因此并没有产生巨大的影响。然而，当人们读到他的演讲稿后，
一股汹涌的民族主义浪潮席卷了德国。整个19世纪，德国人都在阅读 109
他的演讲。1918年之后，这本演讲辑成的薄薄小书更是成为德国人的“圣经”。只须援引少量段落，我们就能发现费希特的语气有些问题，这一时期他全力在做某种宣传。他说：

> 你们要么相信人的本初原则，即我们种族的自由、完美和无限发展，要么不相信这些，你们甚至会有一些与此相反的感情和直觉。所有对生活怀有创造性冲动的人，或感到自身才能遭到压制的人，都在等待这样一个时刻。到那时，他们卷入汹涌纯真的生活巨流之中，也许对这种自由的到来，他们的预感有些混乱，面对自由，他们不仇恨，不恐惧，只有爱。这正是人性之初的特征。这些人是真正的人，是构成原初人的人，原初的人——我指的就是德意

> 志人民。而那些沦为附庸和次品的人民，甘心沦为附庸和次品的人民，他们最终会为此付出信仰的代价。他们只是附着于生活。曾从他们身边流过，也许正从他们身边流过的清泉不属于他们。他们只是远方巨石的回音，一种业已哑默的声音的回音。他们被排除在原初的人之外，他们是陌生人，他们是局外人。时至今日，担当“德意志”之名的民族一直在各种领域里显示出他们的创造力和创新能力。

接着，他又说：

> 这就是我所采用的排除原则。所有那些相信精神性现实的人，
> 110 那些相信精神生活自由的人，那些相信通过自由手段获得精神的永恒进步的人，无论他们来自何方，无论他们说何种语言，他们与我们同属一个民族，构成我们人民的一部分，或者说他们迟早会加入我们。而所有那些相信停滞、退化、无限循环的人，那些相信静止不变的自然导引着世界的人们，无论他们的国籍和语言是什么，他们不是德意志人，对我们而言，他们就是陌生人。我们希望有朝一日把他们从我们的人民当中清除出去。

公正地说，费希特的这些话并未鼓吹一个沙文主义的德意志民族，因为他意谓的德意志人与黑格尔意谓的是一样的，包括所有具有日耳曼血统的人。虽然这种划界未能使他的言辞不再那么刺耳，但多少还是有点缓和作用。这个“德意志人”范畴把法国人、英国人、所有的北欧民族，甚至一部分地中海民族都包括在内。虽然如此，他宣传的核心不仅仅是爱国主义，也不仅仅是为了唤醒被拿破仑的铁蹄所践踏的德
111 意志精神。它主要的思想在于区分生者与死者，区分那些随声附和的人与那些直抒胸臆的人，区分附庸和真品，区分附庸和栋梁。这是费希

特所做的本质性区分。18世纪70、80年代前后出生的年轻德国人大多为之着魔。

他这个最根本的观念不是“我思故我在”，而是“我愿故我在”。奇妙的是，与费希特同时期的法国心理学家迈内·德·比朗发展了与其相似的心理学——比朗认为人格是后天习得的，只有通过努力，通过尝试，通过克服某些能使你意识到一个完整自我的障碍才能习得。换句话说，只有在遭受抵抗和反对的那一刻，你才可能感觉自我的存在。舍我其谁，敢于造反，这就是一种体现在私生活和公共生活之中的理想。

这里我要插入几句有关谢林的话，也许这样做不免怠慢了谢林。谢林晚于费希特出生，二者的思想有相似之处，但在某些方面并不相同。他对柯勒律治的影响远远超过其他任何一位思想家，他对德国思想的影响甚巨，尽管当今的人们不怎么读他的东西。他之所以遭到冷落，部分是因为他的多数作品在今人看来即使不算是莫名其妙，也是过于艰深晦涩了。

他与费希特不同。费希特把人类意志活跃生动的原则同自然对立起来——费希特认为自然在某种程度上来说是一种死气沉沉的质料，可被塑造，可被调度，使其与它本来抵触的某些东西相协。就此而论，费希特与康德的观点相同。而谢林则持一种神秘主义的活力论。对他而言，自然本身是有生命的，是一种精神性的自我展开。他认为世界起初处于一种野蛮的无意识状态，逐渐发展出它对自己的意识。这种意识肇始于最神秘的原初阶段，起源于黑暗而不断发展的无意识意志，逐 112
渐获得自我意识。自然就是那无意识意志，人则是逐步获得自我意识的意志。自然展现了意志发展的各种阶段，每个阶段都是自然不同发展阶段的意志的反映。首先是有了岩石和土地，这是一种处于完全无意识状态的意志。（这是文艺复兴时期的一种观念，追究起来，它有诺斯替教派的渊源。）随后生命逐渐进入这些意志，于是出现了第一批生物物种早期生命的迹象。随后，植物、动物相继出现了——发展的自我意识和意志的发展节奏开始呈现某种目的性。自然在为某些东西奋斗，却未意识到自己的奋斗。人类开始奋斗，并逐渐意识到他的奋斗所在。通过一再奋斗，得到他为之奋斗的东西，他使整个世界也获得了更高级的关于自我的意识。对于谢林来说，上帝就是意识的自我发展原理。他说，上帝就是开始和结束。开始是无意识的，而结束则是对于自我的完满意识。上帝是一个不断进步的现象，是创造性进化的一种方式。柏格森将“创造性进化”的发明权据为己有，但他的观点基本上都可以在谢林那里找到。

谢林的观点对于德国美学和艺术哲学产生了深远的影响；因为如果自然界的一切都是活生生的话，如果我们不过是自然中最具自我意识的代言人而已，那么艺术家的职责就是挖掘他自己，最重要的就是挖掘他自身里面黑暗的无意识的力量，通过痛苦而暴烈的内部斗争把无意识提升到意识的层面。这就是谢林的观点。自然就是如此。自然内部同样存在着斗争。火山喷发、电磁效应，这些现象都被谢林解释为某些盲目神秘的力量为了证明自身价值所做的斗争，只可惜人类对此只有一知半解。对谢林来说，真正有价值的艺术作品，是那些类同自然之作，能够传达出那些尚不具备完整意识的生命的悸动。这种观点深深
113 影响了柯勒律治以及他那一辈的艺术家。按照谢林的看法，具有完整自我意识的艺术作品类似于摄影。任何艺术作品，如果只是一种复制，只是一种知识，或类似于科学的东西，只是细心观察和缜密记录之物，产生于清晰精确的科学模式，那么艺术就死了。艺术作品的生命（也就是艺术作品共有的品质）与自然中令人仰慕的东西相似，是某种喷薄而出的力量、动力、能量、生命和活力。这就是伟大的绘画、雕塑、音乐作品之所以伟大的原因，因为通过它们，我们看到的不仅仅是表面，不仅仅是技艺，不仅仅是艺术家有意为之的形式，更有艺术家本人可能没有完全意识到的事物，即他自身内在的某些无限精神的悸动，艺术家本人恰恰能使它得到特别的表达并成为自我意识的代言人。退一步

说，这种精神的悸动也是自然的悸动，因此当人们观看绘画、倾听音乐的时候，艺术作品能够施与他一种类似于自然现象的活力。当艺术作品缺乏这种活力，当艺术只是墨守成规时，当艺术受制于完全自觉的意识——艺术家完全知道自己的创作行为时，艺术产品必定是典雅对称的，也必定是僵死的。

这就是浪漫主义的、反启蒙的基本艺术观。对于那些认识到无意识的重要性的批评家来说，这种观点对他们的影响极为深远。他们认为无意识不仅仅只在柏拉图那里得到反映——柏拉图在《伊安篇》中提到神将灵感吹入艺术家的心中，而艺术家并不十分清楚自己的所作所为，根据古老的柏拉图神启理论，迷狂中的艺术家不知道自己在做什么，因为外部某种更为强大的力量启发了他。还有许多理论也受到影响，关注甚至强调一个人、一个群体、一个民族、一种文化的艺术创作中反映出来的无意识、潜意识、前意识成分。这种态度直接上溯到赫尔 114
德，他认为民间歌曲和民间舞蹈是一些尚未完全被意识到的民族精神的表现，若非如此，它们也就没有价值。

可以说，谢林的论述并不非常清晰。然而，他狂想式的写作对他同时代人影响甚巨。费希特的意志理论和谢林的无意识理论的结合产生出的第一个伟大的理念是象征主义。意志和无意识构成了浪漫主义美学的基本要素，进而成为它的政治学和伦理学的基本要素。象征主义是所有浪漫主义观念的核心，是批评浪漫主义的学者一直关注的现象。我不敢说对这个现象我已经完全领悟了，但我还是要尽我所能给出一个清楚的陈述。谢林说得很对，浪漫主义是荒蛮的森林，是一座迷宫，唯一的向导是诗人的意志和情绪。我不是诗人，无法给出一个全面的陈述，虽竭全力，但力弗逮及。

最简单地说，有两种类型的象征。一种是传统的符号，另一种与之有所差异。传统的符号对于理解不造成困难，它们用来意指明确的事物，它们所指的含义有明确的规定性。红绿交通灯根据约定俗成进行意指。红灯意指机动车不能通行，是“不要通行”的另外一种表达方式。“不要通行”，这个短语也是象征的一种形式——语言符号，表示某种禁令，由具有权威的人发出，暗含了某种众所周知的威胁，即一旦有
115 人违抗，就会有惩罚性的后果。这是普通的象征体系，人工创造的语言、科学论文和约定俗成的特指符号系统都属于此类。在这种情况下，符号的含义是由规则来决定的。

很明显，还有一些符号与此很不相同。我并不想涉及一般意义上的符号理论。我想说的象征主义是用象征（符号）来表示只能用象征（符号）而不能用文字表示的东西。仍以交通灯为例，如果不用红绿灯，而是用“停”和“行”这样的标志，或者让权威人士站在路当中通过麦克风呼喊“停”和“行”，可能同样奏效，至少在规矩上是行得通的。但是如果人们问，举例来说吧，唤起人们心中激情的迎风飘舞的国旗在何种意义上可以被称作是象征？或者《马赛曲》在何种意义上可以被称作是象征？更进一步问，风格独特的哥特式教堂除了作为举行宗教仪式的场所以外，它在何种意义上可以成为它所供奉的特定宗教的象征？神舞在何种意义上被看作是象征？或者说，宗教仪式在何种意义上被看作是象征？麦加圣堂中的巨石为什么会被穆斯林奉为神圣的象征？答案是，这些事物的象征意义是无法用其他方式表达出来的。

假设有人这样问，“你能讲清楚在纳尔逊的名言‘英格兰期待每个人履行他的义务’这句话中‘英格兰’意指的是什么吗？”如果你这样回答，这里的“英格兰”，指的是一定数目的有理性的无羽双足动物，他们在19世纪初的某个特定时期居住在一座岛上，这样的答复显然不合纳尔逊的原意，他的“英格兰”并非简单地指向某些人群，有其具体姓名住址的人群。如果纳尔逊愿意，他可以费些周折把这些人的姓名住
116 址弄个一清二楚。但“英格兰”的含义不这么简单，这一词语的情感力量包含了更为模糊和深奥的内容。如果你问我：“这里的‘英格兰’到底意指何物？你能简要地说明一下吗？你能直截了当地给出一个与之

对应的文字表达吗？（尽管这个对应的表达可能非常寡淡无味。）”这个，我恐怕很难回答。同样，如果你问我，麦加圣堂中的巨石的象征意义是什么？这种特殊的祈祷象征什么，除了唤起某种模糊的情感，除了教堂里的阴影给他们的情感联想，大教堂对于前来礼拜的信徒来说意味着什么？对这些问题，我仍然很难回答。这个问题并不只是唤起情感那么简单。鸟的歌唱也能唤起情感，日落都可以激发人们的情感，但是日落并不是象征，鸟鸣也不是象征化的。然而，对于礼拜者而言，大教堂是象征，宗教仪式是象征，领圣餐礼也是象征。

现在的问题是，这些到底象征什么？浪漫主义认为我们周围的现实，我们周围的世界存在一种无限前进的力量，存在着无限性，它是无穷无尽的，有限性的东西成为无限性的象征符号，这当然是行不通的。你只能用手中掌握的表达方法进行表达。但你要知道，你所掌握的方法无法表达出你想要表达的全部东西，因为全部是无限的。因此你得求助于寓言和象征符号。寓言就是使用语言或绘画形式的一种表达，它在表达本意的同时，仍有其他所指。当它的所指超过本意之外，它的所指按假设是不可明确陈述出来的。对于那些相信寓言并认为深沉表达的唯一模式就是寓言的人来说，事实正是如此，谢林就这样相信，总的来说浪漫主义者也这样相信。因此我们非得使用寓言，这也正是为什么寓言和象征必须是我唯一的表意模式的原因。

我希望表达的到底是什么呢？在这里我希望表达出费希特所要讲 117
的东西。我想表达出无形之物，却必须使用有形的介质。我想表达不可言传之物，却必须使用措辞。我想表达的，也许是无意识的事物，却必须应用有意识的方法。我知道我不会成功，也不可能成功。因此我所能做的只是采取某些逼近的方式，慢慢接近、慢慢接近我的目标；我只能尽力而为。不过，这可是一种异常痛苦的搏斗。如果我可以被称为艺术家，可以成为德国浪漫主义者所说的那种具有自我意识的思想家，那么我终其一生都在为之搏斗。

这就涉及一个深度的问题。哲学家很少涉及“深度”这一观念。然而它是一个容易引起质疑的概念，也是我们使用的最重要的范畴之一。当我们说一部作品是深奥的或者有“深度”的，抛开这句话中明显的隐喻，不从井的角度来考虑“深度”这个词，当我们说某人是个有深度的作家，一幅画或者某部音乐作品是有深度的，我们的意思并不十分明确，但是我们绝不会用其他的描述来代替“有深度”这个词，比如“美丽的”、“重要的”、“根据规则构建的”，甚至“不朽的”。当我说帕斯卡要比笛卡尔更有深度（当然笛卡尔无疑是一位天才）的时候，或者说陀思妥耶夫斯基（不论我是否喜欢他）比托尔斯泰更有深度（我也许更喜欢后者）的时候，或者说卡夫卡要比海明威更有深度的时候，我使用了隐喻，我找不到比隐喻更好的表达方法。然而，我费尽心计，却徒劳无功——我到底表达出了什么确切的意思呢？虽然浪漫主义者不会在“深度”这一名目下讨论这个问题，但对于他们来说，我所说的“深度”指的是不可穷尽的、不可贴近的。这是他们的主要理论贡献之一。对
118 于那些美丽而没有深度的艺术作品乃至小说、哲学，我可以用明晰的语言来诠释它们；比如，我可以给你解释18世纪的一些音乐作品，它们结构工整，旋律优美悦耳，甚至可以说它们是天才之作，我能解释它们为什么要这样构成，解释为什么它们能使人愉悦。我能解释为什么人类在倾听和谐的音乐时能够获得特殊的快感。通过各种富有创造性的内省，我也许能够细微精密地描述出这种愉悦之感，如果我是一个杰出的叙述者，比如我是普鲁斯特，或者是托尔斯泰；如果我是一个训练有素的描述心理学家，我也许能描述出人们倾听音乐、阅读散文时所获得的情感体验，我的描述与人们当时的真实体验相差无几，可被视为对既成事实的精确描述，是科学的、真实的、客观的、可证的等等。但是，说到有深度的作品，我说得越多，我越觉得未能穷尽其意。尽管我想说明它们的深奥之处，但只要我开始说话，无论我说多久，毫无疑问，新的深渊又会出现。不管我说了什么，我说到最后还是留下未尽的意义有待进

一步说明。我的任何描述总是打开通往更深远处之门，那里也许更加黑暗，无法还原成精确的、明晰的、可验证的客观的描述。这就是“有深度”的一个功用——唤起“不可化约性”（irreducibility）的观念，这也是我极力阐明的观念，本质上来说，语言永远不足以达成阐明事物的目的。

设想我正试图解释一个异常深奥的命题，尽力而为却不能穷尽其意；它越是不可穷尽，我越要求助于更多的知识领域来解释，它就越显得无穷无尽——裂缝越来越多，裂缝越来越深，未知领域就越来越宽——于是我不得不说这个命题是深奥的，而不仅仅是真实的，或有趣 119
的，或有意思的，或独创性的，或诸如此类我不得不使用的词语。当帕斯卡做出“心脏和头脑一样具有理性”的著名论断的时候，当歌德做出“无论如何我们的所思所为都会有着不可化约的拟人化因素”的论断的时候，人们会认为这些话是非常深奥的。因为不管我们怎么解释这些话，它们都会开启幽深的远景，不可简化，不可把握，不可描述，不能收藏。没有什么推理公式能得到它们全部的真实值。这就是浪漫主义者关于深度的基本观点。很大程度上他们由此做出如下的论断：用有限表示无限，用有形表示无形，用死亡表示生命，用空间表示时间，用言说表示那些无以言表的东西。弗里德里希·施莱格尔曾经问：“我们是否可以掌握神圣之物？”他答道：“我们不可能掌握神圣之物，因为强加于它身上的形式已经使之变形。”这种观点贯穿于浪漫主义者的艺术理论和生活之中。

这种思想导致了两种有趣而偏执的现象，后来影响到19世纪和20世纪的思想情感。其一是思乡情结，其二便是某种类型的妄想狂。无限不可穷尽，我们永不能贴近它，我们总在追求却难以满足，因此我们患上思乡病。当有人问诺瓦利斯他思想的落脚点在何处、他的艺术是什么的时候，他说：“我总是在回家的路上，寻找我父亲的老宅。”某种意义上这句话具有宗教色彩，但他主要的意思是，那些关于异乡、陌生

之地、异国、奇异之域的创作，那些源于日常生活经验的创作，那些关于
120 变形、幻化的玄幻故事，那些具有象征或寓言色彩的故事，内含许多批评家苦思索隐多年的神秘模糊的典故，隐秘叵测的意象，都是返乡的尝试，一股力量吸引着他回到老家，那就是著名的浪漫主义对无限的“向往”(Sehnsucht)，正如诺瓦利斯所说，对蓝色花朵的追寻。对蓝色花朵的追寻，是自我吸收无限的尝试，是自我与无限合一的尝试，也是自我融入无限的尝试。很明显，这是试图与上帝合一，在心中复活基督精神奥义的宗教追求的一个世俗版本，是异教精神中自我与自然创造性力量合一的又一种表现。这种观念源自柏拉图、埃克哈特、伯麦，源自德国神秘主义和其他相类的观念资源，只是到了德国浪漫主义者这里，它才采用了一种文学的世俗的形式。

思乡情结与启蒙运动自诩的一个特别理论贡献截然相反。启蒙主义认为世上存在一种封闭的、完美的生活范式——我前面已经说过了，世上存在着一些独特范式的生活、艺术、情感、观念，它们已够正确、真实、客观，只要我们能够了解它们，我们就可以授之于人。所有的问题都有答案，只要我们能够根据答案构建一个结构，并使自己适应这种结构，我们就可以找到关于观念和行动的所有问题的答案。但是如果事实并非如此呢？如果世界是运动的而非静止的，如果它是活跃的而非停滞的，如果它是无限的而不是有限的，如果它永远都在变化，从没有停止不动，从没有保持原样不动(浪漫主义经常使用各种各样的隐喻来形容这种状态)，如果世界是持续的波动(施莱格尔就这么说)，那么我们怎么可能描述出这个状态？当我们意欲描述出持续的波动，我们该
121 怎么做？我们习惯于为自己建造一座静止的水池。我们只有熄灭光的时候才能对光进行精确的描述。因此我们最好不要尝试怎么描述持续的波动。

然而，我们非得尝试不可，因为放弃尝试就是停止表达，停止表达就是停止活着。对于浪漫主义者而言，活着就是要有所为，而有所为就

是表达自己的天性。表达人的天性就是表达人与世界的关系。虽然人与世界的关系是不可表达的，但必须尝试着去表达。这就是苦恼，这就是难题。这是无止境的向往。这是一种渴望。因此人们不得不远走他乡，寻求异国情调，游历遥远的东方，创作追忆过去的小说，这也是我们沉溺于各种幻想的原因。这是典型的浪漫主义的思乡情结。如果赐予浪漫主义者他们正在寻找的家园、给予他们谈论的和谐与完美，他们却会拒绝这样的赐予。原则上来说，在定义的层面，这些东西都是可追求而不可得的，而这正是现实的本质。

这里，我想起一个著名的颇有些嘲弄色彩的故事：丹特·加布里埃尔·罗塞蒂在以圣杯为主题进行创作的时候，有人问他："罗塞蒂先生，你找到圣杯后，你拿它做什么呢？"这个问题显然是浪漫主义者擅长回答的典型问题。在他们看来，圣杯是不可能找到的，因此人的生命不可避免地就要花在无止境的寻找之中。世界的本性如此。也许世界的本性曾经不是这样，但现在它就是如此。它的残忍之处就在于，世界不可言尽，世界不可穷尽，世界是永不停歇的，时时刻刻都在运动之中。这是一个基始依据。当我们发现只有在主动努力中我们才能意识到自我的时候，我们才会明白世界的无限性。努力是行动，行动是运动，运动永不终结——它是永恒的运动。这是浪漫主义的基本意象，一个我尽力想要用语言阐述却永远不能阐明的意象。122

另外一种观念，即妄想狂，则与思乡情结有所不同。它既有浪漫主义乐观主义的版本。在这里，浪漫主义者认为只要不断前进，只要拓展我们的天性，摧毁我们前进道路上的一切障碍，不管它是什么——18世纪僵死的法国教条，具有破坏性的政治经济制度，法律，权威，任何呆板枯燥的真理，任何所谓具有绝对、完美、公正形式的律法或制度——我们就能在这个摧毁障碍的过程中不断地解放自己，使自己无限的天性在更高、更广、更深远、更自由、更有活力的境界中翱翔，仿佛接近了我们梦寐以求的神圣。同样，它也有其悲观主义的版本，这种悲观的情绪在某种程度上魇住了20世纪。这就导致了一种观念：尽管我们作为个体寻求自我的解放，然而世界不会如此轻易地被驯服。在世界的背后有某种东西，在无意识的黑暗深渊中，在历史的黑暗深渊中有某种东西；有些事情我们永远掌握不了，这极大地挫伤了我们最宝贵的愿望。有些人将这种东西想象为一个漠然的、敌意的存在，或者是历史的诡计。乐观主义者认为世界负载着我们走向更为辉煌的前景，而像叔本华这样的悲观主义者则认为它是浩瀚莫测、方向不明的意志的海洋，我们如同一叶小舟随波逐流，没有方向，不知我们到底是什么，找不到航线。这是一个强大有力的敌意性的力量，反抗它或向它妥协都毫无意义。

安想狂还表现为各种形式，有时甚至是极为牵强的形式。比如，它
表现为寻找历史的各种阴谋。人们开始认为历史也许是由我们所不能
控制的力量构成的，而有些人就躲在这些阴谋之后，比如耶稣会士，比
如犹太人，比如共济会成员。这种态度大概是在解释法国大革命的各
123 种尝试中产生的。我们这些受到启蒙的文明人、有德之人、有智之人、
善良之人、正义之人，我们想有所作为，最终却一事无成。因此一定有某种可怕的敌对力量躲在背后给我们使绊子，害得我们功败垂成。如前所述，这种观点表现出偏执狂的牵强附会，比如在历史阴谋论中，人们总是试图寻找隐蔽的敌人，有时寻找更大而化之的概念，诸如经济力量、生产力、阶级斗争的力量（马克思就是这样），或是更为模糊、更形而上学的观念，诸如历史和理性的诡计，等等（黑格尔就是这样），这些隐蔽的力量要比我们人类更加清楚自己的目标，它们总是在愚弄我们。黑格尔就说："精神欺骗我们，精神玩弄诡计，精神编造谎言，精神总是取胜。"他几乎把精神看作某种巨大的、反讽性的、阿里斯托芬式的力量，它在嘲笑可怜的人类，因为人类总是把自己微不足道的家园建在荒芜的斜坡上，自以为找到了繁花似锦、绿草如茵的山峦，结果发现它不过是人类历史的巨大火山。它正要再次爆发以实现自身的理想，也许

会在长远的意义上造福人类，但从短期的结果来看，却给许多无辜的人带来巨大的痛苦和毁灭。

这也是一种浪漫主义的观念。只要你认为有某种更为巨大、不可捕捉、不可企及的事物存在于我们之外，你要么像费希特希望的那样对它产生热爱之情，要么产生畏惧之感。如果你有畏惧之感，那么畏惧就会变成妄想狂。在整个19世纪，这种妄想狂一直在积聚，在叔本华那里达到高潮，在瓦格纳那里，它主宰了他的全部作品。到了20世纪，它已蔚然成风，弥漫于所有的文学艺术作品之中。我们不能摆脱的想法是，不管我们怎么努力，东西总是会溃烂，花蕾上总是有蠕虫，有些东西受到摧残，有些东西使我们陷入沮丧而不能自拔，不论它们是我们意欲根除的人还是人类无能为力的非人力量。像卡夫卡这样的作家，他的作 124
品中充满了莫名的焦虑感和恐惧感以及一种根本性的忧惧，这类感受并不固定在某个确切的对象上。早期浪漫主义作品也有这个特点。例如，蒂克的短篇故事集《金发的埃克伯特》就萦绕着恐怖的气氛。毫无疑问，它们是富有寓意的作品。总是一开始，英雄过着幸福的生活，随后可怕的事情发生。一只金鸟在埃克伯特面前出现，唱着“森林间的孤寂”（Waldeinsamkeit）。森林间的孤寂是一个浪漫主义的概念，指的是森林中那种半愉悦、半恐惧的孤独。埃克伯特杀死了金鸟，于是各种不幸接踵而至。他不断地杀戮，不断地破坏，各种神秘力量纠结成恐怖的罗网，他陷入其中，他试图挣脱，他犯下越来越多的谋杀，他挣扎，他战斗，最终死亡。

在早期德国浪漫主义作品中，这种梦魇十分典型。它们有着共同的观念来源，即意志是生活的主宰，对，是某种意志主宰着生活，而非理性，而非那些可以研究、进而控制的秩序。只要是我的意志，是自己产生出来并一往无前的意志，都被设想为是仁慈的。只要是仁慈的神的意志，或指向幸福结局的历史的意志都被设想为是仁慈的，所有乐观主义的历史哲学家就这么写。如此设想大概并不可怕。但很可能结局会比原来想象的更加黑暗、可怕、深不见底，于是浪漫主义者常常徘徊在两个极端之间：即神秘的乐观主义和恐怖的悲观主义之间，这使得他们的创作呈现一种不均衡、摇摆的特点。

施莱格尔所说的三个重大影响中的第二个便是法国大革命。法国大革命对于德国人影响甚著。因为法国大革命，特别是随之而来的拿
125 破仑战争，引起了受伤的民族情感的爆发，而受伤的民族情感则滋养了浪漫主义思潮，最终成为对于民族意志的肯定。但是我想强调的并不在这个方面。我想强调的是，建立在和平的普遍主义信念基础上的法国大革命，尽管向人们承诺要扫除人类的痼疾，却没有达到它那众人皆知的预期目标。所谓和平的普遍主义，指的是一帆风顺的进步，以实现古典的完美目标，一旦我们实现这个目标，和平的普遍主义就会依托坚如磐石的人类理性，永远存在下去。法国大革命的引人注目之处根本不是它那些既定的目标——理性、和平、和谐、普遍的自由平等、解放以及博爱，相反，是那些暴力、令人惊骇的世事无常、群氓的非理性行为，以及恃力自傲的个人英雄和拥权自重的伟人，不管他们是善良还是邪恶的，他们都可以统驭群氓，用各种方式改变历史的进程。在人们的观念和想象中，法国大革命是行动、战斗和死亡的诗歌。德国人这样认为，别处的人也这样认为。它的效果与它的目的截然相反。它特别引发了对于冰山隐在水底下那部分的联想，对于冰山那神秘的十分之九，我们所知甚少。

如此一来，人们一定要问法国大革命为什么失败了？很明显，革命之后法国大多数的人民并没有获得自由和平等，特别是没有获得人与人之间的友爱。他们的状况足以使人提出革命为什么失败的问题。毫无疑问，一些人的情况有所改善，但大部分人的情况变得更加糟糕。在与法国相邻的国家也是如此，虽然有些人得到解放，但是许多人不觉得这是值得的。

这个问题有很多种答案。那些崇尚经济因素的人会说，法国大革

命的政治决策者忽略了经济状况。那些崇尚集权或者教会的人会说，
无神论的物质主义轻视人性最深沉的本能和最深沉的信仰，自然会导 126
致可怕的后果，而这可怕的后果也许就是人性或上帝对于人的不敬行为的惩罚（如何理解，就看你相信哪一种哲学了）。但革命使所有人都开始怀疑的东西，我们也许还没有足够的了解。事实证明，法国启蒙哲人设计的任何一种值得欲求的社会变革的蓝图都并不够用。对于经济
学家、心理学家、道德家、作家、研究者、学者和观察家而言，尽管人类社 127
会的表层部分是清晰可见的，但它仅仅是巨大冰山的一角，而未知的大部分在海平面以下。那看不见的部分往往被人们所忽视，于是它以各种极端的不可预料的后果向人类进行报复。

不曾设想的后果（unintended consequences）这一观念认为，尽管人可以计划现实，但隐藏的现实自行其是；尽管人力图改变现实，但现实会突然挺身而出，反戈一击；如果人想改变自然、人类自己，或者别的什么东西，所谓“人性”“社会的本性”“无意识的黑暗力量”“生产力”“理念”这类巨大的实体，一旦你做得太过分，它们就会反戈一击，把你打倒在地。在欧洲，这一观念渗入很多人的想象之中，而他们并不认为自己是浪漫主义者。从这一观念派生出形形色色的新神义论：马克思主义神义论、黑格尔神义论、斯宾格勒神义论、汤因比神义论，以及我们时代许许多多其他的神学著作。我认为，它们都滥觞于不曾设想的后果这一观念；妄想狂的潮流亦由此而生，关于某些比我们强大的东西，某些巨大的非人力量的观念也被召唤出来，对于它们，我们不明就里却也无法扭转。这样一来，19世纪的世界就远比18世纪的世界令人恐怖。

施莱格尔所说的第三个影响就是歌德的小说《威廉·迈斯特》。浪漫主义者对其推崇备至，并不是因为它的叙事力量。他们推崇它，有两个原因：首先，它描述了一个天才的自我形成过程——他是如何能够把握自我，通过自由地行使高贵不羁的意志而成就自己的。它可能就是关于艺术家歌德的创造性自传。除此以外，浪漫主义者也很喜欢这部

128 小说表现出的敏捷的转换。起初是朴素的散文，仿佛在对水温或者某类别致的花园进行科学性描述，突然，歌德文笔一转，转入一种使人迷醉、充满诗意和抒情的叙述，叙述化为诗歌，旋即回归到优美而严谨的散文中去。对于浪漫主义者而言，这种敏捷的转换——从诗歌到散文，从迷醉到科学描述，乃是一种有力的武器，可以破除陈腐不堪的现实。艺术作品就该这么写。艺术作品不应恪守规则，不应是某种既定自然的翻版，不是对于万物本性（rerum natura）的重复，不是对于某种事物结构的解释，更不是复制品或者照片。艺术作品的作用在于使我们自由，通过忽视自然表面的对称结构与规则，通过形式间的突转——比如从诗歌到散文，从神学到植物学或其他什么领域——把我们从各种限制、束缚和囚禁我们的传统分类中解放出来。

我想歌德不会认为这是对他作品的正确分析。他对于浪漫主义的态度有些神经过敏。他和席勒都把浪漫主义者看成是无根的波希米亚人，三流艺术家（当然不少浪漫主义者的确是三流艺术家），他们的生活相当狂放，毫无逻辑性可言。然而，他们却对歌德顶礼膜拜，因此，歌德自己并不想鄙弃或忽视他们。这样一来，歌德和浪漫主义者之间的关系就逐渐发展成好恶参半的关系。一方面，浪漫主义仰慕歌德，认为他是最伟大的德意志天才，却对他的小市民趣味，对他向魏玛公爵俯首称臣的行为不屑一顾，他们认为他在很多方面出卖了自己的灵魂，从一个狂放不羁，富有原创精神的天才变为一个善于逢迎的廷臣。另一方面，
129 歌德也瞧不起那些浪漫主义者，认为他们是可怜的艺术家，为了掩饰自身天才的匮乏，就弄出些毫无必要的狂放表达。同时，歌德又不能忽视这些德国人，在某个时期，这些仰慕者是他唯一的听众，因此他不能忽视他们的存在，更不能一脚把他们踢开。这大体上就是他们之间的关系。这种令人不舒服的关系一直延续到歌德生命的结束。歌德自己从未对浪漫主义施以援手。在他生命的最后时刻，他说："浪漫主义是病态的，古典主义是健康的。"这是他的基本观点。

即便《浮士德》，它终究还是一部调和性的作品（浪漫主义者并不特别喜欢这部作品），尽管主人公经历了各种浪漫的转变，颠簸于惊涛之上——在书中很多段落里，浮士德被比作岩石间飞腾的急流，渴求梅菲斯特为他提供的各种新鲜体验。浮士德的要点在于：在作品的第一部和第二部浮士德相继害死格蕾琴、菲利门、巴乌希斯，犯下很多罪行之后，所有这些冲突还是得到某种和谐的解决和释放。毫无疑问，这种调和是以鲜血和苦难为代价的。然而对于歌德而言，流血和受难不足挂齿，和黑格尔一样，他认为只有通过激烈的冲突、暴烈的矛盾才能达到神圣的和谐。站在高处来看，冲突和矛盾是某种普遍和谐的构成因素。但这一看法并不是浪漫主义的，甚至是反浪漫主义的。因为歌德的总体倾向是承认有一个解决方案，虽然那不是一个简单易行的方案，也许只是信奉神秘主义的眼睛才能感知到的方案，可毕竟是个解决方案。

歌德还在他的小说里，宣扬了恰恰为浪漫主义者所憎恶的观点。
在《赫尔曼与窦绿苔》和《亲和力》中，他所宣扬的一个观点就是如果 130
发生了感情纠葛，如果出现了一些可怕的复杂局面，就说一个已婚妇女与她的情人之间复杂的关系吧，歌德是不会让他们离婚或者解除婚约，轻易解决问题的。相反，他会让主人公委曲求全，忍受煎熬，屈从世俗，维护社会的价值柱石。根本上来说，他的说教强调了秩序、自我克制和纪律，反对任何混乱和违法的东西。

对于浪漫主义者而言，歌德的说教绝对是毒药，对此他们深恶痛绝。他们中有一些人的私生活就混乱不堪。耶拿的浪漫主义文艺小社团的成员——施莱格尔兄弟，有一阵，还有费希特、柏林的施莱尔马赫、谢林都相信并大肆宣扬责任和全部自由，包括自由恋爱的重要性，A. W. 施莱格尔与一位女士结婚，因为她已有孕在身。这位女士是一位智慧过人的德国革命者，曾因与法国革命者共事而被美因茨地方当局关进监狱一段时间。后来，施莱格尔又优雅大度地放手，成全她与谢林的私情。早些时候，席勒和让·保罗也有此举，尽管他们想成全的人没能终成眷属。这类事情屡见不鲜。把他们紧密联系在一起的，除了私人关系，还有一部伟大的小说，尽管它的文学价值可能不那么伟大——它融合了他们的生活观，而他们的生活观则使歌德和黑格尔惊骇不已。这就是《卢琴德》，弗里德里希·施莱格尔在18世纪末发表的作品。这是他那个时代的《查泰莱夫人的情人》，内容极为色情，充满了各种性爱场面的描写。它同时也是一部浪漫主义的宣传品，鼓吹自由和自我表现的重要性。

《卢琴德》的核心内容并不是它的色情描写，而在于它对人之间可
131 能有的自由关系的描写。特别是，书中频频使用了婴儿的类喻，这个名叫威廉明妮的婴儿在空中伸展腿脚，无拘无束。主人公呼喊道：“人应当这样生活！这个儿童，赤裸裸的，无拘无束。她无牵无挂，不屈从于任何权威，不听从任何世俗的引导。最重要的是，她是一个闲适之人，没有非做不可的任务。闲适可以说是我们被逐出神圣的伊甸园之后仅存的天堂之光。当自然极其野蛮地把我们按进一架可怕的因果踏板车，使我们陷入无休无止的单调之中，自由、在空中伸展腿脚、率性而为，就成了我们在这个可怕的世界拥有的最后特权。”诸如此类的话还有好多。

这部小说使人惊骇不已，而身为柏林人和伟大传教士的施莱尔马赫却为它辩护。这不禁让人联想到20世纪60年代多名英国牧师联合为《查泰莱夫人的情人》辩护的情形。辩护者认为劳伦斯的这部书根本没有伤风败俗，反而捍卫了正统基督教的精神。同样，对教会忠心耿耿的施莱尔马赫认为《卢琴德》这部四流的色情小说完全反映了宗教道德。所有的色情描写都是寓言性的，其中的每一处描写可被视作伟大的布道，是对人类精神自由的颂歌，把人从错误习俗的桎梏中解脱出来。后来，施莱尔马赫想收回他先前的观点，这样做也许能提高他善良、忠诚、慷慨的声望，却未能增加他在批评敏锐度方面的得分。不管

怎样，《卢琴德》的目的是要破除传统。要破除传统，就必须采取这样的方式。

也许最有意思、最明显的破除传统的例子可以在蒂克的戏剧和霍夫曼的故事中找到。我已不厌其烦地重复提及18世纪以及之前的一个普遍观念，多少个世纪里，人们都认为世上既然存在着事物本性，存在着万物本性，就会有事物的结构。在浪漫主义者看来，这个观念荒谬至 132
极。世上不存在着事物的结构，因为结构会使我们自缚其中，会使我们窒息。必须留出行动的空间。潜在的要比实在的更加真实。人为的东西总是僵死的。一旦人工构建了一件艺术作品，那么就要扔掉它，因为一旦艺术作品被做了出来，它搁在那儿，它业已完成，它就是陈年旧物。凡是那些造出来的、建构出来的、已被了解到的东西，通通都要扔掉。一瞥、碎片、暗示、神秘的启迪——这些才是捕捉现实的唯一路径。任何圈定现实的尝试、任何逻辑描述的尝试、任何达成和谐的尝试、任何三段论的论证结构，都是对现实的颠倒和歪曲。本质上，现实是混乱无序的，是飞腾的川流，是自我实现的意志的巨流，任何禁锢它的想法都是荒谬的、大不敬的。这就是浪漫主义信仰滚烫的中心。

霍夫曼写过这样一个故事：某位体面堂皇的市政议员是个藏书家，他长袍楚楚，坐在房中，四周都是古老的手稿。他的门上有个黄铜的门环，这个门环不时幻化成一个面目丑陋的苹果女贩：时而是苹果女贩，时而是个门环。有时候门环像个苹果女贩那样眨眼，有时候苹果女贩的举止像个黄铜门环。而门环的主人，可敬的议员大人时而坐在椅子里，时而钻进潘趣酒碗里，消失于烟雾里，幻化成精灵出现在空中。有时候他自己融入酒中，供人饮用，开始种种奇异的冒险。对于霍夫曼而言，这是一则很普通的奇幻故事，霍夫曼就因创造这类故事而闻名。开始阅读霍夫曼故事的时候，你根本猜不到故事的情节。屋中的猫可能是猫，也可能会变成人。猫的身份并不清楚；霍夫曼告诉你他自己也 133
不清楚。情节的进展变得扑朔迷离。这是他刻意为之的效果。霍夫曼走过柏林的桥梁，经常会产生这样的感觉，好像自己被装在一只玻璃瓶里。他不能确定他周围的人是真实的人类还是玩偶。我认为这是一种富有创造性的心理错觉——某种程度上，霍夫曼的心理状况与正常人很不一样——霍夫曼小说的基础动机总是事物的幻变性。

蒂克写了一个剧本，《穿靴子的猫》。剧中，国王对于前来拜见他的王子说："为何你从遥远的国度来，却能精通我们的语言呢？"王子却说："安静。"国王问："为什么你要说'安静'？"王子说："如果我不让你安静，那你就会一直讨论语言这个问题，这戏就没有办法演下去。"这时，台下有些观众站起来说道："你们这是在嘲弄现实主义规范，我们不能容忍剧中角色评论戏剧。"这是蒂克特意设置的一个情节。

在他的另一出戏里，一个名叫胆小鬼的人骑着一头驴走在路上，突遇暴雨。胆小鬼说："这与本剧不相干。我的角色里没说要下雨的啊，我要被淋湿了。"于是他拉铃叫出舞台技师，问："怎么下起雨啦？"技师说："观众们喜欢看暴风骤雨。"胆小鬼说："庄严的历史剧不能有下雨情节。"技师回答："当然可以。"技师就举了几个例子，还说有人花钱请他下雨的。这时候，台下有观众站起来说："别吵了，我们忍无可忍了。戏剧就得制造一定程度的幻觉，哪有一边演戏一边讨论戏剧技巧的。"诸如此类的例子还有很多，在同一出戏剧中，常常是戏中有戏，戏里套戏。三出戏里的观众互相对话。特别的是，还有一个置身戏外的人讨论不
134 同观众之间的关系。

蒂克的手法自有呼应。可以说，这是皮兰德娄、达达主义、超现实主义、荒诞戏剧的先声，它开了先河。它的目的就是要尽量混淆现实与表象，打破幻想和现实、梦与醒、夜与日、意识与无意识之间的界限，创造一种绝对开放、绝少阻隔、千变万化的世界的感觉，从这种感觉里，具有强力意志的人可以塑造出任何他想要的东西，哪怕是暂时的。这就是浪漫主义的核心观点，很自然，它有着自己的政治对等物。浪漫派的政治作家开始写道："国家不是一架机器，国家不是一种精巧的装

置。如果国家是机器，那么人民就会想到别的东西，但他们并没有。国家要么是自然的生成，要么是一种原始神秘力量的创造，虽然超出人们理解范围，但自有神学的权威性。”亚当·米勒就说，基督不仅为众生而死，他也为国家而死。这是神学政治学的一种极端表述，而后他又解释道：国家是一种神秘的制度，深深植根于人类存在中那些最深奥、最难测度、最难理解的部分。就其本质来讲，国家永远处于杂乱无章的运动之中。任何要把国家简化为某些宪法、法律的尝试注定会失败，因为任何书写的东西都不具有生命力，没有哪部文字写就的宪法能够存活下来，因为写作是死的，而宪法必须是鲜活的火焰，跳动、生活在一个神秘大家庭里人类的心中。诸如此类的观点开始扩散到其他领域（也许最初它并没有这个意图），很自然，它开始产生非常严重的后果。

最后，一如前面，我再来简单地讨论一下浪漫主义反讽的概念。弗里德里希·施莱格尔最先发明了反讽的概念。所谓反讽，即当你看到 135
一个兢兢业业的良民时，当你阅读一首行文工整、格律严谨的诗歌时，当你面对一个保护市民生命财产的和平机构时，你会嘲笑、讽刺、挖苦、戳穿它，你说真实恰与表象相反。在施莱格尔看来，反讽是反抗死亡，反抗僵化，反抗任何形式的一成不变，反抗生命之流冻结的唯一武器。反讽这个概念比较模糊，但总的来说，它是指一个人所共知的命题至少会有三个其他命题与之对应，其中的每一个都与之相反，但每一个都同样正确，所有的命题都是可信的，正是因为它们相互矛盾，因为那是唯一可以逃避可怕的逻辑紧身衣的方式。对于任何形式的逻辑紧身衣，施莱格尔都恐惧有加——物理学的因果关系也好、国家制定的律法也好、诗歌写作的美学法则也好、透视法或历史画规则或18世纪法国那些形形色色的冬烘先生制定的绘画教条也好，这些都是艺术家避之不及的东西。仅仅拒绝规则是不够的，因为拒绝会带来另一种保守，另一套与原有规则相反的规则。规则必须被彻底破除。

这两种因素，其一是自由无羁的意志及其否认世上存在事物的本性；其二是试图破除事物具有稳固结构这一观念。某种意义上，这两种因素构成了这场价值非凡、意义重大的运动中最深刻也是最疯狂的一
136 部分。

六
持久的影响

现在，我要就何谓浪漫主义的核心，提出自己的见解，不管我的见解看起来多么草率。我应该再次回到早先已经介绍过的一个主题，也就是在18世纪中期以前，占据西方观念核心地位两千多年的那个古老传统（在我看来，它所秉持的那种独特的态度，那些独特的信仰都受到浪漫主义的打击和严重的破坏）。此处，我所说的古老传统指的是“知识即美德”这个古老命题。从柏拉图的著作里看，是苏格拉底最早对这一观点做出清楚的阐述。柏拉图以及后来的基督教传统都接受了这个观点。至于何种知识才称得上美德，人们也许各执己见：争论总是发生在一位哲学家和另一位哲学家、一种宗教和另一种宗教、一位科学家和另一位科学家之间，宗教和科学、宗教和艺术之间，每一种态度、每一种思想流派和其他态度、流派之间。然而，争论的议题却永远不变，总是关于什么是现实的真知识，一种你能凭借对它的掌握就能知道如何行动、如何应对的知识。人们公认世上存在着事物本性，你若理解了这个本性，也就理解了自己和它的关系，并且，假定有一个神，你若理解了这位神，也就理解了构成宇宙的万事万物之间的联系，看清了自己的目标以及自己的真相，明白了自己该做什么才能依从天性的召唤实现自己的目标。有鉴于此，人们必须了解这种知识是物理学的知识还是心 137
理学的知识，是神学的知识还是某种直觉性的知识，是个体的知识还是公众的知识，是仅为专家掌握的知识还是尽人皆知的知识。关于这些问题，人们的看法也许并不一致，但他们都承认的确存在着这样一种知识——整个西方传统就建立在这个观点之上，我已说过，它遭到浪漫主义的攻击。这个观点说的是，世上存在着一种我们必须拼凑起来的七巧板，一份我们必须探索的秘密宝藏。

这个观点的实质在于，世上存在着种种我们必须服从的事实。科学即服从，顺应事物的本性，慎对存在之物，恪守事实，科学就是理解、知识及顺应。浪漫主义运动的主张与此相反，它可以被归纳为主要的两点。第一个就是人已熟知的“不屈的意志”的观念：人们所要获得的不是关于价值的知识，而是价值的创造。你创造价值，创造目标，创造目的，最终创造出自己关于世界的愿景。正如艺术家创造艺术品——一件艺术品在被艺术家创造出来之前，它是不存在的，哪儿也没有它。没有复制，没有顺应，没有学习的规则，没有外部的制约，没有你在动手之前就得理解和顺应的结构。整个过程的核心就是从虚空之物，或任何拿得到的材料中发明、创造和制作。这个观点的核心在于，在某种程度上，毕竟世界出自你的选择、你的创造。这是费希特的哲学，某种程度上也是谢林的哲学。的确，在我们这个世纪，弗洛伊德这类精神分析学家们也有同样的洞见，他们认为，受不同系列幻觉或奇想支配的人的世界是不一样的。

第二个观念——它和第一个观念关联——认为世上并不存在事物
138 的结构。不存在一个你必须适应的模式。只有一样，如果不把世界说成涌流的话，世界也是永无止境的自我创新。物理学、化学和其他自然学科教我们把世界看成一连串的事实、事件模式、空间里的堆积物、坚不可摧的关系维系起来的三维实体，他们的认识错了。世界是一个永远挺身向前、永远自我创造的过程，要么对人充满了敌意——叔本华就这么认为，某种程度上来说，尼采也这么认为，因此，它会颠覆人阻止它、组织它、在它怀抱里怡然自得以及把它弄成一个宜家宜居的安乐窝的所有努力；要么对人充满友善，有人就这么认为。说它友善，是因为通过你对它的认同，通过你在其中进行创造，通过你把自己投入这个伟大的过程，通过你发现自身蕴藏的创造性力量——这种创造性力量，你会发现，同样存在于外部世界，通过一方面认识精神，另一方面认识物质，通过把整体视为一个巨大的自我组织和自我创造的过程，最终你将得到自由。

“理解”不是一个恰当的词，因为它总是预设了理解者和被理解之物、认识者和认识对象、主体和客体之间有某种裂痕；但是这里没有客体，只有主体，向前猛冲的主体。这个主体可能是世界，或可能是个人，或可能是阶级、国家、教会——任何被定义为构成世界最真实的现实的那些存在。然而，无论如何，这是一个永远面向未来的创新过程，所有强加于它的图式、概括、范式都是不同形式的对它的歪曲，不同形式的破坏。当华兹华斯说解剖等于谋杀时，他并非夸大其词；与那些持有同样观点的人相比，他的话还算是最温和的了。

忽略这点，避开它，试图把事物看作对某种理智和计划的顺从，试图制定一系列标准、规律或公式，是一种自我的放任，最终也是自杀性的愚蠢。说来说去，浪漫主义的布道就是这些。一旦你试图了解一个 139
事物，无论你应用哪种力量，你都会发现你要探索的是不可穷尽之物。这一点我在前面已解释过了。你会发现你正试图抓住难以捕捉的东西，你正试图用一个规则去框住一个规则以外的物体。一旦你试图对任何一个事物下定论，新的深渊还会打开，而这些深渊又通往别的深渊。明白这一点的人是唯一能搞得清现实的人，他们明白试图限定事物、试图确定它们、试图描述它们，无论做得多么严谨，结果还是徒劳无功的。这一现象不仅对科学而言是正确的——在浪漫主义眼里，科学是对最外在、最空洞的事物做最严谨的概括；而且同样符合那些谨慎的作家、谨慎的经验描述者——那些现实主义者、自然主义者，那些归入意识流流派的作家们：普鲁斯特，托尔斯泰，对人类灵魂各种运动的最具天赋的占卜者；甚至也符合那些一定程度上唯客观描述是求的人，不管他们是通过外部审视还是通过最幽微的内省对精神深处做最幽微的洞察。他们都在这种幻觉支配下工作，幻想他们绝对能够记录、描写和总结他们试图捕捉和确定的某个过程。如此一来，就产生了非现实和幻想——也就是一种企图：总是要罩住不可限制之物、追求真理于无真理之处、阻断不歇的涌流、使运动静止、以空间捕捉时间、以黑暗捕捉光线。这就是浪漫主义的布道。

在此情况下，当他们自问一个人如何能着手理解——就“理解”这个词的某种意义而言——现实的时候，当他们问一个人如何获得对现实的某种洞察，而同时不去断然划分作为主体的自己和作为客体的现
140 实，不在洞察的过程中杀死现实的时候，他们，至少他们中的一些人找到的答案是，唯一的办法就是借助神话以及我所提到的象征，因为神话本身包含着不可言表的东西，并且尽量把那些隐秘的、非理性的、难以言传的东西浓缩成意象。意象传递理解过程中生发出来的深邃、隐秘的意味，意象自身把你引向更深远的意象，给你指出某个无限的方向。说到底，这就是那些德国人所宣扬的东西，这整个观念说到底是出自他们。在他们看来，希腊人之所以理解生活是因为阿波罗和狄奥尼索斯是象征，是神话，传递了某些特质。然而，如果你自问阿波罗代表什么，狄奥尼索斯欲求什么，倘若你试图用一定数量的词句或画出若干幅画来加以说明，那纯粹就是荒谬无稽的。因此，神话既是心灵在相对宁静中对之沉思的意象，同时也是某种代代相传，随人类的转变而自我转变的永恒之物，是相关意象的取之不尽的给养，既是静止的，又是无限的。

但是对我们而言，这些希腊意象已经死亡，因为我们不是希腊人。这在很大程度上是赫尔德教给德国人的。重返狄奥尼索斯或奥丁神是荒谬的。因此我们必须拥有现代神话，既然我们没有现代神话——因为科学已经杀死了它们，或者至少可以说，科学已破坏了神话存在的氛

围，我们就必须把它们创造出来。这样一来，就产生了一个有意识地制造神话的过程：我们发现19世纪初期有些人正在努力建构神话，他们的努力勤勉而且痛苦——或许没那么痛苦，也许部分算得上是自然自发——这些创造出来的神话适合我们，恰如古代神话适合希腊人一样。“生命之根遗失在黑暗中，”A. W. 施莱格尔说，“生命的魔力依赖于难解的神秘之物”，这是神话必须表现出来的。“浪漫主义艺术，”他的弟弟
弗里德里希说，“是……永远无法达到完美的形成过程，没什么能测量 141
它的深度……它本身是无限的，是自由的；它的首要律法就是创造者的意志，不承认任何律法的创造者的意志。”一切艺术都在试图通过象征激发对永恒运动（即生命）的无以言传的愿景。这就是我想说的。

举例来说，这就是《哈姆雷特》或《堂吉诃德》或《浮士德》之所以成为神话的原因。我不知道，莎士比亚对于围绕着《哈姆雷特》而形成的浩繁的文献会怎么说，也不知道塞万提斯对于从19世纪早期以来《堂吉诃德》所经历的那些奇妙历险会作何评价，然而，至少这些作品已转化为神话学丰富的来源，而且，假如它们的创造者对此一无所知，那甚至会更好。在这里，前提就是作者不知道他所探测的黑暗有多深。莫扎特说不出是什么天赋激发了他；事实上，要是他说得出，他的天才也许也就枯竭了。如果你需要一个生动的例子来说明19世纪初期神话创造的能力，即浪漫主义运动的核心——使现实裂成碎片、从事物结构中挣脱、说出不可说的种种努力——莫扎特歌剧《唐·璜》的历史正好就能说明这个问题。

所有听过此剧的人都知道，歌剧结束于，或几乎结束于唐·璜被来自阴间的力量所毁灭。在他既不改过，也不悔悟之后，雷声隆隆，地狱的力量把他吞没。舞台上的烟雾散尽，幸存下来的角色唱起一支相当琐碎的六重唱，歌唱唐·璜的毁灭是何等的快事，他们能活下来而且依然幸福又是何等的美事，每个角色都打算以自己的方式追寻一种全然安宁、愉快和平常的生活：马赛托打算娶采琳娜，埃尔维拉将回到女修

道院，莱波雷洛打算找个新主子，奥塔维奥将和唐娜·安娜结婚，等等。
142 这首全然无害的六重唱，莫扎特最吸引人的歌曲之一，竟被公众视为渎神，所以在19世纪，它从没在舞台上演出过。后来它重新进入欧洲的保留曲目，是在19世纪末或20世纪初，据我所知，这是由马勒促成的，而现在它已是常规曲目了。

理由在此。唐·璜是强大的、主宰的、险恶的象征角色，唐·璜并不代表我们所知的事物，但一定象征着一些无法言表的东西。也许，他代表了与生活背道而驰的艺术；他代表了与庸俗之善背道而驰的无穷之恶的原则；他代表了权力、魔力、某种超人类的地狱性力量。歌剧终止于一个强大的高潮，高潮之中，一种地狱性力量被另一种地狱性力量吞没，情节所逐步积聚的力量犹如火山一样喷发出来，意在吓唬观众，向他们展示那个他们也身在其中的动荡不安的世界；接着，突如其来地出现了这支俗气、琐碎的六重唱，剧中的人物从容地唱到一个放荡者受到了惩罚，此后好人们将继续他们平凡且无比平静的生活。这支六重唱被认为是毫无美感、肤浅、平庸和令人厌恶的，因此（在19世纪）它的演唱被取消了。

把《唐·璜》拔高为一出震撼人心的宏伟的神话，而且非说它传达了现实可怕本质中最深刻、最难以言表的方面，这肯定与剧本作者的意图相去甚远，或许与莫扎特的想法也相去甚远。剧本作者洛伦佐·达·庞特是个改信天主教的犹太人，生于威尼斯，死于纽约——在纽约，他以教授意大利语为业。他的生活与任何要把人间精神存在的宏伟象征之一搬上舞台的想法毫不相干。然而在19世纪，人们就是这样理解唐·璜的。在人们的心中，唐·璜的阴魂一直萦绕不散——他死死纠缠着克尔恺郭尔——直到今日，人们依然没有摆脱。他这个例子非常典型，反映出一种对于传统价值的完全颠覆，一种对于既往
143 的那些枯燥的、古典的、对称的、方方面面都中规中矩的东西的彻底改变。它冲破了条条框框，突如其来地以最反常、最可怕的方式张开它的

羽翼。

认识到主宰着人们的伟大意象——认识到黑暗力量、无意识、不可言说之物的重要性以及忽视它和顾及它的必然性，这个认识，在人类活动的各个领域传播，并不局限于艺术。举例来说，它首先以一种温和的方式进入了政治学说，根据柏克那伟大的观点，一个伟大的社会是由人们所效忠的无数不可分析的纽带维系起来的死者、生者以及尚未出生的人组成的，因此，对它进行理性分析的一切企图（比如说把它看作社会契约或看作某种保障更幸福的生活、预防人类冲突的功利性安排）都是肤浅的。所有这样的企图都背叛了人类内在不可言说的精神——主宰着人类一切想象并推动人们一直向前的内在精神，而忠诚于它，全身心地浸入其中，本是真实、纯正、深刻、虔诚的人类生活要义之所在。在柏克的德国信徒之一亚当·米勒那里，这个观点得到了最为雄辩的说明。他说，科学只能再造一个死气沉沉的政治国家；死亡不能再现生命，停滞（就是说，社会契约、自由主义国家，尤其是英国那一套国家制度）不能再现运动。科学、功利主义、机器的使用并不能传达国家的意义，国家"不只是一个工厂、农场、保险公司或商业社会；它把一个民族的全部的物质和精神需要、全部的物质和精神财富、全部内在和外在生命紧紧捆绑在一起，维系成一个能量惊人、极度活跃、生机无限的整体"。

此后，这些神秘的言辞就成了政治生活有机论、忠于国家、视国家为半精神组织和神圣神秘的精神力量之象征这类观点的核心和中心，毫无疑问，这也就是浪漫主义者，至少是那些极端浪漫主义者所认同的 144
国家观念。

同样的观点也进入了法学领域。根据德国学派的历史法学，真正的法律不是由某个特定的权威，比如说国王或议会，碰巧通过的——如此产生的法律仅仅是在功利主义或其他可鄙的考量引导之下产生的一个经验事件而已。真正的法律也不是某些永恒之物，比如说那些自然法、那些神圣戒律、那些任何理性的灵魂都能自己发现，罗马教廷或斯多葛主义者或18世纪法国启蒙哲人教给人们的东西，这些权威在这些法律的意义何在或如何发现它们的问题上未必意见一致，但是，他们都赞同存在一些永恒不变的原则，人的生活必须建立于其上，只有遵守它们，人才是善良、公正和有道德的。德国学派拒绝了这个观点，它认为法律是民族体内心脏跳动的产物，是幽昧不明的传统势力的产物，是如同流经树干那样流经民族全身的有机汁液的产物，是我们无法确认、无法分析，但是每个忠于国家的人都能感觉到奔腾在自己血管中的某种东西的产物。法律是传统的生长物，部分是客观环境的产物，部分则是国家的内在灵魂，现在它开始被视为几乎是个体性的东西了——是由国家成员结合这二者制造出来的。真实的法律是传统法：每个国家有自己的法律，有自己的形态；这个形态形成于遥远幽昧的过去，植根于某种黑暗深处，倘若不是植根于黑暗深处，它很容易被连根拔除。约瑟夫・德・迈斯特，一个反对革命的法国天主教哲学家，他对生命有机论半信半疑，作为一个托马斯主义者（至少就理论而言，他是的），他认为人能制造东西，人也能损毁它；任何东西，只要是人创造的，人也能毁灭它；因此，唯一的永恒之物就是在意识平面之下的这个神秘而可怕的过程，这个过程创造了传统，这个过程创造了国家、民族、宪法；而一切写下来的，一切说出来的，一切理智健全的人冷静中思考出来的东西都是
145 浅薄的，如果遭到其他同样健全、同样浅薄、同样理性的人反驳，它们可能就会崩溃——因此，这样的东西在现实中并没有真实的根基。

历史理论也是如此。伟大的德国历史学派试图根据以各种不可解释的方式交织在一起的无意识的黑暗因素来追溯历史演变。尤其是在德国，甚至出现了浪漫主义经济学，这一学说以费希特和弗里德里希・李斯特的经济观为代表，他们相信有必要建立一个隔绝的国家，即封闭的贸易国家，以使这个民族实现其真正的精神力量而不受别国阻挠；就是说，经济学的目的，金钱和贸易的目的在于人类精神的自我完

善，而非遵循即使柏克那样的人也相信的牢不可破的经济规律。柏克相信，他也的确说过，商业的规律就是自然的规律，因此也是上帝的法令，由此推断，激进的改革于事无补，穷人注定要挨饿——这几乎是这个观点的必然推论。这个推论给自由主义经济学派带来了某种并不冤枉的坏名声。浪漫主义经济学恰好与之相反。一切经济制度必须服从共同生活在精神进步之中这一理想。最重要的在于，你不能错误地设想存在着外部规律，存在着人类不可控制的客观的、特定的经济规律。因为这样的设想无非又回到了万物本性那一套上，就是说，你还相信存在一个可供研究的、当你注视并描述它时静止不动的事物结构——而这是错误的。对客观规律的假设纯属人类的幻想，是人的发明，是人欲使自己的行为，尤其是那些不义行为正当化的企图。他们所做的是发明想象中的外部规律，并同时把责任转嫁给它们，比如说供求规律或其他任何外部规律——政治规律啦，经济规律啦——它们被宣称是不可 146
改变的，这样一来，贫穷、悲惨以及其他讨厌的社会现象都得到了解释而且被视为正当的解释。

就此而言，浪漫派既可能是进步的，也可能是反动的。在那些堪称革命的国家，那些法国大革命后建立的激进国家，浪漫派是保守的，他们要求回归到某种中世纪黑暗之中；在那些反动的国家，例如1812年后的普鲁士，浪漫派变得进步了，因为他们把普鲁士国王视为一个令人窒息的、人为构造的机制，它的存在囚禁了人们，窒息了他们自然的有机的进取力。浪漫派可以表现为上述二者之一。这就是为什么我们遭遇了革命的浪漫主义和反动的浪漫主义。这就是为什么无论人们怎样尝试都无法把浪漫主义划入任何特定的政治观点。

这些是浪漫主义最基本的要点：（承认）意志以及如下事实，即世上并不存在事物的结构，人能够随意塑造事物——事物的存在仅仅是人的塑造活动的结果。由此，浪漫主义反对任何把现实再现为某种可供研究、描写、学习、与他人交流的形式，换言之，就是那些以科学方式再现现实的企图。

较之其他任何领域，在音乐领域，这种态度要更加显著，到现在为止我对音乐还只字未提。对18世纪初到19世纪中叶这一时期（人们）对待音乐之态度的变化发展进行观察是十分有趣甚至是令人愉快的。在18世纪，尤其在法国，音乐被看作是一门相当低级的艺术。声乐之所以有一席之地在于它强调了歌词的重要性，宗教音乐之所以有一席之地，在于它有助于激发宗教意欲为之的情绪。在此之前，杜赫夫声称视
147 觉艺术对人的精神生活的敏感性显然要远甚于听觉。丰特奈尔是他那个时代以及大多数时代中最有教养的人，当与他所习惯的有情节、有说明、有某些超音乐要素的宗教声乐或歌剧音乐不同的器乐开始侵入法国，奏鸣曲随之出现之时，他说道："Sonate, que me veux-tu?"——"奏鸣曲，你想要我做什么？"——他谴责器乐是一种无意义的声音类型，并不适合那些优雅和有教养的听者。

在18世纪中期的法国，这种态度是相当普遍的。它特别生动地出现在散文家和剧作家马蒙泰尔于18世纪70年代左右写给作曲家格鲁克的诗中，后者在这一时期征服了巴黎的舞台。正如人们所知，通过把音乐置于歌词之上，并迫使唱词在一定程度上符合他希望借助音乐来传达的真实感情和剧情，格鲁克改革了音乐——经过这次伟大的变革，音乐不再只是实际剧情唱词的陪衬了。正是这一点激怒了马蒙泰尔，他认为戏剧以及一切艺术都有某种模仿性，其功能在于模仿生活，模仿生活的理念，模仿想象中的存在、完美的存在，虽未必是真实的存在，但还是某种模仿，某种与真事、真人、真情感的联系，某种存在于现实而艺术家有责任在必要情况下使之理想化或至少忠实再现的东西。而音乐，它本身并没有意义——它仅仅是一连串的音响——很显然是非模仿性的。人人都知道这点。歌词与日常生活用语相关，画上的颜色也能在自然中感知，然而，音响和在瑟瑟树林中听到的声音或者鸟鸣相比
148 则大为不同。显而易见，和其他艺术家运用的材料相比，音乐家使用的

音响距离人的日常经验要远得多。所以，马蒙泰尔以此攻击格鲁克：

> Il arriva le jongleur de Bohême.
> Il arriva précédé de son nom；
> Sur le débris d'un superbe poème，
> Il fit beugler Achille, Agamenmon;
> Il fit hurler la reine Clytemnestre;
> Il fit ronfler l'infatigable orchestre;
>
> （他来了，波希米亚的骗子，他来了，他的名声开道。在堂皇之诗的遗骸上，他使阿基琉斯和阿伽门农咆哮，他使克吕泰涅斯特拉王后尖叫，他让不知倦怠的管弦乐队号叫。）

这是典型的对那个时代的抨击，表达了那些不愿放弃与自然的联系或模仿的观念，接受（音乐）是内在灵魂的纯粹表达这一想法的人的态度。丰塔纳也如是想。在1785年他写道，音乐的唯一目的在于激发某种情感；除非它唤起了某种业已存在的情感，除非它是一种缅怀之情，除非它和某种经验相关，否则它毫无价值。那样的声音什么也不表达并且永远不该如此使用。在19世纪初，斯塔尔夫人谈起音乐——这门她自称非常着迷的艺术时，她那番关于音乐价值的话极其典型。她说，“哪一个被激情生活所耗尽的男人，在听着曾在安静的青年时代使他的舞蹈和嬉戏充满生机的曲调时却无动于衷？哪一个美貌不再的女人听到情人昔日唱过的情歌却毫不动情？”无疑，她说得对，然而，这和当时德国浪漫派所说的接近音乐的路径截然不同。甚至司汤达，这个
几乎以一股生理激情热爱着罗西尼的人，在谈论贝多芬的音乐时说，他 149
厌恶这种博学的、如数学般和谐的组合体，一如当今的人们谈到勋伯格的音乐时可能会有的想法。

这一点不同于瓦肯罗德，他在18世纪90年代写道，音乐“向我们展

示了我们灵魂的一切缥缈的运动”；也不同于叔本华，他说过：“作曲家向我们揭示了世界的隐秘本质；他是最深刻智慧的解释者，说着理性所不能理解的一门语言。”理性不能，其余一切也不能：这就是叔本华的观点，因为他把音乐视为赤裸裸的意志的表达，视为使世界运转的内在能量的表达，同时在他看来，也是现实本质之所在的那种无法表述的内在冲动的表达，而其他艺术方式或多或少试图驯服这种冲动，试图命令它、厘清它、组织它，因此在一定程度上侵犯了它、歪曲了它，以至于杀死了它。这也是蒂克和A. W. 施莱格尔的观点，实际上是所有浪漫主义者的观点，他们中的不少人酷爱音乐。霍夫曼写过一些出色的文章，不仅涉及贝多芬和莫扎特本人，而且还谈到了，比如说，主音节和第五音节的实际宇宙学和形而上学的意义，他将其描述为被光彩熠熠的臂膀握着的巨人们。他还有一篇小文章谈论某个特定调性——比如说降A小调——的确切含义，而同一时期欧洲任何其他国家的人几乎都不会这样写。

因而，音乐被视为脱离生活的抽象艺术，一种非模仿、非拟声的直接表达，最大限度上远离一切对客观事物的描述。然而，浪漫主义者并不认为艺术应是肆无忌惮的，人们想起什么就唱，感受到什么就画，或全然任性地表达情绪——白璧德和另一些人就曾这样错误地指责浪漫
150 主义者。诺瓦利斯很清楚地说过：“当暴风雨在诗人胸中激荡，他神志昏乱且迷惘无措，胡言乱语产生了。”诗人不该终日闲逛寻求感觉和意象。当然，他需要这些感觉和意象，的确他也不得不让暴风雨在胸中激荡——怎么可能避免呢？——但是随后，他必须约束它们，找到合适的表达方式。舒伯特说过，伟大作曲家的标志在于身陷一场灵感的宏大战役，却能在这场激战中头脑冷静地指挥军队。比起那些更为奔放的浪漫派，舒伯特关于艺术家的定位显然更加真确。那些人意识不到艺术的本质，因为他们自己并不是艺术家。

这些如此鼓吹意志，如此憎恶现实的固定本质，同时相信那些风

暴、那些无法驯服之物、那些不可弥合的深渊、那些汪洋恣肆的涌流的人到底是谁？对浪漫主义运动很难给出任何社会性解释，尽管这是我们应该去做的事。我能够发现的唯一解释来自对这些人，尤其是对这些德国人的观察。事实上他们是一群不谙世故的人。他们穷困、羞怯，他们是书呆子，在社会上处境尴尬。他们很容易被冷落，不得不充当大人物的私人教师，他们总是充满了羞辱感和压抑感。显然，在厕身其中的世界里，他们遭受限制、遭受委屈；他们就像席勒所说的"曲木"，总是向后回跳击中弹压它的人。这和普鲁士有关，他们中的多数来自那里——和腓特烈大帝统治下的极度父权制国家有关，也和如下事实有关：作为一个重商主义者，腓特烈大帝增加了普鲁士的财富，增强了她的军队，使她成为所有德意志公国中最强大、最富有的一个；然而同时，他使农民贫困并且没有给予大多数市民充足的发展机会。

这些也是事实，即那些人中的大多数都是牧师和文职人员之类的 151
后代，他们所受的教育使他们具有某种智力上和情感上的抱负。结果是，在以最严格的方式保存了社会差别的普鲁士，因为多数工作机会被那些出身良好的人所占据，这些人无法充分展示自己的抱负，因此受到某种挫败，就开始培育一切可能的幻想。

这种解释比较实在。至少，在我看来这是一个更合理的解释——一个受辱的群体，受法国大革命及普遍的革命运动的鼓舞，应该会引发这样一场运动——这个解释比路易·奥特克尔的理论更合理，他认为浪漫主义运动源于法国，归因于女士们过多消费茶、咖啡、过紧的胸衣、有毒化妆品以及其他种种引发生理伤害的自我美化对神经的刺激。在我看来，这一理论基本上不值得深入探讨。

无论如何，浪漫主义运动起源于德国，并且在那里找到了家园。但是，它越过德意志国境，传向任何一个存在某种社会不满的国家，尤其是那些被野蛮或高压或无能的一小撮上层人士所压迫的东欧国家。也许，在所有国家中，正是在拜伦引领整个浪漫主义运动的英国，它找到了自己最为激情澎湃的表达，因为在19世纪早期，拜伦主义几乎就是浪漫主义的同义词了。

拜伦是如何成为浪漫主义者的，这个说来话长，即使我对此一清二楚，我也不打算讲述它。但是毫无疑问，他属于夏多布里昂所描述的那种人：“古人很少了解这种隐秘渴望以及种种令人窒息的激情的痛苦，
152 它们纠结一团，骚动不安。大量的政治生活、竞技场或战场上的较量和广场上的公共事务使他们忙碌不堪，所以无暇顾及倦怠的心灵。”这肯定是拜伦的情况，夏多布里昂，这位可能只算半个的浪漫主义者所言极是——说夏多布里昂是浪漫主义者，仅仅因为他是主观的、自我反省的、试图根据基督教价值观创造某一类含混的神话，以取代不再管用的古代和中世纪神话。

对这场运动，夏多布里昂半是敬意半是讽刺。对这种态度最恰切的描写也许是一首法语小诗，由一位无名氏在19世纪中叶写下：

> L’obéissance est douce au vil coeur des classiques;
> Ils ont toujours quelqu’un pour modèle et pour loi.
> Un artiste ne doit écouter que son moi,
> Et l’orgueil seul emplit les âmes romantiques.

（恭顺的观念满足了古典主义者卑劣的心：他们总把某个人看成偶像，当作准绳。艺术家必须只倾听他的自我，仅仅是骄傲已填满浪漫的灵魂。）

这肯定是拜伦在19世纪情感世界的地位，确切地说也是在19世纪的政治世界里的地位。拜伦强调不屈的意志，同时，整个唯意志论哲学，整个必须由优秀人物征服和控制世界的哲学观点也由他而起。自雨果起，法国浪漫派都是拜伦的信徒。拜伦和歌德都很伟大，不过，歌德是一个不甚明朗的浪漫主义者，虽然在《浮士德》中，他创造的角色不停

在说“前进，前进，永不停止，永无歇息，永不等待片刻；越过谋杀，越过
犯罪，越过可以想象的任何障碍，浪漫之魂必须披荆斩棘”，他的晚期作
品和他的生活却与此矛盾。拜伦则以最令人信服的方式实践了他的信 153
念。他以下几行诗句已经成为欧洲意识的一部分，并且感染了整个浪
漫主义运动：

远离人群，他在阴沉的幻想中追踪……
欢乐已被麻醉，他几乎渴求不幸，
即使风景变换，仍将寻找深处的阴影①。

致命的轻蔑在他心中，对一切……
他总是陌生人，在一息尚存的世界里……
高昂地飞腾或深深下沉，
同那些人一起呼吸，他觉得是判决……

这是典型的被驱逐者、流放者、超人的口吻，他无法忍受现存的世界，因为这个世界容纳不下他过于巨大的灵魂，因为他有理想，预设了永恒而热烈的前进运动的必然性，而这一运动总是被现存世界的愚蠢、想象力的缺乏和单调所限制。因此，拜伦式人物的命运始于轻蔑，渐入恶习，走向犯罪，走向恐惧直至绝望。这是他诗歌中那些异教徒、拉腊们、该隐们的共同生涯。曼弗雷德则如是写道：

我的精神独往独来，不与人们同行，
我自看世界，无须用人们的眼睛；

① “阴影”意指死亡。

他们的抱负和热望，与我无关，
他们活着的目的，与我无关；
我的欢乐——我的忧伤——我的热情——还有我的力量，
使我成了陌生人……

整个拜伦式症候体现为对于两种价值的赞同（关于这点我已经做过说明），即意志和人所必遵的世界之结构的缺席。这一症候从拜伦那
154 里传给了他人，传给拉马丁，传给维克多·雨果，传给诺蒂埃，传给了大部分法国浪漫主义者；再由他们进一步传给叔本华，他认为人被抛入一只脆弱的小船，船漂浮在无目的、无止境、无方向的意志汪洋之上，人必须冒着生命危险才可能与它抗衡，只有当人摆脱命令自己、整合自己，在这野蛮且不可预测的元素中营建一个舒适居所的虚妄欲望之时，才能与之达成妥协。这一症候由叔本华传到瓦格纳，举例来说，他的《尼伯龙人的指环》的全部教义在于难平之欲的骇人本质，对于所有那些时时刻刻被一种无法逃避且又无从满足的欲望占据的人们来说，这一欲望必将导致最可怕的不幸并最终以极其激烈的方式使他们成为祭品。由此带来的结果必然是某种最后的灭绝：莱茵河水上涨，淹没了所有人类都感染上了的这种剧烈的、这种混乱的、这种不可休止的、这种无法治愈的疾病。这就是欧洲浪漫主义运动的核心。

现在，让我回过头去对最初提出的那份长长目录再考虑一下。我想说的是，就表面而言，浪漫主义似乎表达了一切事物以及它们的对立面。如果我是对的，那么也许可以如此断言，意志之必然性和事物结构的缺失这两个原则可以满足我所提及的标准中的大部分，并且，看起来不可通融的矛盾之处可能也不会那么激烈了。

先说说洛夫乔伊的激烈抱怨：“浪漫主义”这个词怎么可能同时代表两种如此对立的东西？一面是高贵野蛮人，尚古主义，简朴生活，脸色红润的农民，是对矫揉造作的城市的厌弃和对美利坚的大好牧场、地

球上某个真实或虚构之地的某种简单生活的向往；而另一方面，蓝色假发套，绿头发，苦艾酒以及奈瓦尔在巴黎的大街上牵着他的龙虾以吸引 155
别人的注意，并且他还真的如愿以偿？如果你想问这两者有何共同之处——洛夫乔伊就很自然地对这两者共用一个词语表示惊讶——答案是，两者都试图打破事物的固定本质。在18世纪，无论在艺术还是政治还是其他领域，人们都有一套极端烦琐的秩序，各种形式，各种清规，各种戒律，各种礼节，人们过着一种密不透风且井然有序的生活。任何能摧毁、破坏这种生活的东西都受到欢迎。因此，不管你是逃往极乐岛，还是奔向高贵的印第安人，还是如卢梭所歌颂的，走向那些单纯的未受污染的心灵；另一方面，你戴绿发套穿蓝马甲，加入性格疏狂之士、狂野的波希米亚式艺术家的行列；无论你选择哪一种，无论如何，二者都是破坏和摧毁既定之物的途径。在霍夫曼那里，黄铜门环变成老妇人，老妇人变成市议员，市议员变成保龄球，这不仅是为了取悦你，不是一个带来欢乐却立刻被忘记的轻幻想剧；在果戈理的著名小说《鼻子》中，鼻子把自己从一个小文员的脸上扯下来，然后在一顶大礼帽和一件大衣里经历了种种惊险的浪漫旅行，这不纯粹是个有点儿古怪的故事，而是对无法改变的事实的一场入侵、一次攻击。它传达出一种意愿，试图揭示在平滑的表层之下，可怕的难以言传的力量在沸腾，没有什么是理所当然的事情，就本质而言，对生活的深刻洞察需要打碎这个镜面似的表层。不论你投向何方，是矫揉造作还是某种未知的纯朴，结果没什么 156
差别。

当然，如果你真的相信自己能变成高贵野蛮人，如果你觉得真能把自己转变成某个未开化的国度中不谙世故的土著，过着原始的生活，那么，魔力就会消失。没有一个人会这样想。浪漫主义关于高贵野蛮人想象的全部要义在于你压根当不成野蛮人。如果你真的当了，也就没什么价值，因为野蛮人也会变成一个糟糕的存在，一项可怕的生活规则，和他所替代的东西一样狭隘，一样教条，一样可憎。所以，整个问题的核心在于找不到的、无法实现的、无穷无尽的那些事物。

同样，一边是术士巫师，幽灵怪物，壕沟死人，围着中世纪古堡吱吱作响的夜蝙蝠，沾满血迹的鬼魂，吓人的沙哑嗓门，从一道道神秘而可怕的沟壑深谷向你扑来——另一方面，安详有序的中世纪宏伟景象以其比武盛事、传令使者和教士牧师体现了根本不可动摇的内在稳定，这二者又有何共同之处呢？（这两者都是浪漫主义作家的惯用意象。）回答就是以上两种意象都冲击了那些早期工业文明城市（例如里昂或伯明翰）的日常现实。

就拿司各特这个显著的例子来说吧。这是一位通常被看作浪漫派的作家。不妨这样问，正如一些困惑的马克思主义批评家所提出的：为什么司各特是浪漫主义作家？司各特只是一位极其充满想象力的、细致入微的作家，通过一种能影响各类历史学家的方式，相当忠实地描写了他所处时代之前的——比如说17世纪的苏格兰或13世纪的英格兰或15世纪的法国——的生活。为什么这就是浪漫主义？就其本身而言，它不可能是浪漫主义。当然了，如果你只是一位忠实细致地描绘祖
157 先风俗习惯的中世纪史学家，你最多也就是延续了传统意义上的历史写作而已。你只是尽己所能地讲述事实，但这绝不是浪漫主义，恰恰相反，这是备受推崇的学术研究。但司各特的确是浪漫主义者。为什么这么说？只是因为他热爱那一类的生活吗？这是远远不够的。关键在于，通过刻画那些岁月中极其动人的、愉快的、催眠般的画面，他把我们的价值观——我指的是1810年、1820年的价值观，他所生活时代的苏格兰、英格兰或法国，也就是19世纪早期的价值观，管它们是叫新教也好、非浪漫主义也好、工业化也好，反正它们都算不上是中世纪的价值观——拿来与另一套价值观相对照。与之相比，他提出的另一套价值观，即使未必更好，也是不相上下的。这样就打碎了那种独断论，打碎了那种任何一个时代都是各尽所能，实际上也正走向一个更好的时代的论断。

假如你寻求麦考利和司各特的不同之处，会发现麦考利真心实意地相信进步。他相信一切事物各据其位，17世纪比不上18世纪幸运，18世纪比不上19世纪幸运。万物皆有自己的定位。一切都能用其因果作用加以解释。我们总是在进步。万物协调，一切在进步。在一定程度上，的确如此。然而，与此同时，如果不是因为人类的愚蠢、懒惰，因为人的刚愎自用以及其他的无知势力、既定利益等等，我们应该进步得更快。在这一点上，从某种程度而言，他和詹姆斯·密尔以及功利主义者有共同之处。他和培根一样不相信神秘宗教。那是明摆的事，你说现实就在这里，它有一个本质，我们研究它，这是科学的，我们现在比以前了解得更多。我们的祖先不知道怎样才快乐，但我们知道得多些。我们没有全部知道，但我们知道得多些，我们的后代将知道得更多。没 158
有人知道我们是否会实现一个完美的社会，达到长治久安、人类的一切愿望得到和谐的实践这一目标。但是，这种理想并不荒谬。这是将七巧板拼凑成完美的理想蓝图。

假如司各特是对的，这个理想就不是真的。这再次如赫尔德所言。假如过去的价值观念比现在的更有价值，或至少可以较量一番，假如在13世纪的英国或在地球上时空遥远的某个角落，存在一种灿烂的文明，比你身处的乏味的文明更吸引人，或相差无几，然而无论如何（这一点很重要）它是不可复制的——你回不去，它也无法被重建，它只得作为一个梦存在，一个幻想存在，假如你寻求它，它必定成为失望之物——如果是这样，那么什么也不能使你满意，因为两种理想起了冲突，而这个冲突无法解决。不可能获得能包容一切文化之精华的一种状态，因为它们互不兼容。因此，互不兼容、各有千秋的多元理想成为浪漫主义者反对秩序、进步、完善这些概念以及古典理想和物质结构的攻城利器的一部分。那就是为什么司各特会被称为浪漫主义作家的原因，虽然意外，却绝对正确。

没有普遍形式，没有伟大风格：狄德罗所谓la ligne vraie，即真实的诗行，T. S. 艾略特希望洞穿的秘密传统——整个浪漫主义运动自始至终都拒绝和谴责它们，认为它们是一种可怕的幻觉，极可能导致追寻者走向愚昧和肤浅。这是蒲柏所说的“条理化的自然”，这是亚里士多德，这是浪漫主义最强烈厌恶的东西。因此，必须打破这个秩序：必须
159 通过走向过去、走向内心或走出外部世界来打碎它。必须去追求并成为具有某种伟大精神内驱力的人，这种内驱力自己无法确认；或者必须理想化某个神话使其不落凡尘，北欧神话也好，南方神话也好，凯尔特神话也好，别的什么神话也好，到底是哪一个并不重要——管它是阶级、国家或教会或其他——它都会不断地促使你前进，永不知足，它的本质和意义在于它绝对无法实现，所以，一旦实现，它将毫无价值。就我所见而言，这就是浪漫主义的本质：意志，以及作为行动的同义词、作为因其永远在创造而无法被描述的人；你甚至不能说它在创造自己，因为没有自我，只有运动。这是浪漫主义的关键所在。

最后，应该说一说浪漫主义在当今的影响。它当然具有非常广泛的影响，尽管某种反作用在一定程度上减轻了它的冲击力。

毫无疑问，无论对浪漫主义作何评价，它的的确确涉及古典主义遗漏的那些东西，无意识的隐秘力量，以及这样一个事实，古典主义关于人的描述，以及由那些科学家或受科学影响的人，比如爱尔维修、詹姆斯・密尔、H. G. 威尔斯或萧伯纳，还有罗素所作的描述，没有涵盖人的方方面面。浪漫主义认为，人之存在的某些方面被彻底忽略了，尤其是生命内在的一面，所以人的形象被严重扭曲了。在今日，由浪漫主义所引发的诸多运动之一就是所谓法国存在主义，对此我将再多说几句；对我来说，存在主义是浪漫主义的真正继承人。

作为我研究的起点，浪漫主义的丰功伟绩和人类历史上大多数的
160 重大运动不同，它成功地使人的一些价值观产生了深刻转变。这使存在主义成为可能。我要谈一下这些价值观，我将试图揭示浪漫主义是如何渗入这一现代哲学以及它是如何进入与现代生活相关的其他现象

的,比如深受其影响的情感伦理学和法西斯主义。

正如我所指出的——现在我必须着重于这个事实——伴随着浪漫主义运动,簇生出新的美德。既然人即意志,我们必须获得康德或费希特的意义的自由,动机就比结果重要得多。因为我们无法控制结果,但是可以控制动机。既然我们必须自由,必须尽最大可能成为自己,伟大的美德——一切之中最重要——就在于存在主义者所说的本真(authenticity)和浪漫主义者所说的真诚(sincerity)。正如我前面解释的,这一切前所未有:我不相信在17世纪,假如一位新教徒和一位天主教徒发生争执,天主教徒有可能说:“新教徒是可恶的异教者,他把灵魂带向毁灭,但是他的真诚令人敬重。他是诚挚的,他准备为他所相信的谬论献身,这是道德高尚的行为。任何足够正直的人,任何打算用自己来献祭的人,都具有值得尊敬的道德人格,无论他信奉的理念是多么可恶或错误。”这种理想主义的概念是前所未有的。理想主义意味着尊敬那些为了他们真心认同的信念,不论其信念为何,而准备放弃健康、财富、受人拥戴、权力这一切他们的情感欲求的东西,放弃他们自己所不能控制的、康德称之为外部因素的东西,也就是作为心理或物理世界一部分的那些情绪,把这一切抛开。把理想主义说成好的而把现实主义说成坏的,也就意味着,如果我说自己是现实主义者,就是说我将说谎 161
或者做出一些极卑鄙的事情。这是浪漫主义运动的产物。真诚本身成为美德。

这是整个问题的根本。事实在于,自19世纪20年代以来,人们对少数派,对挑衅行为,对就某一点来说比成功更高尚的失败,对反对现实的任何行为,以及对那些可能是基于荒唐的原则的立场心存敬意;你不会像鄙视一个声称二乘二得七的人那样鄙视这些行为,因为尽管可以说二乘二得七也是个原则,但你明白它不过是对一个错误的肯定,这一点非常重要。浪漫主义破坏了这样一个观念,即对人类来说,但凡涉及价值、政治、道德、审美,总是存在行之有效的客观标准,不遵循这些标准的人要么在说谎要么是疯子，对数学或物理学来说此话甚对。一方面是可获得客观真理的领域，如数学、物理学以及一些常识领域；另一方面是客观真理被打了折扣的领域，如伦理学、美学等等。这种划分是新的，并且产生了一种对待生活的新态度，这到底是好是坏，我不想轻易断言。

假如我们自问，对于某些历史人物我们会做出什么样的道德评价，问题就出来了。首先来看看功利主义的代表人物，就是说给人类带来利益的那些人，比如腓特烈大帝或凯末尔将军，也许他们的人格并非无可指责，就某些方面来说，他们铁石心肠，既粗俗又残酷，未能摆脱为人诟病的一些冲动。但同时，毫无疑问他们改善了人们的生活，他们是胜任的，他们的统治是有效的，他们提升了生活水平，他们创办了持久运
162 作的机构，对于很多人来说他们是满足感、力量和欢乐的源泉。现在，假设把他们和那些显然制造了苦难的人相比，比如“莱顿的约翰”，他在明斯特城造成了人吃人的现象，致使许多人为了他所信奉的末世宗教而惨死，还有托克马达，他要了许多人的命。而那些人在今天看来，却会因为其灵魂和可能最纯洁的动机而被认定无辜。哪一种人应该得到更高评价？在18世纪这是毫无疑问的。腓特烈大帝显然比宗教狂人好。然而，今天，人们会遇到一些困惑，因为他们认为理想主义、真诚、奉献、纯洁的心灵、纯洁的精神是更好的品质，远胜于堕落、邪恶、算计、自私自利、自恋、捏造谎言、为自己的利益而剥削他人，具有这些特点的国家缔造者无疑是罪恶的。

所以，我们是两个世界的后代。一方面，我们是浪漫主义的继承人，因为浪漫主义打破了迄今为止人类以各种方式奉行的那个单一模式，即永恒的爱智慧(philosophia perennis)。我们是某种疑虑的产物——我们无法说得清楚。我们重视结果，也重视动机，在这两者之间犹豫不决。然而，凡事不能过分。如果有个希特勒这样的人物，我们不能说，在他身上，真诚可能是一种拯救的品质，尽管在20世纪30年代，

人们的争论是支持他这么想的。他的确做得过分。一旦他这么做，就是践踏了一种极其普遍的价值观。因此，我们仍是某种齐一传统的成员，只是，我们现在可自由地游移于其中，我们能包容的事情前所未有地广泛。浪漫主义在很大程度上对此负责，因为它主张不同理想的不相兼容性，动机、特质或至少是意图的重要性比后果、效能、影响、幸福、 163
成功和人生在世的地位更要紧。幸福不是一种理想，荷尔德林说，幸福是“舌尖微热的水”；尼采说：“人并不渴望幸福，只有英国人才那样。”这样的观点在17或18世纪会遭到嘲笑。如果说现在不再遭到嘲笑，也许就是拜浪漫主义运动所赐。

存在主义的关键教义是浪漫主义的，就是说，世上没有任何东西能够依靠。假设你试图解释自己的行为，你说“C’est plus fort que moi”（我实在没辙了），我身不由己，情绪征服了我；或者，有一些客观原则，尽管我厌恶它们，却必须履行它们；又或者，一个永恒或者神圣的机构或一个合法的掌权人物给我下达命令，尽管也许我并不喜欢这样，但它已经发出了这个命令——“它”可以指经济规律、国家内政部或不论是什么——它有权要求我服从。一旦这样做，你就是在开脱。你只是假装这不是自己的决定，你已经在现实中做出决定，却不愿面对这个事实的后果，事实在于——正是你自己做了决定。

甚至你说：我一半处于无意识，我是无意识力量的产物，我忍不住，我有某种情结，这不是我的错，我是被迫的，因为我的父亲没有善待我的母亲，我才是现在这个魔鬼——按照存在主义（在这一点上它也许是对的）的观点，这是开脱之词，是通过把在绝对自由中的行为之责任重负推卸给客观因素而获取同情——而客观因素到底是政治机构还是心理学原则并不重要。你试图把肩上的责任（因为正是你做了决定）推卸到别处。一旦你说自己是魔鬼——并且，显然不在意成为魔鬼——你 164
就是得意地接受了明知是邪恶的东西，同时通过这种说法推卸了诅咒：不是我，社会该负责；我们都被决定了，我们不得不这样做，世上有一种普遍的因果性，而我只是这些强大力量的工具，我无法阻止它们使我作恶，如同无法避免它们令你向善；你不会因美德而被祝福，我也不会因邪恶而受谴责；我们谁也无法对自己的命运施以援手；我们只是一个巨大因果过程中的小零件而已。

萨特，基本公正地应和了费希特和康德。在他们看来，前面的说法不是自我欺骗就是欺骗别人。存在主义走得更远。他们拒绝世界的形而上结构这个概念，拒绝神学或形而上学的概念，拒绝说事物具有本质（这意味着事物仅仅是其必然性规定的样子），拒绝说我们来到一个具有某种无法改变的结构的世界——物理结构、化学结构、社会结构、心理结构以及一个神明在上、细菌在下的形而上的、神学的结构，或者任何你信仰的结构。这些不过是人类值得同情的企图，通过培育无数惬意的幻想，使他们能更舒服地适应这个世界，而无须面对必须为自己的行动承担全部责任的可怕前景，并以这样的方式来看待世界，从而使自己的生存更加怡然自得。当他们为自己的行动给出理由时，他们说“我做那件事是为了能做这件事”，你说“可是为什么你想达到这个目的？”他们说“因为在客观上这是正确的”，对于存在主义者来说这也是把真空中的自由选择推卸给非主观的客观之物——自然法则，智者箴言，圣
165 书训诫，实验室科学家的声明，心理学家和社会学家的论断，政治家和经济学家的宣言——不是我，是他们。这被视为推诿责任，使自己，不必要地，对于宇宙空无这个事实视而不见——这就是为什么要说如此做是荒谬的了。宇宙空无里只有你一人独自存在，你做一切应该做的，对自己所做的一切负责，你无法请求减免。所有借口都是虚假的，一切解释都是开脱之词；也许，一个足够勇敢和悲壮——悲壮到能够直面现实——的人是能够面对这个现实的。这就是存在主义的禁欲主义教义，它就直接源起于浪漫主义。

有些浪漫主义者显然走得太远了。这一点可从马克斯·施蒂纳这个绝妙的例子得到说明，它证明了浪漫主义最终的价值——对于今天

来说也是可贵的价值之所在。施蒂纳是一位信奉黑格尔主义的德国教师，他的如下论断颇为正确。浪漫主义认为制度并不是永恒的，他们是对的。制度是人们自由创造出来，服务于人类利益的，它们随着时间的推移逐渐失效。因此，站在目前的角度，看到它们快要失效时，我们就得废除它们，就得创造新的制度——通过我们不屈的意志自由地创造出新的制度。这个原则不仅适用于政治制度、经济制度或其他公共制度，它也适用于各种学说。学说也能成为一种最糟糕可怕的重负，压在我们身上，成为令人畏惧的锁链和专制力量，把我们捆绑在形形色色的观念上——而那些观念却是当下的意志，或我们个人意志再也不会渴求的东西。因此，理论也必须被废除；任何声称在个人选择之外存在某种客观正确性的普遍理论——黑格尔主义、马克思主义等——其自身就是一种可怕的专制形式。这种理论错了，因为它约束、囚禁、限制了我们的自由行动。但是，如果这类学说是一种可怕的专制形式，那么， 166
一切概括性命题同样如此；如果一切概括性命题是一种可怕的专制形式，那么所有词语同样如此，因为词语都是概括性的，它们都要分类。如果我使用“黄色”这个词，我想表达的是我昨天已经用它表达过的意思，也是你明天会用它来表达的意思。然而这是一种可怕的束缚，一种恐怖的专制。为什么今天说的“黄色”和明天说的“黄色”具有相同的含义？我为何不能改变它的意义？为什么二乘以二总得到四？为什么词语就得始终如一？为什么我不能在每一个开端创造自己的世界？但是，如果我那样做了，如果不存在系统化的象征，我就不能思考。不能思考，我就会发疯。

说句公道话，施蒂纳后来确实疯了。1856年，作为一个绝对安静无害的疯子，他在疯人院里，非常体面而又不失本色地结束了一生。

类似的思想同样也在折磨着尼采，这位更伟大的思想家，不过，他在某些方面也和施蒂纳相似。从这里我们得出的教训是，只要我们生活在社会中，我们就需要交流。假如不交流，我们难以自称为人。在相当程度上，我们指的“人类”是至少能够部分明白我们对他所说的事情的一种生灵。就此而言，那么，必须有一种共同语言、共同交流以及某种程度的共同价值观，否则人类之间就不可理喻。一位不能理解别人所言为何的人很难称之为人类；他被定义为反常。只要存在常规状态和人与人之间的交流，就会有共同价值观。只要存在共同价值观，就不可能说一切必须由我来创造。假如发现任何先定之物，我就一定要打碎它；发现任何结构之物，为了使我的自由想象天马行空，我就必须摧毁它。就此言之，由它的逻辑结论来看，浪漫主义的确会以某种精神错乱告终。

167 法西斯主义也是浪漫主义的继承人，这并非因为它失去理性——很多运动的确失去理性——也不是因为它对精英阶层的信仰——许多运动都有这样的信仰。之所以说法西斯对浪漫主义有所借鉴是因为它们持有同样的一个概念，即一个人或一群人的不可预测的意志以无法组织、无法预知、无法理性化的方式前进。这就是法西斯主义的全部：领袖明天将发表什么样的言论，精神如何推动我们，我们去往何方，我们将做什么——一切都无法预言。歇斯底里的自我肯定以及对现有制度进行虚无主义的破坏，因为它束缚了唯一对人类有价值的自由意志；优越的人因其更强力的意志而征服劣等人；这是一种对浪漫主义的直接继承——毫无疑问，通过一种极端歪曲和混淆的形式，然而毕竟还是一种继承。这一份遗产在我们的生活中扮演了极其重要的角色。

事实上，整个浪漫主义运动企图把一种美学模式强加于现实生活，要求一切都遵循艺术的规律。而对于艺术家来说，浪漫主义运动的一些主张似乎在很大程度上是可信的。但是基于要把生活转化为艺术的企图，他们预设了人类是质料，就如颜料或声响一样只是一种素材：这个观点是不正确的，因为人类出于彼此交流的目的，必须承认有某些共同价值、共同事实，必须生活在一个共同的世界。还因为科学所言并非都是胡说，常识所声称的并非全是错的——那种判断其本身就是自我矛盾和荒诞的论调——因为最彻底的浪漫主义，以及作为它的分支的存在主义和法西斯主义，在我看来都是谬论。

浪漫主义到底给我们留下了什么？许多。浪漫主义给予我们艺术自由的观念，以及这样一个事实，即在18世纪曾盛行的、过度理性和极 168
端科学主义的分析者今天仍在阐述的那些过于简单的观点，无法用来解释艺术家个人或人类的全部。浪漫主义还留给我们这样一个观念，对人类事务做出一个统一性回答很可能是毁灭性的，假如你真的相信有一种包治人类一切疾病的灵丹妙药，且无论付出何种代价你都要使用它，那么，在它的名义之下你很可能成为一个暴力专制的独裁者，因为，把一切障碍留给它解决的愿望将最终毁灭那些你本来想为其利益寻求解决之道的生命。多重价值并存且互不兼容的观念；多元性、无穷性、人的一切答案和决定的非完满性的观点；在艺术或生活中，任何声称完美和真实的单一回答在原则上都不是完美和真实的——这一切都是浪漫主义给予我们的馈赠。

结果，一个相当奇特的情况出现了。这就是浪漫派，其主要任务在于破坏宽容的日常生活，破坏世俗趣味，破坏常识，破坏人们平静的娱乐消遣，把每一个人提升到满怀激情的自我表达经验的水平，或者只有古老的文学作品中的那些神才可能展现的水平。不论是在德国人中，还是在拜伦作品里，还是法国人中，这就是浪漫主义公开的教义、公开的意图；然而，作为宣扬价值多元论的结果，作为对传统观念、一切单一答案、万事万物的合理性、所有问题的可解答性以及生活是拼图游戏的种种观念进行破坏的结果，他们突出强调了人类理想的不可兼容性。
但是，如果不同的理想不相兼容，那么人类迟早会明白他们必须去应 169
对、去妥协，假如他们试图毁灭他人，他人将设法毁灭他们；因此，作为这个充满热情的、狂热的、半疯的学说的结果，我们最终会赞同有必要容忍他人，有必要在人类事务中保持并非完美的平衡，把人类远远地赶入我们为他们圈定的围栏中或者四海皆同的唯一解决方案中是不可能的，否则的话，他们会挺身反抗，或许至少会被这唯一方案压垮的。

因此，浪漫主义的结局是自由主义，是宽容，是行为得体以及对于不完美的生活的体谅；是理性的自我理解的一定程度的增强。这些和浪漫派的初衷相去甚远。然而同时——就此而言，浪漫派的教义是正确的——他们是最强调人类行为之不可预测性的人。他们搬起石头砸了自己的脚。对于我们大家来说，幸运的是，他们有志于实现某个目
170 的，结果却几乎全然相反。

第二版附录

选入本书的第一封是伯林的回信，他在信中同亨廷顿·凯恩斯[①]和约翰·沃克[②]确认梅隆演讲的时间安排，到底是在1964年还是在1965年。

致约翰·沃克

亲爱的乔尼：

本该早早回复。本该立即回复。我不完全确定我是否能够兑现关于交稿的所有承诺，但我可以承诺出一本书。至于大卫[③]，你问我能否与他互换时间，定于1964年演讲。我不能答应。时间越近，压力越大。如果他不敢肯定在1964年演讲，那你可以跟他约定在1966年！不管怎样，此事留给你和他来磋商。二位都精于写信，琅函联璧，必

① 亨廷顿·凯恩斯(Huntington Cairns，1904—1985)，在1943至1965年期间担任华盛顿特区国家美术馆秘书、会计、法律总顾问。

② 约翰·沃克(John Walker，1906—1995)，伯林的朋友，国家美术馆负责人。

③ 大卫·塞西尔(David Cecil，1902—1986)，新学院学者(1939—1969，从1949年起兼任哥德斯密斯学院英语文学教授)，1966年做了梅隆系列演讲《梦想家或幻想：英国浪漫主义绘画研究》，后来以《幻想或梦想家：两个诗人画家：塞缪尔·帕尔默和爱德华·伯恩·琼斯》出版。(伦敦/普林斯顿，1969年)

藏名山……

爱你
以赛亚
1960年12月19日于牛津海丁顿宅

亲爱的乔尼：

……提到演讲，意兴惧然，理由满满。倘若某些技术条件阻碍，演讲无
172 法在1965年如期进行，我会如释重负。一个字没写，一条关联笔记未做。上帝知道会发生什么啊！我觉得再拖下去我一定会崩溃。我警告你，你做了一个可怕的选择，我们俩难辞其咎——你冒险邀请，我贸然接受，我的罪孽更大。你的选择缘起谬采我的虚名，我则是因为轻浮虚荣……原谅我的絮聒：大卫·塞西尔，还有一年多时间准备，状态与我一样。悲夫！

你的以赛亚
1964年12月21日于牛津全灵学院

下面这封信是给BBC节目制作人海伦·拉普的回复。她会说俄语，也认识伯林，写信询问伯林第三套节目是否能播放他的梅隆演讲。

致海伦·拉普

亲爱的拉普夫人：

于我大喜！对你大忧！你可能有所不知，我是一个专惹麻烦的客户，可怜的科林小姐[①]深受吾害。我的演讲稿尚未成文，当然，甚至没有笔记。目前我正在疯狂工作，看看能否将六场演讲理出个头绪。一场演讲安排在复活节，另外五场安排在周日。如果不是这样，我也不知道

① 安娜·科林（Anna Kallin，1896—1984），俄国籍BBC广播制作人，BBC第三套节目背后的推手；在1946至1964年担任伯林的制作人。

会有什么发生。他们不会让我取消另外五场的，虽然我暗自希望。越少公开演讲，我越高兴。当然。目前无事。我害怕。不管怎样，往最好处想，可能会出一套说得过去的录音带。我敢肯定录音带没啥可用的，
我可能又得返工。或者我们干脆要BBC放弃这个想法。你看得出我 173
有多疑症和选择困难症了吗？现在我正枯坐读书，试图读进去。都已到了这个时候，无论是去华盛顿或别的什么地方我都还没做好准备。

到了伦敦，我一定给你打电话，或者去伦敦之前就打电话，预警你躲开我的怒火。这么干我特乐。我能肯定的，当然不是那见鬼的演讲，而是与你合作。你会如何反应，如果我俩的关系不会因此绷断，你绝对是个圣人。

你永远的

以赛亚·B.

1965年1月8日于海丁顿宅

致约翰·沃克

亲爱的乔尼：

谢谢你约请周日午餐，但我会大败你的美意——我永远不会忘记自己的狼狈：白宫那场糟糕透顶的主讲[①]之前，我与肯尼迪夫人交谈，完全词不达意。等我演讲完之后，随你安排任何活动，现在你还是让我与可怜的艾琳厮守，她备受折磨，我每天都慌乱不堪……

你的

以赛亚

1965年1月31日于海丁顿宅 174

---

① 1962年伯林为白宫罗伯特·肯尼迪的"胡桃木山"讨论组做了一个小范围演讲，此举异乎寻常。演讲整理成文，也即"艺术的责任：俄罗斯遗产"的早期版本，后来由亨利·哈代辑入《现实感：观念及历史研究》一书出版（伦敦，1996年）。

亲爱的乔尼：

另有一事：演讲及书的题目最好是（我赞成，肯定是）“浪漫主义的思想来源”。“根源”一词显得野心勃勃，肯定会有反对意见，我向你保证。[1]如果用了“根源”，我就不得不回到柏拉图、普罗提诺、游吟诗人，天知道还有谁！也许，“来源”也含有同样的意思？如果是，是不是该叫“浪漫主义的兴起”更好？我倾向“浪漫主义的革命”（这个好像已经被人用过），要么换成“浪漫主义的反抗”，或者“浪漫主义的反叛”，或“浪漫主义的影响”，不管什么题目，都适合演讲。我真正烦虑的是，我想，应该是书名。也许，从这些毛骨悚然的名字里挑一个？诸如“普罗米修斯：十八世纪浪漫主义兴起的研究”？不，我反对！算啦，还是你来定夺。

又：这封信神经兮兮，比玛蓉·F.[2]还要糟糕。

你的

以赛亚

1965年2月28日于全灵学院（根据手稿备注推测）

亲爱的乔尼：

我收到两封来信，得知《华盛顿邮报》刊登了一篇“恶意”文章，
175 说我备受演讲障碍之苦，所以你和亨廷顿·凯恩斯都认为我还没有做好公开演讲的准备，就是因为此类坏话吧（我还没有读到这篇报道[3]）。

---

① 参见上文第xx—xxi页。

② 玛蓉·法兰克菲特（Marion Frankfurter, 1890—1975），菲利克斯·法兰克菲特的遗孀，患有周期性发作的抑郁症，心病外加关节炎使她卧于病榻二十年之久。

③ 参见1965年2月28日《华盛顿邮报》“马可辛·切尔西专栏”报道伯林患有“轻微的演讲口吃”。伯林知己（包括国家美术馆的约翰·沃克和凯恩斯）做了预案：伯林会讲什么要对一些人保密，直到内容整理出来。

我要给凯伊[1]吐槽一下，他肯定认为我烦人。我能状告他们损害我的名誉吗？因为他们的不实之词害得某所大学，就是说，火奴鲁鲁大学不想聘我了？法院会判多少赔偿金给我？你愿一起分钱吗？拜托你千万不要让那些记者进门，必要时在门前拴条大狗。我要怒怼他们。我敢肯定，不管我说什么都遭到歪曲，诸如此类。我现在的状态已经触底，不管他们说什么我都无动于衷，心怀反戈一击的恨意。

你的

以赛亚

1965年3月9日于海丁顿宅

致海伦·拉普

亲爱的海伦：

来信知悉，不胜感激。我的意思是说从今天到明天，我完全听不进去磁带录音和做笔记，我讲得乱七八糟。我真想看的是文字稿。如果你无法把录音转成文字稿，我完全理解。也许别人能做——不管怎么说，慢慢做吧，多花点时间……如果有时间做的话，然后，如果配上音乐，我也许听得下去磁带，补上转录员漏掉的内容，改正写错的地 176
方。先完成这一步，我们再考虑下一步。我感觉把讲给华盛顿听众的东西猛一下子攒给英国听众，效果可能会不怎么好。至于说到美国电台，我的确授权WAMU[2]（我还真记不清楚了），不过我敢肯定没人收听。真的，我对美国会发生什么不是很上心，我更在意这里发生什么。这可能有点沙文主义，相当错误，但是我发现根本说来，此话很真。你

① 凯伊·葛汉木（Kay Graham，1917—2001），《华盛顿邮报》负责人和出版人。

② WAMU-FM，一个美国教育电台，名字取自持有执照的华盛顿美国大学（Washington American University）。伯林的确授权给它。此台分别在1965年6月和7月播放了他的演讲。

去问问纽拜先生[①],如果真是他的话,要他有空的时候给我录音稿。原来是科林小姐替我做这些。我敢肯定BBC不差资源。当然,我希望你的资源多多。

你诚挚的
以赛亚
1965年9月13日于海丁顿宅

致以赛亚·伯林

最亲爱的以赛亚,非常感激你的决定,同意播出梅隆讲座。我一度怀疑谈不妥了。

海伦·拉普
1965年12月8日电报,发自BBC

致海伦·拉普

第二场演讲的修订稿,真是不堪卒读。如果你认为不会引起此前
177 的批评,听众由他们去了。不要5月放送,那时我在国外,千万拜托周
一不要播。

以赛亚
(电报日期不详)于纽约

致P. H. 纽拜

亲爱的纽拜先生:

收到来信,不胜感谢。你知道在同意之前我会经历怎样的痛苦。我很少想到我的演讲内容和方式。它们得到的认可差强人意,这一事

① P. 霍华德·纽拜(P. Howard Newby,1918—1997),BBC第三套节目总管。

实缓解了自我苦恼的伤痛。你的话极大地抚慰了我，使我感到骄傲。对于你的厚爱，我感激不尽。我很惊讶人们居然听完我的演讲，粉丝来信深深打动了我。只有一封出言不逊，其实也有几分道理，说我的演讲欠缺思考深度，只是秀了许多阅读，唱了几出歌剧。此说也许不够公正，但也道出令人不悦的实情，使我有些不安。

最感人的一封来自爱丁堡，写信人说自己在寒冷的冬晨，三点就准备起床，或叫芬顿先生？太太？也许是小姐，这个名字到死都会铭刻我心。私下说，我惧喜参半地得知，像大卫·西尔维斯特和斯托克斯这种见识犀利、超然不群的可怕人物居然对我的演讲评价不低。事实上批评家都很友善，他们的褒词我欣然收下，任何人都会这样。既然众口交赞，没甚出格的影响，我希望能对他们表达感激之情。我该怎么做？我不会这样做的。也许留给你去做。他们会知道我有多感激。但是，对于你，我要及时说出自己最大的谢意。若无你的鼓励和对这一事业的狂热信仰，我根本不会倾泻巨大的语言洪流：六个多小 178
时狂热的、不时短路的、焦灼的、气喘吁吁的——在我听来，有时是歇斯底里的——演讲。

真的非常感谢你。

你诚挚的

以赛亚

1966年9月20日于海丁顿宅

致海伦·拉普

亲爱的伊莲娜[1]：

我欠你很大的情分，你知道，我对你深怀感激之情。事实上，事情

[1] 海伦的俄语名。——译注

进展之顺利超过我的奢望。批评家赞誉有加，特别叫人受用。我尤其看重大卫·西尔维斯特的评价。其余的人我并不了解。他们的礼貌和善意把我融化了。他们对我的思想的友善会使任何人融化……

再次谢谢，非常谢谢你所做的一切。

你永远的

以赛亚

179 1966年9月21日于海丁顿宅

参考文献

……显然是狗尾续貂的编辑注解，可以说是毫无希望地企图将所有当代历史学家最大的学术兴奋点化为不朽。

——尼古拉斯·理查森①

《人类的恰当研究》一书以多种方式体现出伯林学术论文的复杂多元状态，其中的方式之一就在于亨利·哈代尽其所能为这些论文添加了全面的注解以作修饰。毫无疑问，这对那些想找出伯林所用的参考文献的人来说是很有帮助的。然而，这也可能使那些本来个性化、风格化的文本驯化为仅仅墨守成规的泛泛之作。

——斯蒂芬·克里尼②

对于一个有沉重教学任务的学者来说，将工作之余的空闲时间投入到编辑注释一出希腊戏剧中，其实并不是很困难的事。我倾向于认为，对于希腊文学的学生来说，当天完成一半的工作，要

① 《新社会》上对伯林的《俄国思想家》的评论，1978年1月19日，第142页。

② 《泰晤士报文学增刊》上对伯林的《人类的恰当研究》的评论，1997年8月22日，第3页。

> 比第二天完成所有工作的承诺更有益，因此我决定我要在一定日期之前完成《云》的编辑注释，虽然我知道增加一年的工作量将会有不少改进。
>
> 181 ——肯尼斯·多弗[1]

狗尾续貂的、铭文式的注释，这句评论很好地说明了我对以下注解所作的简短评介。

斯蒂芬·克里尼认为，以注释的形式给一篇一泻千里的文本添加参考文献会改变文本特有的品质，这无疑是正确的。但是，这里所做的改变完全是经以赛亚·伯林许可的。如果不是这样，我决不会轻易做这样的工作。克里尼这样指责时正值伯林临终病重，伯林立刻驳回，他说，提供参考文献“将那些仅仅是美丽文字的东西变成了学术资源”[2]。这句评论体现了伯林一贯的过分谦逊和慷慨。当注释者手头上有必要的信息并获得大量原著者本人的注释时——这特别体现在《马基雅维利的源头》和《维柯与赫尔德》[3]中——伯林的这个答案已经足够回答克里尼和理查森的问题，当然人们也可以特别指出，这也回答了伯林自己的问题。然而，对于那些脱稿演讲的记录稿，在每页上添加以脚注形式出现的参考文献很可能会引起某种文本气氛的冲突，因此这次我将所有参考文献放在文本的最后，标明页码及起始句以显示其出自的篇章，这样就可以避免用过多的醒目数字和符号破坏文本本来的面目。

大多数注释都是伯林引用或部分引用文字（参见上文第14页）的具

---

① 阿里斯托芬《云》的序言，牛津，1968年，第5页。

② 见伯林的秘书帕特·尤特金写给亨利·哈代的信，1997年12月12日。

③ 《马基雅维利的源头》（1972年）收录在《反潮流：观念史论文集》（伦敦，1979年；纽约，1980年）和《人类的恰当研究》中（参见上文第181页注释2）。《维柯与赫尔德》如今收录在《启蒙的三个批评者》，亨利·哈代编（伦敦/普林斯顿，2000年）。

体出处。有的时候，当我手头上偶尔有一些资料时，我会给一些转述性
的引用文字提供注释。理想的境界是，我能为所有独特观点的成因提
供参考文献：这也是伯林自己在《马基雅维利的源头》的开篇中试图做
到的，与目前的情形类似，伯林在序言中具体讨论了过多令人迷惑的、
矛盾的观点，他自己也暗示了这一点。然而，要完成这项任务，即使有 182
伯林遗留下来的笔记的协助也至少需要几个月的时间，因此我认为最
好——这里，多弗所说的“铭文”出现在我的头脑中——还是让这些演
讲稿现在就问世，即使没有这些详尽的、很可能不恰当的学术注解，出
版也比继续束而不发好一些：毕竟从发表这些演讲到现在已经有三十
年了。出于同样的原因，我认为我没有必要为所有的引用或部分引用
找到它们的原出处。在伯林有生之年我所出版的伯林文集中，我也是
这样做的。因此，在极少数情况下，即使在相关领域专家的协助下，我
也找不到明显的引用，这时，我冒着被指责为剽窃的危险，省去引号，并
将该段落看作是阐释性的转述文字（这一过程是经伯林认可的）。然
而，为了避免在那些可能毫无意义的寻找上花费太多时间，我标明了一
些没有追根溯源但很明显的引用，对那些能为这些引用添加注释的人，
我将衷心感谢，并将在此书将来的版本中吸收我收获的任何信息。我
衷心期盼专家们的批评指正。

下面列举的参考文献得益于其他专家的慷慨，我对他们表示衷心的
感谢。安德鲁·费尔贝恩再次不知疲倦地协助我的工作，并找出了一
些单靠我自己很难想出来的解决方案。在具体工作中，G. N. 安德森，
冈纳·贝克，普鲁登斯·布利斯，埃尔弗蕾达·杜波依斯，已过世的帕
特里克·加德纳，格温·格里菲恩·狄金森，伊恩·哈里斯，罗杰·豪
舍尔，迈克尔·因伍德，弗朗西斯·兰波特，詹姆斯·C. 奥弗莱厄蒂，
理查德·利特尔约翰斯，布莱恩·马吉，阿兰·门奈特，T. J. 里德，戴
维·沃尔福德，罗伯特·沃克勒，都给予我巨大的帮助。对那些没能 183
一一列举的许多协助者，我深表歉意。 184

第一篇演讲稿

1　**诺思洛普·弗莱教授指出**（条目前的页码为原文页码，参见本书边码，下同）

诺思洛普·弗莱，《醉舟：浪漫主义中的革命因素》，选自诺思洛普·弗莱编，《浪漫主义再斟酌：英语学院论文选》，纽约，伦敦，1963年，第1至25页。

4　**"以色列出了埃及"**

《圣经·诗篇》，第114首，第1行、第3至4行、第7行。

"朱庇特主神遍及一切"

维吉尔，《田园诗》，第3章，第60行；参见阿拉蒂，《物象》，第2至4行。

6　**塞里埃男爵**

欧内斯特·塞里埃，《道德的浪漫主义根源和浪漫主义政治》，巴黎，1920年，特别是序言第二部分，第49页以后，以及第1章。

7　**生活的愉悦**

F. P. G. 基佐，《为我们时代的历史服务的回忆录》，第1卷，巴黎，1858年，第6页。一天塔列朗对我说："那些没有见识过1789年之后那几年发生的事情的人是不知道生活的愉悦的。"

12 **“生命烈焰”**

卡莱尔，《作为预言家的英雄》，第40页，选自托马斯·卡莱尔，《论历史上的英雄、英雄崇拜和英雄业绩》，迈克尔·戈德堡等编，伯克利等，1993年。

一个“扭曲的二流世纪”

卡莱尔，《作为学者的英雄》，出处同上，第161页。 185

13 **“但丁笔下崇高的天主教……”**

卡莱尔，《作为预言家的英雄》，出处同上，第102页。

15 **“善与善”**

参见黑格尔，《美学演讲录》，威廉·弗里德里希·黑格尔，《全集》，赫尔曼·格洛克纳编，斯图加特，1927年至1951年，第12至14卷，具体出处为，第12卷，第298页，以及第14卷，第529页、第544页。亦可参考G. W. F. 黑格尔，《美学演讲录》，T. M. 诺克斯译，牛津，1975年，第220页、第1196页、第1216页。此处为非精确引用。

“不，愚蠢的人！”

泰奥菲勒·戈蒂埃，《莫班小姐》，第19页，参考巴黎1880年版。

16 **“宁静中回忆的感情”**

威廉·华兹华斯，《抒情歌谣集》，第二版，伦敦，1800年，序言，第33页。

司汤达说

司汤达，《拉辛和莎士比亚》，巴黎，1823年，第三章开篇。

18 **“浪漫主义，那是革命”**

这种表述还未在确切的出版文献中找到。

19 **“我永远都在说自己。”**

弗朗索瓦–奥古斯特·夏多布里昂，《从巴黎到耶路撒冷旅行记》，第一版序言，第1卷，第71页，第25行，埃米尔·马拉基斯编，巴尔的摩，伦敦，1946年。

约瑟夫·艾纳尔说

约瑟夫·艾纳尔，《如何定义浪漫主义？》，《比较文学杂志》第五
186 期，1925年，第641至658页。

卢卡奇说

格奥尔格·卢卡奇，《历史小说》（1937年），汉纳·米歇尔、斯坦利·米歇尔译，伦敦，1962年，特别是第一章，第三节，第63至68页，“与浪漫主义斗争中的经典历史小说”。

21 **“大地与死者”**

这是巴雷斯反复使用的民族主义中心术语，后来的作者纷纷效仿。最明显的出处是在一篇为法兰西政党大会所作的演讲中（法兰西政党联盟第三次会议，1899年）。法兰西政党联盟是一个短期的、存在于议会制度之外的保守联盟，建立于1898年12月，紧随德雷福斯事件成立，反对“不爱国的”德雷福斯人权联盟。

祖先、同侪和后代

埃德蒙·柏克，《反思法国大革命》，见《埃德蒙·柏克创作演讲集》第147页，保罗·兰福特编（牛津，1981年），第8卷，《法国大革命》，L.

G.米歇尔编(1981年)。柏克将社会描述为"不仅是生者之间的合作关系,而且是生者与死者、与未出生者之间的合作关系"。

22 **"不足以表达基督灵魂的无限与永恒的布满繁星的天空。"**

J. L. 斯波尔丁,《宗教与艺术》,选自其《文章与评论》(纽约,1877年),第328页。

23 **A. O. 洛夫乔伊**

亚瑟·O.洛夫乔伊,《浪漫主义对观念史家的意义》,选自《观念史学刊》,第二期,1941年,第257至278页。 187

24 **"在洛夫乔伊对种种浪漫主义作出识别之后"**

乔治·博厄斯,《观念史中的若干问题》,引自乔治·博厄斯等,《理性史研究》,巴尔的摩,1953年,第3至21页,本引文出自第5页。

"酒瓶上的标签既不能醉人也不能解渴。"

保罗·瓦雷里,《备忘录》,朱迪恩·鲁宾逊编,巴黎,1973年至1974年,第2卷,第1220至1221页,本引文出自日期为1931年至1932年的笔记。

25 **亚瑟·奎纳尔-库奇勋爵的看法**

亚瑟·奎纳尔-库奇,《论古典主义与浪漫主义的术语》,引自《文学研究》第一套丛书,剑桥,1918年,第94页。

第二篇演讲稿

32 **"一部政治、道德或批评著作"**

语出丰特奈尔,埃默里·内夫在其著作中无注释地引用了这句话,见埃默里·内夫,《历史诗歌》,纽约,1947年,第6页。在丰特奈尔的著作中出处待考。

"自然还原为方法"

参见勒内·拉潘,《反思当代诗歌及古今诗人作品》,序言,第6页,E. T. 杜波依斯编,日内瓦,1970年。

"以往的法则"

亚历山大·蒲柏,《论批评》,第88至89行。

34 **"高贵的单纯"和"静穆的伟大"**

原文为:"edle Einfalt","stille Gröβe",见温克尔曼,《论摹仿希腊绘
188 画和雕刻》,第1卷,第30页,选自《约翰·温克尔曼全集》,约瑟夫·艾泽伦编,多瑙埃兴根,1825年至1829年。

35 **"用实例说话的哲学"**

(亨利·圣约翰)博林布罗克(子爵),《历史研究与应用书信集》,第二封信,出自第2卷,第177页,《博林布罗克勋爵作品集》,伦敦,1844年。博林布罗克曾说过,他认为他曾在狄奥尼索斯中读到过这句话。他是正确的(见《艺术修辞学》,11.2),但有一点他错了,《艺术修辞学》并不来自狄奥尼索斯。一个冒充狄奥尼索斯的人将这句话——"历史是实例的哲学"——归源于修昔底德,实际上这只是修昔底德原话的一个再解释,见《艺术修辞学》,1.22.3。

37 **当蒙特祖玛二世对科尔特斯**

孟德斯鸠,《论法的精神》,第24卷,第24章。

45 **“谁想用智慧领悟上帝，谁便成了无神论者。”**

尼古拉斯·路德维希·冯·亲岑多夫，《奥古斯都·戈特利布·斯潘根贝格辩词终篇》，莱比锡，格尔利兹，1752年，影印本《全集补遗》，埃里克·贝鲁德及格哈德·迈耶编，希尔德斯海姆，1954年至1985年，第3卷，第181页。

路德说过理性是一个娼妓，我们要避而远之。

参见《马丁·路德博士全集》，乔·格奥尔格·普洛赫曼、约翰·康拉德·伊姆舍尔编，埃朗根等，1826年至1857年，第16卷，第142页，以及第29卷，第241页。

51 **他说门德尔松看待美的事物犹如昆虫学家看待蝴蝶那样。**

歌德，《1770年6月14日致年轻的赫茨勒的信》，第4部分，见《歌德书信集》，第1卷，第238页，19行以下，选自《歌德全集》，魏玛，1887年至1919年。 189

52 **人类是上帝照着自己的形象创造出来的**

哈曼作品的参考文献全部出自约翰·格奥尔格·哈曼，《全集》，约瑟夫·纳德勒编，维也纳，1949年至1957年，第2卷，第198页，第2至9行。这里只是引用其大意。

“受到高度称颂的理性到底是什么东西？”

约翰·格奥尔格·哈曼，《全集》，约瑟夫·纳德勒编，维也纳，1949年至1957年，第3卷，第225页，第3至6行。

“凡能被一种语言优雅地表达出来的感受和思考亦能被其他任何一种语言优雅地表达。”

出处待考。

53 **“为了达到某种不可能达到的目的”**

歌德,《我的生活:诗歌与真理》,第12册,第28卷,第109页,第14至16行,引自《歌德全集》,魏玛,1887年至1919年。

“人所采取的一切行动源于他自身力量的联合”

出处同上,第108页,第25至28行。

第三篇演讲稿

56 **“颅相学”**

约翰·卡斯帕·雷瓦特,《颅相学》,莱比锡,温特图尔,1775年至1778年。雷瓦特在这本书第13页使用这个词的时候为其下了定义。希腊前缀“physiognomon”通过音节压缩派生出以“physio(g)nom”开头的现代词汇(如英语单词physiognomy,人相学);但这会带来语源学上的歧异。事实上,一个译者匿名的法文版将题目定为《论面相》(*Essai sur la physiognomonie*)(海牙,1781年至1803年)。在这里,
190 Physiognomik,这个词的意思为自然判断力。

58 **“他们的孩子哭泣于荒凉之地”**

布莱克,《尤利任书之一》,第28图,第4至7行。接下来引用的布莱克诗句可以参阅《威廉·布莱克作品集》,G. E.本特利编,牛津,1978年。对这一版本的参考文献用括号在相关注释后标明卷目及页码。参考文献体例如下:第1卷,第282页。

59 **“一只知更鸟身在樊笼”**

《纯真的预言》,第5至6行(第2卷,第1312页)。

“未来世界的孩子”

《经验之歌》,第51图(《一个迷失的小女孩》),第1至4行(第1卷,第196页)。

“艺术是生命之树”

《拉奥孔》,格言第17条、第19条(第1卷,第665页、第666页)。

60 **有一段最能说明狄德罗的观点:“要知道,有一些人……”**

德尼·狄德罗,《1765年的沙龙》,埃尔斯·玛丽·巴克达尔和安妮特·洛朗索编,巴黎,1984年,第47页。

62 **卢梭曾经说过:“我不做推理……”**

卢梭,《1762年1月26日给克雷蒂安-纪尧姆·德·拉穆瓦尼翁·德·马勒泽布的信》,第1卷,第1141页,引自让-雅克·卢梭,《全集》,伯纳德·加涅班、马塞尔·雷蒙德等编,巴黎,1959年。

63 **哈曼说卢梭是最好的诡辩家**

出处待考。参考哈曼,《全集》,第2卷,第163页,第19行。

64 **“行动,唯有行动”**

J. M. R. 伦茨,《关于格茨·冯·贝利欣根》,第2卷,第638页,见雅各·迈克尔·雷恩霍尔德·伦茨,《全集》,西格丽德·达姆编,慕尼黑,维也纳,1987年。一个较零散的版本。 191

73 **“重点突破”**

J. G. 赫尔德,《全集》,伯纳德 · 素潘编,柏林,1877年至1913年,第5卷,第509页。

第四篇演讲稿

79 **“事物的本性”**

卢梭,《爱弥儿》,第2册,第4卷,第320页。见前文53页注。

80 **“一只被紧紧拴住的老虎”**

安东尼 · 阿什利 · 库珀 · 沙夫茨伯里伯爵三世,《对真理或美德的寻求》,第1册,第3部分,第3章。参见《人类、礼仪、观念及时代的特征》第二版,第2卷,第55页,伦敦,1714年。

82 **“一个家长式政府”**

伊曼纽尔 · 康德,《论格言》,第二部分,第8卷,第290页,第35行以下,见《康德作品集》,柏林,1900年。

“谁依赖他人,谁就不再是一个人了,因为他失去了立足之地,不过是别人的所有物而已。”

康德,《论优美感与崇高感》,出处同上,第20卷,第94页,第1至3行。

85 **悲惨的托词**

康德,《纯粹理性批评》,出处同上,第5卷,第96页,第15行(‘elender Behelf’)。

87 **“转叉狗”**

康德,《实践理性批判》,第一部分,第1卷,第3章,出处同上,第5卷,第97页,第19行。 192

93 **“在此情形下”**

席勒,《论崇高》,第21卷,第50页,第7至17行,引自《席勒作品集》,全国通用版,魏玛,1943年。

98 **席勒的基本观点**

应当提醒读者的是,这里是对席勒《论人的审美教育》(1795年)一文中复杂晦涩理论的简要陈述。

101 **“只要提到自由二字”**

引自《斯拉夫百科全书》(圣彼得堡,1890年至1907年)中关于费希特文章的俄文译文,原文引用时无具体出处,第36卷,第50页,第2专栏。在费希特作品中的出处待考。

“哲学如其人”

费希特,《知识学》第一版序言,第1卷,第434页,见J. G.费希特,《全集》,I. H.费希特编,柏林,1854年至1846年。

102 **“我们不是因为了解才行动。”**

费希特,《人的使命》,《全集》,第2卷,第263页。

103 **“不是因为食物摆在手边我才想到吃它。”**

同上,第264页。

"我从不因为我必须接受自然所赐而接受自然所赐"

同上,第256页。

"我不为目的所左右,目的是由我来决定的。"

同上,第264至265页,这里只引用其大意。

"世界,"一个评论家这样说过,"是内心生活梦想出来的一首诗。"

乔瑟亚·罗伊斯,《现代哲学的精神:论演讲的形式》,波士顿,纽
193 约,1892年,第162页。

"自由本身算不上什么,"费希特说,"变得自由才是向天堂的飞升。"

引自《斯拉夫百科全书》(圣彼得堡,1890年至1907年)中关于费希特文章的俄文译文,原文引用时无具体出处,在费希特作品中的出处待考。

104 **"人类应该有所为,有所成。"**

费希特,《论学者的使命》,第四篇演讲稿,《全集》,第6卷,第383页。

第五篇演讲稿

110 **"你们要么相信……"**

费希特,《对德意志民族的演讲》,第七部分,《全集》,第7卷,第374至375页。

120 **"我们是否可以掌握神圣之物?"**

出处待考,可能只是引用大意。

“我总是在回家的路上，寻找我父亲的老宅。”

具体出处不详，但可能来自诺瓦利斯的《亨利希·冯·奥夫特丁根》中男主人公与齐安妮的对话，见第2部，第1卷，第325页，引自《作品集》，理查德·塞缪尔及保罗·克拉克洪编，斯图加特，1960年至1988年，“那么我们去哪儿呢？”亨利希问。“一直在回家。”齐安妮回答。也可参考这段文字：“哲学本质上是思乡病。”选自《处处为家的渴望》，出处同上，第3卷，第434页。

122 **“罗塞蒂先生，你找到圣杯后，你拿它做什么呢？”**

这句话可能是伪造并强加在乔伊特身上的。迈克斯·比尔博姆在一幅1916年创作的水彩画加上了一个标题，题名为“本杰明·乔伊特评注”，标题内容为：“本杰明·乔伊特在牛津大学学生俱乐部上对此壁 194
画发表了独到见解，‘罗塞蒂先生，他们要是找到圣杯后打算拿它做什么？’”这幅画目前在伦敦泰特美术馆，迈克斯·比尔博姆在《罗塞蒂及其派系》的第4期中复制了这幅画。

124 **“精神欺骗我们，精神玩弄诡计，精神编造谎言，精神总是取胜。”**

出处待考，可能只是引用大意。

130 **“浪漫主义是病态的，古典主义是健康的。”**

约翰·保罗·埃克曼，《歌德晚年对话录》，1836年，1848年，这句话出自1829年4月2号。

132 **“人应当这样生活！”**

可能引用《威廉敏娜的性格》结尾处的大意，选自施莱格尔《卢琴德》，第5卷，汉斯·埃希纳编，第15页，见《弗里德里希·施莱格尔评论集》，厄恩斯特·贝勒编，慕尼黑，1958年。

134 “为何你从遥远的国度来，却能精通我们的语言呢？”

这里对蒂克戏剧的引用可能出自，或至少有一部分出自乔治·勃兰兑斯的《19世纪文学主潮》第2卷《德意志浪漫派》(1873年)，引自英文译本，伦敦，1902年，第153至155页。这里的引用可能是将译文与大意融合起来。《穿靴子的猫》请参考《穿鞋子的猫》(*Der gestifelte Kater*)，第1幕，第2场(第509页第33行到第510页第5行)，见路德维希·蒂克，《作品集》，汉斯·彼得·鲍姆斯等编，法兰克福，1985年，第6卷;《幻想集》，曼弗雷德·弗兰克编。关于这出剧的最后一句话“但这是轻视……”请参考第3幕，第3场(第546页，第21至23行)。以胆小鬼(在德文中为“Skaramuz”)为主角的戏剧是《联合世界》。文中引用部分请参考第2幕，第3场(第588页第2至29行)，同样出自上文所说的《幻想集》。“你必须停止……”及接下来的评语可能出自勃兰兑
195 斯对第3幕，第5场的译文(见第612页，第5至7行，以及第622页，第5至9行、第24至27行)。

第六篇演讲稿

139 当华兹华斯说解剖等于谋杀时

“我们谋杀以解剖”，语出华兹华斯，《翻倒的桌子》，1798年。

141 “生命之根遗失在黑暗中”

出处待考。

“浪漫主义艺术”

弗里德里希·施莱格尔，《雅典娜片断》，第2卷，汉斯·埃希纳译，第183页，见《弗里德里希·施莱格尔评论集》，厄恩斯特·贝勒编，慕尼黑，1958年。

144 **根据柏克那伟大的观点**

埃德蒙·柏克,《反思法国大革命》,见《埃德蒙·柏克写作演讲集》第147页,保罗·兰福特编,牛津,1981年,第8卷,《法国大革命》,L. G. 米歇尔编,1981年。

“不只是一个工厂、农场、保险公司或商业社会;”

亚当·H. 米勒,《统治的原理》,雅各·巴克萨编,耶拿,1922年,第1卷,第37页。

148 **“奏鸣曲,你想要我做什么?”**

语出丰特奈尔,见卢梭在《百科全书》中的文章《奏鸣曲》,在《音乐辞典》一书中卢梭修改了该文。

149 **“他来了,波希米亚的骗子,他来了”**

让-弗朗索瓦·马蒙泰尔,《圣歌女神》,第7卷,第100至105页,见詹姆斯·M. 卡普兰,《马蒙泰尔与〈圣歌女神〉》,牛津,1984年。(或《伏尔泰与18世纪研究》,H. T. 玛森编,第229页。)或参考《圣歌女神》另一版本,第6卷,第100至105页,见《马蒙泰尔遗作集》,巴黎,1820年。 196

“哪一个被激情生活所耗尽的男人,”

热尔曼·德·斯塔尔,《论J. J. 卢梭的作品及特点书简》,巴黎,1788年;重印影印本,日内瓦,1979年,书信五,第88页。

“向我们展示了我们灵魂的一切缥缈的运动”

瓦肯罗德,《音乐艺术的奇迹》,匿名发表于《艺术幻想》中,路德维希·蒂克编,汉堡,1799年,第156页。见威廉·海因里希·瓦肯罗德,

《全集与书信集》，西尔维奥·维耶塔、理查德·利特尔约翰斯编，第1卷，第207页，第35至36行，海德堡，1991年。

150 **“作曲家向我们揭示了世界的隐秘本质；”**

阿图尔·叔本华，《作为意志与表象的世界》，第1卷，第52章，见《叔本华全集》，第2卷，第307页，第29至31行，阿图尔·许布舍尔编，第二版，威斯巴登，1946年至1950年。

“当暴风雨在诗人胸中激荡，”

出处待考。

151 **席勒所说的“曲木”**

在演讲中伯林将这一意象赋予了狄德罗，我将其换成了席勒，伯林自己在随后出版的论文中也认为这一意象出自席勒。然而，实际的真相要复杂得多。伯林关于曲木的意象很可能来自普列汉诺夫的《唯物主义史论丛》(1893年)，拉尔夫·福克斯译(伦敦，1934年)，第vii页。我们在这里读到：“当木头向一个方向弯曲，就必须将它掰直。”伯林肯定读过这本书，并且将它列在《卡尔·马克思：生平与环境》(伦敦，
197 1939年)的参考文献里。然而，普列汉诺夫指的是应当纠正他所审视的思想家的错误观念，而与民族主义无涉。我们可以合理推测，这个隐喻令伯林印象深刻，所以他随后将它与出自席勒的民族主义观念联系了起来，并由此总是将它错误地归给席勒(看似合情合理，但到底还是错的)，而这一次还错归给狄德罗。席勒的这一民族主义观点出自《西班牙政府镇压尼德兰起义纪事》(1788年)。该意象与普列汉诺夫的联系由乔舒亚·L. 彻尼斯在2004年5月发现。

152 **“古人很少了解这种隐秘渴望以及种种令人窒息的激情的痛苦，”**

弗朗索瓦-奥古斯特·夏多布里昂，《基督教精神》，第2部，第3卷，第9章，巴黎，1802年（在第一版中，见第2卷，第159页）。

153 **“恭顺满足了古典主义者卑劣的心”**

路易斯·迈格龙引自未发表的题目为《论傲慢》的诗歌，由撒旦派的匿名成员创作，见《浪漫主义与风俗》，巴黎，1910年，第188页。

“前进，前进，永不停止，永无歇息，”

这些诗句并非引自歌德的《浮士德》；可能是浮士德精神的一种表述。在《浮士德》一书中可以找到呼应，如第二部分，第11433行，“莫要问起那时……”及之后的诗句。这里提到的是浮士德与魔鬼的赌注，见第一部分第1699行以下的诗句，可参考第二部分，第11574至11586行（浮士德最后的演讲）。

154 **“远离人群，他在阴沉的幻想中追踪……”**

拜伦，《恰尔德·哈洛尔德游记》，第1篇，第6章。

“致命的轻蔑在他心中，对一切……”

《拉腊》，第1篇，第18章，第313行、315行及第345至346行。 198

“我的精神独往独来，不与人们同行”

《曼弗雷德》，第2幕，第2场，第51行以下诗句。

159 **“条理化的自然”**

亚历山大·蒲柏，《论批评》，第88至89行。

164 **“舌尖微热的水”**

荷尔德林，《徐佩里翁》，第1卷，第1书，见《荷尔德林全集》第2卷，第118页，诺伯特・V. 荷林格哈斯、弗里德里希・泽巴斯、路德维希・V. 皮诺特等编。

“人并不渴望幸福，只有英国人才那样。”

弗里德里希・尼采，《偶像的黄昏》，引自《格言与论点》，第12册，见《尼采文集》，第6卷，第55页，乔基奥・科利、马齐诺・蒙蒂内里编，
199 柏林，1962年。

索 引

（条目后的数字为原书页码，见本书边码）

道格拉斯·马修斯 编

- A -

Action，行动：费希特论，102—104

aesthetics，美学：与理性，28；与自然，33；另参见art

Ajax，小埃阿斯，66

Alembert，Jean Le Rond d'，达朗贝尔，46

Alexander the Great，亚历山大大帝，33，44

alienation，疏离/异化，81

allegory，寓言，117—118，120，125

American Revolution (1775—1783)，美国独立战争，89

Aristotle，亚里士多德，4，32，44，159；《尼各马可伦理学》，5

Arnold，Gottfried，阿诺德，43

art，艺术：与浪漫主义，xiii，xxii，22，114，133，168—169；其目的，15—16，22；与对自然的描述，32—34；与美学，68—69；与归属观念，71—72；谢林论艺术中的生活，113—114；与灵感，114，151；与深奥的命题，118—120；带来自由，129

astronomy，天文学，57

autonomy，自律性，87

Aynard，Joseph，艾纳尔，19

- B -

Babbitt，Irving，白璧德，150

Bach，Johann Sebastian，巴赫，42，43n

Bacon，Francis，培根，158

Balzac，Honoré de，巴尔扎克：《不为人知的杰作》，15

Barrès，Auguste-Maurice，巴雷斯，21

Batteux，abbé Charles，巴特，60，68

beauty，美：其客观理想，34；另参见aesthetics

Becker，Carl Lotus，贝克尔：《18世纪哲学家的天城》，38

Beethoven，Ludwig van，贝多芬，15，

150
behaviour (human),人类行为,35—36
belief,信仰：休谟的怀疑,38
Bellow,Saul,贝娄:《赫佐格》,xxi
belonging,归属：赫尔德论其观念,67,69—71,73,77
Bergin,Thomas Goddard and Max Harold Fisch,伯金与菲什,xxvn
Bergson,Henri Louis,柏格森,2,50,113
Berlioz,(Louis) Hector,柏辽兹,21—22
Bernini,Giovanni Lorenzo,贝尔尼尼,33
Berz,I.,伯茨,43n
Besterman,Theodore Deodatus Nathaniel,贝斯特曼,xxvn
Bible,《圣经》:与思想框架,3—4;与虔信派,46;对哈曼的影响,47
Blake,William,布莱克,22,58—59
Boas,George,博厄斯,24
Boehme,Jacob,伯麦,104,121
Bolingbroke,Henry St John,1st Viscount,博林布罗克,35
Brunetière,Ferdinand,布吕内蒂埃,18
Büchner,Karl Georg,毕希纳,21;《丹东之死》,14
Buffon,Georges Louis Leclerc,comte de,布封,46
Burke,Edmund,柏克,104n,144,146
Butler,Joseph,巴特勒,xix
Byron,George Gordon,拜伦：其影响,10;浪漫主义,21,152—154,169

- C -

Caesar,Julius,恺撒,75
Cagliostro,Alessandro,卡廖斯特罗,55
Cairns,Huntington,凯恩斯,172&n,175—176
Calvinism,加尔文派,100
Carlyle,Thomas,卡莱尔,12—13,21;《论历史上的英雄、英雄崇拜和英雄业绩》,12
Catholics,天主教徒：信仰,11;因蒙特祖玛二世拒绝其教义而震惊,37
causality,因果关系,38—39,80,84
Cecil,Edward Christian David Gascoyne-,塞西尔,172&n,173
Cervantes Saavedra,Miguel de,塞万提斯:《堂吉诃德》,142
Chateaubriand,François-René,夏多布里昂,19,21,152—153;《勒内》,95
Cheshire,Maxine,切西尔,176n
choice,选择,85—86
Christianity,基督教：思想框架,3,5;蒙特祖玛二世论,37;与不正常的人,65
civilisation,文明：康德论,82;另参见culture
Clark,Kenneth Mackenzie,克拉克,xxii,6

Coleridge, Samuel Taylor, 柯勒律治：对自然的态度, 1, 113；论追寻无限, 18；影响力, 20；谢林对他的影响, 112—113
Collini, Stefan, 克里尼, 181—182
commitment, 信奉：康德论, 84
Condillac, abbé Étienne Bonnot de, 孔狄亚克, 46, 49
Condorcet, Marie Jean Antoine Nicolas Caritat, marquis de, 孔多塞, 46
consciousness, 意识：变化, 2, 4—5；谢林论其发展, 112—113
consequences：unintended, 不曾设想的后果, 128
conspiracy theory, 历史阴谋论, 123—124
Corneille, Pierre, 高乃依：《美狄亚》, 94
Cortés, Hernando, 科尔特斯, 37
Counter-Enlightenment, 反启蒙运动, xii
Couperin, François, 库伯兰, 42
creativity, 创造力：哈曼论人类对其的欲望, 50—51；赫尔德论, 70
crime, 罪恶：与放任, 95—96
Crusades, 十字军, 75
culture, 文化：作为生活方式, 2—3；古代的, 3—5；差异, 73—77, 104—105, 158；对暴力的威慑, 103—104；另参见 pluralism

- D -

Dadaism, 达达主义, 135
dandyism, 纨绔主义, 21, 23, 155
Dante Alighieri, 但丁, 13
Danton, Georges Jacques, 丹东, 14
David, Jacques Louis, 大卫, 9
David, King of Israel, 大卫王, 33
Delacroix, Ferdinand Victor Eugène, 德拉克洛瓦, 16—17, 21
Demosthenes, 德摩斯梯尼, 44
depth (profundity), 深度：作为概念, 118—120
Descartes, René, 笛卡尔, 103, 118
Desmoulins, Lucie Simplice Camille, 德穆兰, 14
despotism, 专制, 82
determinism, 决定论, 84—85, 87, 103
Devonshire, Georgiana, Duchess of (née Spencer), 德文郡公爵夫人, 56
Diderot, Denis, 狄德罗：社会背景, 46；论人性中的非理性与天才, 59—60；与卢梭, 62；美学, 68, 159；《沙龙》, 60
Dionysius, pseudo-, 伪狄奥尼索斯, 参见 pseudo-Dionysius the Areopagite
Don Giovanni (mythical figure), 唐·璜, 142—143
Dostoevsky, Fedor Mikhailovich, 陀思妥耶夫斯基, 6, 65, 118
Dover, Kenneth James, 多弗, 181, 182
Dubos, abbé Jean Baptiste, 迪博, 52, 60

Dürer, Albrecht, 丢勒, 41

- E -

eccentricity, 怪癖, 23, 155
Eckertshausen, Baron Carl von, 艾克肖申, 46
Eckhart von Hochheim, Meister, 埃克哈特, 121
economics, 经济学, 146—147
Eichendorff, Joseph Karl Benedikt, Freiherr von, 艾辛多夫, 19
élan vital, 活力, 51
Eliot, Thomas Stearns, 艾略特, 159
emotionalism, 感情主义：与浪漫主义运动, 7, 16, 161
empiricism, 经验主义, 107
Encyclopedists (French), 法国百科全书派, 50, 62—63；另参见Enlightenment
Enlightenment, the, 启蒙运动：哈曼批评, xli, 51, 54；学说与命题, 26—30, 32, 74, 121；与相对主义, 36—37；休谟攻击, 38；与科学, 54
enthusiasm, 热情, 7
Epicureans, 伊壁鸠鲁学派, 44
ethics, 伦理：与理性, 28；与主观主义, 30；浪漫主义的影响, 161
evil, 恶, 71, 164—165
evolutionism, 进化论, 73
existentialism, 存在主义, 160—161, 164
exploitation, 剥削：作为恶, 82, 84
expressionism, 表白主义, 67, 70, 122

- F -

Fascism, 法西斯主义, xiv, 161, 167—168
Ferguson, Adam, 弗格森, 104n
Fichte, Johann Gottlieb, 费希特：民族主义, xiv, 105, 109—112；学说, 33, 101—105, 118, 124, 138；社会出身, 45；论意志, 103—105, 112, 115；对浪漫主义的影响, 107—108；论自我, 107—108；知识论, 107—109；对德国民族的演讲, 109—110；在耶拿, 131；经济学, 146
folk song, 民歌, 69, 115
Fontanes, Louis-Marcelin, marquis de, 丰塔纳, 149
Fontenelle, Bernard le Bovier de, 丰特奈尔, 30, 32, 36, 148
France, 法国：启蒙哲学家, 7；浪漫主义者, 18, 154, 169；行为, 35；文化主导地位, 42；德国的敌意, 42, 45—47, 58—59, 105；征服羞辱德国, 42, 125—126；思想家的社会阶层, 46；另参见Enlightenment, the；French Revolution
Francke, August Hermann, 弗兰克, 43
Frankfurter, Marion, 法兰克菲特, 175&n

Frederick II (the Great), King of Prussia, 腓特烈二世, 67, 82, 151, 162—163
freedom, 自由, 81—82, 84, 91, 101—104, 131, 161
Freemasonry, 共济会, 55
French Revolution, 法国大革命: 对浪漫主义运动的影响, 7—9, 18, 107, 125—127, 152; 卡莱尔论, 13; 康德欢迎, 89; 试图解释, 126—127; 之后建立的国家, 147
Freud, Sigmund, 弗洛伊德, 138
friendship, 友谊: 亚里士多德论, 5
Frye, Herman Northrop, 弗莱, xxii, 1, 19

- G -

Galiani, abbé Ferdinand, 加里亚尼, 46
Gardiner, Patrick Lancaster, 加德纳, xxvii
Gautier, Pierre Jules Théophile, 戈蒂埃, 15, 23
generosity, 慷慨: 康德视其为恶习, 87
Genghis Khan, 成吉思汗, 42
genius, 天才: 狄德罗论, 59—61
Gentz, Friedrich von, 根茨, 18
geometry, 几何学, 2
Germany, 德国: 与浪漫主义的起源, 6—7, 19, 45, 47, 64—66, 152, 169; 与经济自足, 16; 攻击理性主义, 41; 文化落后, 41—42; 分裂与孤立, 41—42, 45; 对法国和法国人的仇恨, 42, 45—47, 58—60, 105, 125—126; 思想家的社会阶层, 45—46; 神秘主义者, 56; 看待卢梭, 63; "狂飙突进"戏剧, 64—66; 与美学, 68—69; 与民歌, 69—70; 与创造的天性, 70, 110; 与民族认同, 70—71, 104—106, 109—111; 与浪漫主义英雄, 97; 希腊的影响, 101, 121; 与自我, 108; 费希特的演讲, 109—111; 被拿破仑践踏, 111; 虚构的梦魇, 125; 与追求现实, 141
Gibbon, Edward, 吉本, 35
Gluck, Christoph Willibald, 格鲁克, 148—149
God, 上帝: 哈曼的观念, 48, 56—57, 65—66
Goethe, Johann Wolfgang von, 歌德: 朋友, 9; 论浪漫主义与浪漫派, 17, 129—130; 反对德国地方主义, 45; 社会出身, 45; 受哈曼影响, 48, 53; 论门德尔松, 51; 论神人同形同性论, 120; 被施莱格尔的《卢琴德》吓到, 131; 可疑的浪漫主义, 153;《浮士德》, 130, 142, 153;《赫尔曼与窦绿苔》, 130;《亲和力》, 130;《少年维特的烦恼》, 66, 95;《威廉·迈斯特》, 107, 128—129
Gogol, Nikolay Vasil'evich, 果戈理:

《鼻子》,156
good,the,善：观念,29—31
Gothic,the,哥特,7,20
Grail,Holy,圣杯,122
Gray,John Nicholas,格雷,xxvii
Greeks (ancient),古希腊人：思想框架,2—4；论悲剧,13；公民生活的衰落,44；对其的理解,72—75；对德国浪漫派的影响,101,141—142；神话,141
Griboedov,Aleksandr Sergeevich,格利博耶多夫,95
Grimm,Friedrich Melchior,Baron von,格林,46

- H -

Hadrian,Roman Emperor,哈德良,xxii,6
Hamann,Johann Georg,哈曼：为神迹观念辩护,xii；作为浪漫主义先驱,xii；伯林论哈曼的作品,xxvii；背景,47；观念与影响力,47—53,56—57,61,65,67—68；康德对其的看法,47,79；虔敬派,47,68,80；论上帝,48,56—57,65—66；攻击启蒙运动,54；论神话,57—58；论作为诡辩家的卢梭,63；论不正常的人,65—66；论苏格拉底,72；与艺术和艺术家,89
happiness,幸福,52,164
Hautecoeur,Louis,奥特克尔,152
Hayek,Friedrich August,哈耶克,xiv
Hegel,Georg Wilhelm Friedrich,黑格尔：论善与善的冲突,15,139；社会背景,45；论费希特,101；希腊的影响,101；与德意志认同,111；与理性的诡计,124；神正论,128；被施莱格尔的《卢琴德》吓到,131
Heine,Heinrich Christian Johann,海涅,18
Heliodorus,赫利奥多罗斯,xxii,6
Helvétius,Claude Adrien,爱尔维修,36,46,62,87,91,160
Hemingway,Ernest,海明威,118
Hercules,赫拉克勒斯,66
Herder,Johann Gottfried,赫尔德：社会背景,45；无法融入巴黎,46；仰慕哈曼,48；论归属,67,69—71,73,77；学说与信念,67,78,104,159；浪漫主义运动之父,67,78；性情,67；论艺术与艺术家,69—70；论民歌,69,115；论理解其他民族和文化,72,74—77；康德对其的看法,79；与古希腊人,141
Herrnhuter (German religious movement),摩拉维亚兄弟会(德国宗教运动),45
Herzen,Aleksandr Ivanovich,赫尔岑,xvi
historicism,历史主义,73
history,历史：伏尔泰的历史写作,34—35；博林布罗克论,35；个人

与非个人的力量，86；与阴谋论，123；理论，146
Hitler，Adolf，希特勒，47，163
Hobbes，Thomas，霍布斯，98
Hoffmann，Ernst Theodor Amadeus，霍夫曼，xx，132—134，150，156
Holbach，Paul Heinrich Dietrich，baron d'，霍尔巴赫，46，62，87，91
Hölderlin，Johann Christian Friedrich，荷尔德林：社会背景，45；希腊的影响，101；论幸福，164
Homer，荷马，1，33
Hugo，Victor，雨果，9，19，21，153，154
human nature，人性，30，128
Hume，David，休谟：论对因果关系的信仰，xi—xii，38；论人类行为，35；攻击启蒙运动的理性主义，38—40；论存在的实在性，39，48—49；信念，40；哈曼支持，48；论复原的自然，88；论自我，107

- I -

ideal，the，理想：前景，3；在启蒙运动的思想中，27，33—35，76—78；不可企及，122；另参见Utopia
idealism，理想主义，161—163
ideals，不同理想：互不兼容，67，75—77，159，169；被创造，100—101
Industrial Revolution，工业革命，8—9，18；个体，19
Infinite，无限：在启蒙运动的思想中，119—122
irony (Romantic)，反讽(浪漫主义)，135—136

- J -

Jacobins，雅各宾党人，8—9
James，William，詹姆斯，102
Jean Paul，让·保罗，131
Jena，耶拿：文学团体，131
Jesus Christ，耶稣基督：布莱克论，59
Jews and Judaism，犹太人与犹太教：思想框架与价值，3—4；影响哈曼，48
John of Leiden (Johann Buckholdt)，莱顿的约翰(约翰·巴克霍尔德)，163
Johnson，Samuel，约翰逊，40
Jove (Jupiter)，朱庇特，4
justice，正义，31

- K -

Kafka，Franz，卡夫卡，118，125
Kalidasa，迦梨陀娑，xxii，1
Kallin，Anna，科林，173&n，177
Kant，Immanuel，康德：论“扭曲的人性之材”，xi；家庭和教育环境，45，79—80；与哈曼的关系，47；论天文学的终结，57—58；学说，67；相信科学方法，79—80；浪漫主义之父，79；憎恶浪漫主义，79；道德哲学，80—87，90—91，98—99，161—

162；论启蒙运动，81；论意志的至高无上性，81—83，90，94；论自然，87—89；肯定法国大革命，89；反威权主义，90；影响席勒，91，93，96，98，100；与费希特，101；与民族主义，106；论自我，108；与萨特，165；《对“什么是启蒙”的回答》，81

Kemal Pasha (Ataturk)，凯末尔将军，162，210

Kennedy，Jacqueline (née Bouvier；later Onassis)，肯尼迪，杰奎琳，174

Kennedy，Robert Fitzgerald，肯尼迪，罗伯特·F.，174n

Kierkegaard，Søren，克尔恺郭尔，48，143

Kleist，Christian Ewald，克莱斯特，45

Klinger，Friedrich Maximilian von，克林格：《狂飙突进》，64；《孪生兄弟》，65

knowledge，知识：与启蒙运动，26—28；与美德，31，137；哈曼论，49—50；作为工具，102—103；费希特的知识论，107—109；浪漫主义的攻击，137—140

Koran，Holy，《古兰经》，13

- L -

Lamartine，Alphonse Marie Louis de，拉马丁，154

La Mettrie，Julien Offray de，拉梅特利，30

language，语言：哈曼论，52；赫尔德论，70—71，105

Laocoon，拉奥孔，92—93

La Popelinière，Thérèse Boutinon de (née Deshayes)，波普利尼埃尔，36

Lavater，Johann Caspar，拉瓦特尔，56

law，法律，145

Lawrence，David Herbert，劳伦斯：《查泰莱夫人的情人》，132

Leibniz，Gottfried Wilhelm von，莱布尼茨，41，54

Leisewitz，Johann Anton，莱泽维茨：《尤利乌斯·冯·塔伦特》，65

Lenz，Jakob Michael Reinhold，伦茨，64，78

Lessing，Gotthold Ephraim，莱辛，45；《明娜·冯·巴尔赫姆》，96—97

liberalism，自由主义，xv—xvi，170

liberty，自由，参见 freedom

List，Friedrich，李斯特，146

Locke，John，洛克，58，103

Louis XVI，King of France，路易十六，8

Lovejoy，Arthur Oncken，洛夫乔伊，23—24，155—156

Lukács，Georg，卢卡奇，19

Luther，Martin，路德，13，41，45

Lutheranism，路德教，42—43，100

- M -

Mably，abbé Gabriel Bonnot de，马布

利,9,46
Macaulay, Thomas Babington, Baron, 麦考利,158
Machiavelli, Niccolò, 马基雅维利,9
magic, 巫术,55—56
Mahler, Gustav, 马勒,143
Maine de Biran, François Pierre Gonthier, 迈内·德·比朗,112, 145
Maistre, Joseph Marie, comte de, 迈斯特,145
Margalit, Avishai, 马加利特,xvi
Marmontel, Jean-François, 马蒙泰尔, 148—149
martyrdom, 殉道,12
Marx, Karl Heinrich, 马克思: 希腊的影响,101; 与阶级斗争,124
Marxism, 马克思主义: 论浪漫主义, 18,157; 神正论,128
mathematics, 数学,2
Mellon Lectures, 梅隆演讲: 通信, 172—179
Mendelssohn, Moses, 门德尔松,51,53
Mesmer, Franz Anton, 梅斯梅尔,55
metaphor, 隐喻,118
Methodism, 卫理公会,23
Metternich, Clemens Wenzel Nepomuk Lothar, Fürst von, 梅特涅,18
Michelet, Jules, 米什莱,21
Mill, James, 密尔,詹姆斯,158,160
Mill, John Stuart, 密尔,约翰·斯图尔特,xvi
Milton, John, 弥尔顿,92
miracles, 奇迹,xii,55
Molière (Jean Baptiste Poquelin), 莫里哀:《恨世者》,96—97
Montesquieu, Charles Louis de Secondat, baron de, 孟德斯鸠: 信念,36—38,40,49,88; 社会背景, 46
Montezuma II, Aztec emperor, 蒙特祖玛二世,阿兹特克皇帝,37
morality, 道德: 康德论,80—87
Moravian Brotherhood, 摩拉维亚兄弟会,45
Morellet, abbé André, 莫雷莱,46
Mozart, Wolfgang Amadeus, 莫扎特, 150;《唐·璜》,142—143
Muhammad the Prophet, 先知穆罕默德,12—13
Müller, Adam Heinrich, 米勒,135,144
Münster, 明斯特,163
Murry, John Middleton, 默里,19
music, 音乐: 在德国,42; 观念变迁, 147—150
myths, 神话,57—58,141—144,160

- N -

Nadler, Josef, 纳德勒,19
Napoleon I (Bonaparte), Emperor of the French, 拿破仑一世,104
nationalism, 民族主义: 与赫尔德,71,

75；在德国，104—106；费希特信奉，105，109—110
nature，自然：人类的态度，1；在18世纪语汇中，28&n，31，87；与理想，33—34；作为和谐体系，87—88；康德论，88—89；中立性，88—89，93，123；席勒论，91，93—94；费希特论，103；谢林的自然观，112—114
Nelson，Admiral Horatio，1st Viscount，纳尔逊，116
Nerval，Gérard de，内瓦尔，21，23，155
Newby，Percy Howard，纽拜，xxvi，177&n，178
Newton，Isaac，牛顿，28—29，58
Nicolini，Fausto，尼科利尼，xxvn
Niebelungs，Song of the，《尼伯龙人之歌》，17，76
Nietzsche，Friedrich，尼采：论浪漫主义，17；与伟大的罪人，96；与变化的宇宙，139，167；论幸福，164
noble savage，高贵的野蛮，155，157
Nodier，Jean Charles Emmanuel，诺蒂埃，154
nostalgia，思乡情结，120—122
Novalis，诺瓦利斯，45，121，150

- O -

occult sciences and mysticism，超自然科学与神秘主义，55—58，121
Oedipus，俄狄浦斯，14，93

- P -

painting，绘画，参见art
paranoia，妄想狂，120，123—125，128
Paris，Gaston，帕里斯，19
Pascal，Blaise，帕斯卡，118，120
paternalism，家长制，82，86—87
patriotism，爱国主义，109—110；另参见nationalism
Paul，St，圣保罗，33，66
Pericles，伯里克利，44
Perrault，Charles，佩罗，33
personality，人格：通过努力获得，112
pessimism，悲观主义，123—125
Phidias，菲迪亚斯，33
philosophes，启蒙哲学家，7，50；另参见Enlightenment，the
physiognomy，颅相学，56
pietism，虔敬派，43—45，47，67，79
Pirandello，Luigi，皮兰德娄，135
pity，怜悯，87
Plato，柏拉图：与浪漫主义的起源，xxii，19；思想框架，2—4；塞里埃引用，6；不同的理想，44；对他的理解，72；与艺术中的灵感，114；对德国人的影响，121；与美德作为知识，137；《伊安篇》，114
pleasure，愉悦：普遍性，37
Plotinus，普罗提诺，6
pluralism，多元主义，158—159，169；另参见ideals：incompatibility of
politics，政治：与理性，28；与主观主

义,30;与浪漫主义,147
Polyphemus,波吕斐摩斯,1
Ponte,Lorenzo da,蓬特,143
Pope,Alexander,蒲柏,xxii,1,32,159
Popper,Karl Raimund,波普尔,xiv
populism,民粹主义,75
positivism,实证主义,26
profundity,深度,参见depth
progress,进步,158
Protestants,新教徒,11,19
Proust,Marcel,普鲁斯特,119,140
Prussia,普鲁士,67,147,151—152
pseudo-Dionysius the Areopagite,雅典法官伪狄奥尼索斯,19
psychology,心理学,6

- Q -

Quiller-Couch,Arthur Thomas,奎纳尔-库奇,25

- R-

Racine,Jean,拉辛,xxii,1,17
Rameau,Jean-Philippe,拉莫,42,43n
Raphael Sanzio,拉斐尔,32
Rapin,Father René,拉潘,32
Rapp,Helen,拉普,173,176—177,179
rationalism,理性主义:与完美秩序,3,34;假设,26—28,40;被攻击,37—38,58;与宗教,55;被浪漫主义反对,71;另参见reason
Raupach,Ernst Benjamin Salomo,劳帕赫,103
Rawls,John,罗尔斯,xvi
Raynal,abbé Guillaume Thomas François,雷纳尔,46
Read,Herbert Edward,里德,6
realism,现实主义,161
reality,现实:理解,140—141;反对,162
reason,理性:与浪漫主义的起源,8;休谟的怀疑,38—39;路德谴责,45;与宗教,54—56,66;与创造力,60—61;康德信仰,90,100;其诡计,124,另参见rationalism
Regulus,Marcus Atilius,雷古拉斯,92
relativism (social),(社会)相对主义,36—37
religion,宗教:战争,11;差异与相对主义,37;与理性,54—55,66;与努力向神,121
Renaissance,文艺复兴:与完美的前景,2
Renan,Joseph Ernest,勒南,19
Reynolds,Joshua,雷诺兹,33,40
Richardson,Nicholas James,理查森,尼古拉斯·詹姆斯,181—182
Richardson,Samuel,理查森,塞缪尔:《克拉丽莎·哈娄》,92
Robespierre,Maximilien,罗伯斯庇尔,8,14—15
Rohan,Louis René Edouard,cardinal de,罗昂,56

romanticism，浪漫主义：与艺术的原创性，xiii，xxii；后果与影响，xiv—xvi，1—2，160—170；特征，xxii—xxiv，10，16，20—25，123，154—160；定义，1，16—20；作为翻天覆地的运动，1—2，5—8，24；根源，6—10，41，45，66—67，101，152；价值与信仰，27，131；与虔敬派，43；与卢梭，62；与赫尔德，67，78；与反理性主义，71；拘谨的，79；与行动的自由，96；虚构的英雄，97；施莱格尔对影响浪漫主义的诸要素的辨识，107—108，125—128；与自我，108—109，122；与艺术，114，150；谢林论，114—115；与象征，117；与深度，118—120；与永远的变化，121—122；与表达，122；与反讽，135—136；政治的，135，147；攻击知识，137—140；与经济学，146

Rome (ancient)，古罗马：赫尔德论，75—76

Rosicrucianism，玫瑰十字会，55

Rossetti，Dante Gabriel，罗塞蒂，122

Rossini，Gioacchino Antonio，罗西尼，149

Rousseau，Jean-Jacques，卢梭：与浪漫主义运动，8，19，61—62；与人之善，30—31，90；社会背景，46；学说与理想，61，63，65，99；性情，62—63；与德国人的态度，63；被哈曼认为是诡辩家，63；论事物的本质，79；相信理性，90；与简单的人，99，156；《爱弥儿》，90；《社会契约论》，8

Ruskin，John，罗斯金，18

Russell，Bertrand Arthur William，罗素，160

Russian literature，俄国文学，95

- S -

Saint-Évremond，Charles de Saint-Denis，圣埃夫勒蒙，30

Saint-Simon，Claude-Henri，comte de，圣西门，15

Sartre，Jean-Paul，萨特，165

Savonarola，Girolamo，萨伏那洛拉，9，23

Schelling，Friedrich Wilhelm Joseph von，谢林：社会背景，45；学说与影响力，112—116，138；论寓言，117；宣扬完全的自由，131

Schiller，Johann Christoph Friedrich von，席勒：反对德国地方主义，45；社会背景，45；学说与理想，91，93—95，97—101；康德对其的影响，91，93，96，98，100；论自然，91，93—94；论悲剧，91—94；希腊的影响，101；对浪漫派的看法，129；与曲木，151；《菲耶斯科》，95；《强盗》，14，97

Schlegel，August Wilhelm von，施莱格

尔，奥古斯特·威廉·冯：论浪漫主义，9，19，103，107，125—126，128；希腊的影响，101；in Jena coterie，131；婚姻，131；论生活的魔力，141；论音乐，150
Schlegel，Friedrich von，施莱格尔，弗里德里希·冯：论浪漫主义，9，18，107，131，141；on robbers，103；论神圣之不可掌握，120；论宇宙是永恒的波浪，121；浪漫主义反讽，125；in Jena coterie，131；《卢琴德》，131—132
Schleiermacher，Friedrich Daniel Ernst，施莱尔马赫，131—132
Schoenberg，Arnold，勋伯格，150
Schopenhauer，Arthur，叔本华，123—124，139，150，155
Schubert，Franz，舒伯特，16，151
Schwärmerei，狂想，79
science，科学：与理性，29；与启蒙运动，32，54；命题，49；与人类社会，50—51；与德国虔敬派，64；康德信奉，79—80；被浪漫主义攻击，138—140；与国家，144
Scott，Walter，司各特，6，19，21，157—159
Sehnsucht (longing)，向往，21 122
Seillière，Ernest Antoine，baron，塞里埃，xii，6，19—20
self，the，自我，107—109，112，122
Shaftesbury，Anthony Ashley Cooper，3rd Earl of，沙夫茨伯里，80—81
Shakespeare，William，莎士比亚：与悲剧，14；司汤达论，17；浪漫主义，19；与席勒，92；《哈姆雷特》，142
Shaw，George Bernard，萧伯纳，160
Shelley，Percy Bysshe，雪莱：论追求无限，18；与浪漫主义，20—21
sincerity，真诚，161—163
Sismondi，Jean Charles Léonard de，西斯蒙第，18
sociology，社会学，6
Socrates，苏格拉底，63，66，72，138
Solon，梭伦，66
Sophists，诡辩家，36，63
soul，灵魂：启蒙运动的看法，30；哈曼论，52
Southey，Robert，骚塞，21
Spener，Philipp Jacob，斯彭内尔，43
Spengler，Oswald Manuel Arnold Gottfried，斯宾格勒，128
Spinoza，Benedictus de，斯宾诺莎：与完美的前景，3；论接受，39—40；决定论，87，102
Staël，Anne Louise Germaine，baronne de，斯塔尔夫人，9，18—19，149
State，the，国家：崇拜，16；浪漫派论，42；世俗的，54；神秘本质，144；被孤立，147
Stendhal (pseudonym of Marie-Henri Beyle)，司汤达，16，19，21，149
Stirner，Max (pseudonym of Johann

Kaspar Schmitt),斯蒂纳,166—167
Stoics,斯多葛主义,44,85
Stolberg, Count Christian von, 施托尔伯格,克里斯蒂安·冯,46
Stolberg,Count Friedrich Leopold von, 施托尔伯格,弗里德里希·利奥波德·冯,46
Storm and Stress movement (Sturm und Drang),狂飙突进运动,64—66
surrealism,超现实主义,135
Swedenborg,Emanuel,斯韦登堡,58
Sylvester, Anthony David Bernard, 西尔维斯特,178—179
symbols and symbolism, 象征与象征主义,115—117,120,142

- T -

Taine,Hippolyte Adolphe,丹纳,18
Talleyrand-Périgord, Charles-Maurice de,塔列朗-佩里戈,7
Talmon,Jacob Leib,托曼,xiv
Telemann,Georg Philipp,特勒曼,42
theodicies,神正论,128
Thirty Years War (1618—1648), 三十年战争,41
Tieck, Johann Ludwig, 蒂克, 9, 132—134, 150;《金发的埃克伯特》,125;《穿靴子的猫》,134
Tolstoy, Lev Nikolaevich, 托尔斯泰,118—119,140
Torquemada,Juan de,托克马达,163
Toynbee,Arnold Joseph,汤因比,128
tradition,传统,145,159
tragedy, 悲剧: 人类的态度,13—15; 与席勒,91—94
truth, 真理: 宗教的,11—12; 与幸福,31; 普遍的,37; 接受,39—40; 客观的,162
Turgenev, Ivan Sergeevich, 屠格涅夫,xvi,95

- U -

unconscious, the, 无意识,114—115,144
understanding, 理解,139—140; 另参见 knowledge
Urfé,Honoré d’,杜赫夫,147
Utilitarians,功利主义者,16,158
Utopia,乌托邦: 作为理想国家,27,100

- V -

Valéry, Ambroise Paul Toussaint Jules,瓦雷里,24
values (moral),(道德)价值: 康德论,82—84; 被创造,138; 司各特论,158—159
Vauvenargues, Luc de Clapiers, marquis de,沃韦纳格,36
Vico, Giambattista, 维柯, xxvn, 4, 57, 72;《新科学》,70
Virgil (Publius Vergilius Maro), 维吉尔,1

virtue,美德：与知识,31,137—138

Volney,Constantin François Chasseboeuf, comte de,沃尔内,46

Voltaire (François Marie Arouet),伏尔泰：引用他人,xxvn；论穆罕默德,12；论戒律的必要性,30；历史作品,34—35；作为启蒙者,36；社会背景,46；论人类对幸福的欲望,50—52；在弗尼的生活,62；与卢梭,62

- W -

Wackenroder,Wilhelm Heinrich,瓦肯罗德,150

Wagner,Richard,瓦格纳,124,155

Walker,John,沃克,172&n,174—175

Washington Post,《华盛顿邮报》,175

Wells,Herbert George,威尔斯,160

will,human,人类意志：康德论其至高无上性,81—83,90,94；席勒论,91,93；费希特的行动与人类意志学说,103—105,112,115；与自然,112—113；作为浪漫主义的元素,135—136,138,147,155,160；拜伦论,154；与叔本华,155；与动机,161

Winckelmann,Johann Joachim,温克尔曼,34

Wolff,Christian,Baron von,沃尔夫,54—55

Wordsworth,William,华兹华斯,1,21,139

- Z -

Zeuxis,宙克西斯,32

Zinzendorf,Nikolaus Ludwig,Count von,亲岑多夫,43,45

校译新记

1965年，伯林在美国华盛顿特区国家艺术馆做了一系列后来定名为《浪漫主义的根源》的脱稿演讲。1999年，经过伯林文稿的主要信托人和编辑亨利·哈代的“尽量不做改动”的整理以及适当的句法上的润饰，这些当初令听众魂销神醉的思想咏叹调转换为文字的华彩乐章，依旧保持了伯林特有的雄深而酣畅的即兴风格。一连三届，我选用这本演讲集作为我开设的研究生课程“浪漫主义批评文献导读”的基础读物。每当念到一个个密集重复、内嵌层层悠长而澄澈的定语从句的排比句段时，我不禁要说：“这是天神眷顾天才的时刻：思想以急板的方式奔向伯林。”

如此富有音乐性的美文是很难译成另一种语言的。在近一年的翻译过程中，三位译者时时有言不从心之感；在一年又半的校对过程中，我不时有词不尽意之叹。使我们敬慕不已的伯林式的表达居然成了难以穿越的魔沼。如果说，原文的编辑为了保留伯林那种“令人心潮澎湃的文风”而刻意避免“精心修改”的话，那么，我们则需要特别的精心移译那些“近乎于飞扬和舞蹈”（尼采语）的句子。但是，无论多么精心，我们依然难以追蹑伯林的神韵。如果说，在翻译大家那里，翻译是“殊语传深意，终然是夏声”的话，那么到了我们这里，翻译也许是此间有真义，执筌而失语了。

本书的翻译力不从心，但整个翻译和校对的过程却是一个磨砺我们的耐心和细心的反复合奏。我们四人相当于一个四重奏小组，每人各扬其长，却又能彼此应和。我是几位译者的老师。2000年，我有幸得到哈佛燕京的资助，前往哈佛访学一年。其间，除了进修与研究计划有关的课程之外，我还旁听了数门本科生的小型seminar（会读课、讨论课）。在亲历了一番西文经典的炙熏，领略过多次师生间追问与辩难的精彩之后，我想与其临渊羡鱼，不如见贤——“效颦”吧。个人之力，虽无法撼动大的格局，但还是能够做点微小的改变的。回国后，我给武汉大学人文班开了一门“英语小说杰作细读”，挑选了十部具有诗性叙事特点的英语小说经典，引导学生紧扣文本，一字一句地细读。也许是教学方式未循宏大叙事的惯例，也许是文本内容超过一般学生的英语程度，上课的人渐渐少起来，最终剩下吕梁、洪丽娟、孙易在内的五位学生，结果却成全了我的实验目的。五位学生好学敏问，师生之间形成了一种亦师亦友的从游关系。当我第一次为世界文学专业研究生导读伯林的《浪漫主义的根源》时，我邀请三位译者旁听。后来，她们分别（先后）进入国内外名校读研或攻博。借助互联网，我们保持密切的互动，共享学术资源，交流读书心得。讨论最多的，也许就是伯林了。当得知刘东先生正约人翻译《浪漫主义的根源》，我便不揣浅陋，推荐吕梁、洪丽娟和孙易担当主译，自荐充当校对。坦率地讲，如果当时能够预知后来所要经历的那种踟蹰旬月、一词难求的窘况，我是断然不会有此冒昧之荐的。我未高估三位译者的能力，但的确低估了伯林文体的难度——它听起来平易（否则20世50、60年代的西方听众也不会准时打开收音机，一连数小时收听他在BBC做的广及哲学、历史、政治、国际关系等方面的即兴演说了），实则宏奥：长句的洪流，裹挟着巨量的观念、暗示、警句、引典、逸闻、考释、推断倾泻而出，从一个论题奔向另一个论题，情绪不断上升，观点不断加强，形成一个个兴奋的渐强音，最后涌向宏伟的高潮。如此豪宕的思想音乐，是听众跃上智慧星空的天梯，却是译者莫可奈何的天堑。

所幸，校对本书的时候，我得到了数位好友的外援。毕业于布朗大学比较文学系的陈陆鹰博士德英俱精、复旦大学哲学系的王金林教授专治德国哲学，一有疑难，我便求助于他们，总是得到积极的回应，而且往往引出他们的妙论。正是他们的质疑或修正，令我对伯林的解读从文体的层面下潜到稍深一点的深度。在此，我对他们表示由衷的感谢。此外，我要真诚地感谢毕业于人文班的余婉卉博士：她帮助我统一了索引与正文的人名。最后，我要特别感谢主编刘东先生的信任：在读过我的一篇海外汉学的书评之后，他把一本影响甚巨的"小书"的翻译托付给一个他不曾谋面的末学。他的信任成为我前后校对四遍的动力。

岁月倏忽，以赛亚·伯林的《浪漫主义的根源》中译本出版已经十年了，缓慢而又沉着地赢得中国读者的认可：入选《中华读书报》、深圳读书月等"年度十佳好书"，成为关联研究的重要参考，长期"盘踞"于一些读书社群的必读书目，持续引发评论……这份成绩与其说是译者之功，不如说实归于伯林思想的至深至美，其所具有的穿透力和启发力能够活过最糟糕翻译的荼毒，并能激发译者抵达不可抵达之处的职业雄心。当年，幸有主编刘东先生的信任，我和三位本科生与伟大相遇。十几年之后，我又被译林委托翻译《浪漫主义的根源》第二版增补内容，与伟大重逢。恰巧的是，人文科学实验班也要结束它长达二十五年的"探索阶段"，并入对接双一流大学建制的书院体系，同时结束的也许有我本人长期主讲的双语专业课程以及嵌入其内的教学理念：翻译是最好的学术训练之一。数十年来，基于这种教学理念，更因刘东先生、译林等出版社信任，我和我的学生陆陆续续完成近十部学术著作的翻译，主要由译林出版，从莱昂内尔·特里林的《文学体验导引》到西蒙·沙玛的《风景与记忆》……正是拜翻译所赐，本是侏儒的我们在与原著耳鬓厮磨期间，不时被诸如伯林、特里林这样的巨人托举，一窥稍远的视景。令人欣慰的是：经我们之手译成中文之后，它们又在更大的范围，启动一次次理论旅行。

所以，这次我请三位译者的学妹王馨仪同学试译约翰·格雷的“前言”，我来翻译伯林书信选录。一如从前，我全盘负责校译，统一节奏和风格，期望相隔数十年的译者能在一本伟大的“小书”里留下翻译练习的暗记，受教于武汉大学人文实验班的微痕。

我曾在第一版的校译后记里感叹：翻译是遗憾的艺术，这感叹并不是一种预备的免责借口，开脱读者可能会（必定会）发现的硬伤骨刺，而是译者命定窘境的焦虑：驯服一种并不属于我们的语言，传达一种我们依旧陌生的思考方式，永远是不可能完成的任务。因此，再次祈望读者恕谅，方家惠正。

张箭飞于东湖放鹰台寓所

2019 年 1 月